COLLECTION FOLIO

Régis Jauffret

Fragments de la vie des gens

Gallimard

Né en 1955, Régis Jauffret est l'auteur de plusieurs romans, dont *Histoire d'amour* (Folio n° 3186) et *Clémence Picot* (Folio n° 3443). Il a également publié une pièce de théâtre, *Les gouttes.*

1

On leur montrait des petits jouets en caoutchouc, des canards, des kiwis, d'horribles cygnes crasseux avec de la mousse de savon séchée sur le bec. On les jetait par paquets dans l'eau qu'on agitait avec la main pour créer une tempête dans la baignoire. On leur disait de rire, de se déshabiller, de les rejoindre avant que l'eau refroidisse. On se penchait sur eux, on les grondait. Ils n'aimaient pas les grosses bouches des adultes, les langues longues, roses, les dents jaunes, avec au fond des trous remplis de fer et d'or. Ils avaient peur des yeux, des sourcils comme deux rangs d'insectes endormis. On les prenait par la main, le bras, on les traînait par le pied quand ils se laissaient tomber sur le carrelage. Puis on les plongeait dans le bain comme des crustacés dans une marmite de court-bouillon.

Ils en avaient assez de ces voix qui les poursuivaient, de ces cris qui faisaient enfler leurs oreilles. Cet appartement était un lieu immense où ils ne cessaient de courir, de s'enfuir, de se perdre comme dans une forêt. Ils détestaient ces grands meubles noirs qui les toisaient et leur jetaient des sorts. Partout ces tapis, avec des dessins maléfiques, sombres, rouges, comme des flaques de sang caillé où les pieds nus s'enfonçaient. Les fauteuils avaient de hauts dossiers, et chaque fois qu'on voulait grimper dessus ils basculaient, écrasant le corps, l'obligeant à se débattre pour pouvoir s'échapper du piège. Les tables cachaient la lumière des lustres, elles répandaient sous elle une obscurité humide et malsaine de grotte, de souterrain, de caverne remplie de voleurs. Sur les murs les tableaux les regardaient avec des petits yeux luisants, pleurant des larmes glacées qui les trempaient jusqu'aux os.

Ils auraient voulu étrangler la cuisine, surtout l'évier avec son trou où disparaissaient les épluchures, où on risquait se faire emporter le doigt, la main et la tête si on tombait dedans. Ils détestaient les appareils ménagers avec leurs carapaces blanches, lisses comme le dos d'un hanneton. Ils n'aimaient pas la chaleur du gaz et ils se sauvaient au moindre contact avec les clayettes collantes du congélateur.

Ils avaient peur des chambres, avec leurs rideaux qui tremblaient toujours un peu comme de la chair. Ils craignaient aussi le papier peint avec ces renards, ces chevaux sauvages, ces lions, ces rhinocéros, tout ce zoo prêt à fondre sur eux, à les piétiner, les dévorer sans bruit pendant leur sommeil.

Les jouets n'avaient pas de bonnes têtes non plus, ils avaient la grimace aux lèvres, des ressorts au-dessus des yeux, et leur moteur se déclenchait en pleine nuit, produisant dans le silence un épouvantable bruit d'abeille.

Ils craignaient leurs lits, ces masses molles, mouvantes, où on pouvait disparaître dès qu'on s'endormait. Au plafond, il y avait des fleurs, des raisins et des pommes de plâtre, ils distinguaient aussi l'ombre des jardiniers prêts à les sarcler comme un coin de potager. Ils ne dormaient jamais sur le ventre, de crainte de se retrouver au matin avec un outil de jardinage planté entre les omoplates.

Ils avaient peur, ils serraient des peluches contre leur poitrine. Ils faisaient semblant de croire que ces fausses bêtes pouvaient jouer les gardes du corps, alors qu'elles se révolteraient contre eux, appelant à la rescousse le dromadaire en laine, le gorille en chiffon jaune, l'éléphant en plastique, et même les tabourets, la cheminée, les fenêtres.

Ils n'aimaient pas ce rôle qu'on leur faisait jouer, ces vêtements, ces coupes de cheveux, et toutes ces pitreries auxquelles ils devaient se soumettre quand on les amenait à l'école. Ils devaient s'asseoir, se lever, s'asseoir, ouvrir des cahiers, répondre aux questions d'une femme qui s'agitait, qui répétait toujours les mêmes phrases et qui n'était jamais contente. Il fallait ensuite qu'ils sortent, qu'ils se courent après dans la cour, qu'ils se donnent des coups de pied, qu'ils se jettent dans la boue et qu'ils crient tout le temps d'une voix aiguë pour ressembler vraiment à l'image qu'on se faisait d'eux.

On profitait de leur taille pour les asservir. On les secouait, on leur disait de s'amuser, de ne pas rester là à traîner comme des mendigots, de regarder ce grand soleil, ces arbres et cette pelouse immense, douce comme une joue. Ils voyaient bien les nuages qui se profilaient, et la pelouse sentait déjà la pluie. On les obligeait à s'ébattre malgré tout, à se livrer à des jeux qui les ennuyaient, au cours desquels ils se blessaient, avant que l'averse leur tombe dessus et les enrhume.

On les emmenait à la mer, à la montagne, on les trimbalait n'importe où comme des animaux de compagnie, des teckels, des rats d'agrément dont le pelage d'une blancheur éclatante fait la fierté des propriétaires.

Ils étaient gentils, ils étaient lisses. Ils servaient d'ornement, ils égayaient la maison, ils donnaient aux adultes une raison d'exister. Ils étaient de beaux jouets, aux charnières et au mécanisme invisibles. On leur avait dit qu'ils avaient commencé sous forme de vermisseaux minuscules pulsés dans le ventre de leur mère où ils avaient gonflé durant des mois. Ils se souvenaient de leur séjour là-dedans, avec ces bruits de salle de bains, ce demi-jour rougeâtre comme quand on regarde le soleil à travers les paupières, et cette odeur bizarre de chair humaine, la même qu'on renifle dans les histoires d'ogres. Ensuite, ils avaient été mis au monde, on les avait empaquetés dans des couches, on leur avait mis un bout de sein entre les lèvres, ils en avaient reçu des rasades de lait tiède qui les avaient remplis à ras bord, et ils avaient dû rendre le trop-plein en hoquetant. Les semaines avaient passé, les années. Ce qu'ils supportaient le plus mal c'est qu'on leur ait donné un prénom auquel ils avaient fini par ressembler comme deux gouttes d'eau, au lieu de leur accorder la liberté de rester anonymes.

Ils auraient voulu s'en retourner par où ils étaient venus, grimpant dans leur mère, rapetissant à l'intérieur, se laissant aspirer par l'organe du père, ballottant quelque temps entre ses cuisses, puis se laissant résorber doucement par les cellules, disparaissant dans la nuit infinie de l'organisme.

2

Elle en avait assez, il devait être au moins une heure du matin. Il continuait, il allait, venait, sans trêve. Elle n'avait jamais éprouvé une pareille sensation d'ennui, elle préférait encore les interminables journées qu'elle passait durant son enfance dans cette station balnéaire où il n'y avait aucune distraction.

Elle avait envie de le repousser et de partir en courant se cacher au fond d'un placard. Elle aurait voulu qu'un début d'incendie se déclare, que la terre se mette à trembler, ou qu'il ait un infarctus qui lui coupe ses élans.

Elle lui reconnaissait le droit à une vingtaine de rapports dans l'année dont la durée n'excède pas le temps d'une bonne douche. Depuis le début du mois il l'avait importunée toutes les nuits, et elle ne s'était pas laissée faire. Ce soir, elle ne se souvenait plus pourquoi elle lui avait cédé.

Il la pilonnait, comme si elle était une région ennemie. Il l'entamait à chaque coït, il lui faisait perdre des mois entiers d'espérance de vie qu'elle ne retrouverait jamais. Plus tard, elle lui devrait ses rides, ses chairs flasques, et toutes les pertes de mémoire qui gâcheraient sa vieillesse.

Il continuait, il ne tarissait pas d'exubérance, il s'enfonçait toujours plus loin en elle. Elle avait envie de lui demander de tout arrêter, ils pourraient reprendre dans deux ou trois jours, ou même laisser passer une semaine. Elle rêvait d'une nuit de sommeil sans contact, ni la moindre marque de tendresse.

Elle a essayé de le caresser de son mieux afin que l'éjaculation se produise et que tout soit terminé. On aurait dit qu'il contrecarrait ses efforts. Il voulait que leur rapport s'éternise, qu'il traîne jusqu'à l'aube. Elle regardait la pendulette sur la table de chevet. Il était une heure et demie, et ils avaient commencé à minuit. Un homme normal aurait terminé depuis longtemps. Elle se souvenait de tous les amants qu'elle avait eus depuis ses dix-sept ans. Ils s'étaient tous pressés, comme s'ils avaient cherché à se dépasser les uns les autres.

Elle entendait des gens crier sur l'avenue, elle les enviait d'être libres, de pouvoir marcher, sauter, au lieu de se trouver épinglés à ce lit comme un papillon. Elle aurait voulu avoir un petit poignard sous l'oreiller afin de lui clouer le bec une fois pour toutes. Elle l'aurait préféré avec une cicatrice à la place de cette verge imbécile qui ne se redressait que pour la réduire à l'état d'exutoire.

Il l'embrassait, sa langue était trop grosse, trop grumeleuse. Elle aurait pu s'entendre avec cet homme s'il avait eu vingt ou trente années de plus, si le temps avait raboté son désir, s'il n'avait plus eu que des besoins limités à un ou deux coïts par trimestre. Elle aurait dû refuser de vivre avec quelqu'un qui malgré la quarantaine continuait sur la poussée de sa puberté dévastatrice.

Elle lui a dit qu'elle en avait assez. Il a fait semblant de ne pas l'entendre, son mouvement s'est poursuivi. Il lui semblait qu'il l'avait usée, qu'à force elle n'avait plus de peau, qu'à présent il raclait ses chairs à vif. Elle n'avait encore jamais été torturée, mais il lui en donnait un avant-goût cette nuit. Elle comprenait qu'à certains moments on préfère être achevée d'un coup de fusil. S'il y avait eu un revolver à portée de sa main, elle aurait tiré une balle en l'air afin que le bruit de la détonation fasse tomber son érection.

Il menait le coït avec une violence redoublée, comme s'il avait décidé lui aussi d'en finir avec ce rapport qui s'étirait en longueur et dont le fil toujours plus mince ne se rompait jamais. Elle supportait la douleur de ses coups de reins, parce qu'elle pensait qu'il était en train de conclure et qu'elle pourrait bientôt dormir.

Demain matin, elle n'entendrait pas le réveil. Elle s'apercevrait qu'il était déjà huit heures et que les enfants allaient être en retard à l'école. Elle regretterait de ne pas s'être défendue, de lui avoir abandonné son corps au lieu de s'être battue pour l'en déloger.

À présent le rythme s'était un peu ralenti, il cherchait à ménager ses forces pour durer. Elle allait essayer de l'oublier, de s'endormir malgré les va-et-vient exaspérants. Il fallait qu'elle ferme les yeux, qu'elle pense à un paysage. Elle lui aurait bien faussé compagnie pour un petit repas impromptu sur la table de la cuisine. Elle lui a demandé s'il avait faim.

— Tu ne veux pas que j'aille faire une omelette ?

Il ne comprenait rien à ce qu'elle disait, sa tâche l'absorbait tout entier. Elle s'est mise à pousser des gémissements de douleur pour l'attendrir, puis elle l'a mordu à l'épaule. Il continuait, sans s'être rendu compte de rien. Il était à ce point isolé du reste du monde, qu'elle aurait pu peut-être se libérer doucement, et quitter le lit sans qu'il s'en aperçoive. Elle aurait déserté la chambre, tandis qu'il aurait poursuivi son voyage en solitaire.

Il s'agrippait à elle, il avait des ongles pointus qui s'enfonçaient dans ses poignets pour mieux la crucifier sur le drap. Il n'avait aucune pitié, il savait qu'un coït aussi prolongé était un sévice, qu'il pouvait laisser de graves séquelles dans le psychisme de la femme qui l'avait subi.

Elle enviait les épouses délaissées. Il aurait dû arrêter les persécutions à la naissance de leur deuxième enfant. Si par la suite elle avait ressenti une quelconque excitation, elle aurait eu recours à un jeune homme qui n'aurait pas pesé si lourd sur elle pendant l'amour.

Soudain il a soupiré, puis elle a senti que quelque chose coulait. Il est devenu silencieux, elle ne l'entendait même pas respirer. Il allait la relâcher, elle retrouverait l'usage de son corps, elle pourrait se déplacer dans tout l'appartement comme une femme libre. Il lui faudrait bien un bain d'une demi-heure pour se remettre de cette agression, de ce viol commis trop près des chambres des enfants pour qu'elle ait pu se permettre de se débattre, d'appeler. L'eau la purifierait et l'aiderait à détendre ses chairs. En sortant de la baignoire, elle prendrait plaisir à mettre une culotte, un soutien-gorge, un pantalon serré sans aucune ouverture, où elle se sentirait à l'abri.

Elle allumerait les lampes du salon et le téléviseur. Elle regarderait un reportage sur la pêche, avec des vols d'oiseaux, et des filets déroulés sur l'océan. Elle monterait le son pour mieux entendre les cris des goélands et la voix rauque du pêcheur qui raconterait son adolescence à bord d'un chalutier. Elle se demanderait pourquoi l'écran scintillait un peu, elle se frotterait les yeux. Elle s'endormirait sur le canapé.

Elle serait réveillée par le jour. Malgré la fatigue elle se sentirait d'une humeur magnifique. Elle descendrait les cinq étages à pied, sautant parfois deux ou trois marches d'affilée. Le marchand de journaux ne serait pas encore ouvert, elle prendrait du pain frais à la boulangerie, elle resterait un moment assise sur un banc du petit square à prendre le premier soleil. Elle se souviendrait de ce que lui avait infligé son mari dans la nuit, mais le passé lui semblerait léger, inoffensif, les souffrances irréelles. Elle ne se montrerait même pas rancunière, tout à l'heure elle le réveillerait pour qu'il vienne prendre son petit déjeuner avec les enfants.

Il était toujours en elle. Il la tenait, il l'empêchait de faire le moindre mouvement. Il était deux heures. Cette histoire avait trop duré, rien n'était plus ridicule que de garder ce genre de position si longtemps. Elle essayait de soulever son bassin, ses bras, ses épaules. Mais elle était prisonnière.

Le pénis reprenait de l'envergure dans sa vulve. Il lui semblait qu'elle ne survivrait pas à un deuxième coït.

3

Elle se demandait pourquoi elle n'avait goût à rien. Ses enfants étaient de trop, elle n'en pouvait plus de les traîner à l'école, d'aller les rechercher, de leur courir après dans toute la maison pour les tremper dans l'eau du bain, puis de les mettre à table, de les exhorter à manger un peu de viande au lieu de se précipiter sur le congélateur pour se gaver de glaces. Ensuite, il fallait encore crier pour qu'ils gagnent leurs chambres, daignent se coucher, fassent semblant de dormir en attendant que le sommeil leur vienne pour de bon.

Quand son mari arrivait de son bureau, elle se croyait obligée de lui servir quelque chose de chaud et de l'écouter raconter ses ennuis de la journée. Le téléphone sonnait, il parlait sans fin avec un collaborateur qu'elle n'avait jamais vu. Il raccrochait, il regardait la télévision. Il prenait une douche avant de se coucher, il se séchait à moitié et il mouillait les draps. Elle restait allongée à côté de lui dans le noir pour lui tenir compagnie.

Dès qu'il était endormi, elle se levait. Elle se dirigeait à tâtons jusqu'à la salle de bains, elle enfilait sa robe de chambre, elle retournait au salon. Elle n'avait pas sommeil, elle broyait du noir sur le canapé. Quand il lui restait assez d'énergie, elle se demandait pourquoi elle regrettait son mariage, ses enfants, cette maison, ce parquet, ces rideaux et même ce visage qu'elle portait sur la tête comme un masque morose qui serait bientôt couvert de rides et de taches.

Les années avaient alourdi son mari et lui avaient mis quelque chose de rouge dans les yeux. Et puis, il avait une façon répugnante de vanter aux gosses les vertus du travail. Elle avait envie de leur conseiller le vol, le meurtre.

— Et si on va en prison ?

— Tu te suicides.

Elle n'osait pas, elle le laissait dire. Elle n'aimait pas assez ses enfants pour s'épuiser dans un combat sans fin avec leur père. Ils avaient de bons résultats scolaires, ils finiraient diplômés, ils travailleraient comme lui toute leur vie. Elle serait morte d'ici là, elle ne les verrait pas, ils trouveraient des femmes pour partager leur sort et ils fabriqueraient des enfants qui deviendraient leur avenir, leur seule préoccupation au cours des années qui leur resteraient à se trémousser dans l'existence comme des pantins.

Elle restait au salon jusqu'à trois heures du matin. Puis, elle regagnait le lit. Son mari était chaud, en hiver elle se rapprochait de lui. L'été, elle s'installait sur l'extrême bord du matelas, laissant choir un pied sur le sol. Elle essayait de s'endormir, parfois elle faisait un somme de deux heures qui l'amenait jusqu'au petit matin. Alors elle se levait, elle se rendait à la cuisine. Elle ne pouvait s'empêcher d'ouvrir tous les brûleurs de la gazinière et de respirer avec une sorte de jubilation l'odeur du gaz qui envahissait peu à peu la pièce. Quand elle commençait à ressentir un léger malaise, elle ouvrait la fenêtre.

Elle buvait du café en écoutant les informations à la radio. Elle aimait les guerres, elle rêvait de tirer des obus assise au fond d'un char, survoler des villes, jeter des bombes en pleine nuit sur les populations assoupies. Elle aurait voulu se trouver ailleurs. Cette maison confortable, remplie d'une famille prospère, ne lui procurait aucune joie. Elle aurait pu s'en aller, mais elle ne voulait pas s'encombrer des enfants et le courage lui manquait de les laisser derrière elle. Elle ne partirait pas, elle était lasse, paresseuse, incapable de se constituer une vie neuve. Elle méprisait la mort, en revanche elle craignait la solitude et les difficultés matérielles.

Deux ans plus tôt, elle avait cru que la sexualité pourrait lui venir en aide et la distraire. Elle avait pris pour amant un homme rencontré dans une librairie. Durant cette passade, elle n'avait constaté aucune amélioration de son état. Elle avait eu aussi des relations avec une femme, sans en retirer aucun bénéfice. Elle aurait pu continuer, rechercher d'autres sensations, d'autres gens. Cette perspective la fatiguait d'avance.

Quand il était six heures et demie, elle réveillait son mari. À sept heures, c'était le tour des enfants. À huit heures et quart, la maison était vide. Elle attendait la femme de ménage, elle lui demandait de s'occuper du repassage après avoir aspiré les chambres et le salon. Elle partait faire les courses, elle s'ennuyait une fois rentrée. Elle furetait dans l'appartement sans trouver de quoi s'occuper. À midi, la femme de ménage lui disait à demain. Elle allait se recoucher, elle se réveillait à quatorze heures. Même quand le salon était tout éclairé par le soleil elle trouvait le temps gris.

Elle sortait, elle achetait une pizza, elle la mangeait en marchant. Elle avait mal au cœur, elle entrait dans un café et cherchait les toilettes. Elle regardait sa montre, il lui restait quarante-cinq minutes d'ici la sortie de l'école. Elle avait envie de ne pas y aller, ils trouveraient tout seuls le chemin de la maison. Si on ne les voyait pas arriver, leur père ferait le tour du quartier en voiture, il fouillerait le moindre recoin avec le pinceau des phares.

Elle y allait malgré tout, elle était ponctuelle devant le portail. En les voyant apparaître, elle se demandait pourquoi ils étaient trois. Elle aurait pu n'en avoir que deux ou même étancher la soif de paternité de son mari avec un seul. Ils n'étaient pas si intelligents, ni si mignons, le monde n'aurait rien perdu si le néant les avait gardés. Elle aurait voulu qu'il l'ait gardée aussi, au lieu d'être là au milieu de toutes ces mères bonnes à jeter dans l'égout à coups de pelle.

— Maman ?

Les enfants la réveillaient de sa torpeur, ils l'embrassaient. Ils lui réclamaient à manger et à boire, ils disaient qu'ils avaient froid ou que leurs tee-shirts tenaient chaud à mourir. Elle les tirait le long des rues, achetant en route des pains au chocolat et des boîtes de soda dont ils se trempaient des pieds à la tête. Arrivée à la maison, elle aurait voulu avoir assez de férocité en elle pour les assommer.

Elle en tenait un par le bras, elle lui disait d'aller poser son cartable dans sa chambre et d'arrêter de hurler comme une alarme. Pendant ce temps, les deux autres salissaient le canapé avec leurs souliers. Quelquefois, elle trouvait assez d'énergie pour les mater. Alors ils filaient dans la baignoire, mettaient leurs pyjamas, avant de s'attabler et de s'introduire la nourriture dans la bouche d'une fourchette résignée.

Il y avait des soirs où elle les abandonnait à leur sort. Elle s'enfermait dans sa chambre, elle chantait pour entendre le moins possible leur tintamarre. Quand son mari rentrait, elle se précipitait à sa rencontre.

— Ils vont finir par me tuer.

Il la serrait dans ses bras, essayant de la réconforter. Puis, il s'en prenait aux enfants et ils allaient se coucher en larmes. Elle lui disait qu'il aurait été plus heureux avec une autre femme. Elle s'effondrait dans un fauteuil, elle lui disait que la vie lui faisait l'effet d'un mal de mer que rien n'atténuait en aucune façon. Il lui proposait de sortir pour se changer les idées.

— Et les enfants ?

Il appelait une agence de baby-sitting, on lui promettait quelqu'un pour le surlendemain.

— Nous sortons ce soir.

— Nous sommes désolés.

Elle fermait les yeux, elle se touchait le visage du bout des doigts. Il se proposait d'aller préparer le repas à la cuisine.

— Je n'ai aucune envie de manger.

— Tu veux dormir ?

— Je n'en peux plus.

Il la levait, il la traînait jusqu'à la chambre. Elle se laissait tomber sur le lit. Il retournait au salon sur la pointe des pieds. Le léger murmure de la télévision à bas volume lui parvenait, elle essayait de s'y intéresser pour se distraire. Elle pensait aussi à son rôle de mère qu'elle avait si mal tenu aujourd'hui, mercredi prochain elle les emmènerait voir les singes pour se faire pardonner. Si au moins elle s'endormait, si elle se réveillait demain matin à l'instant. Qu'il soit huit heures et demie, que mari et enfants soient partis depuis longtemps. Elle accueillerait la femme de ménage à bras ouverts, elle lui dirait de commencer par n'importe quoi, et si elle ne se sentait pas en forme de ne pas commencer du tout, de s'asseoir dans un coin ou de s'en aller en claquant la porte de toutes ses forces pour se détendre.

Son mari quittait le salon, elle l'entendait dans la salle de bains. Il allumait la chambre, vêtu de ce pyjama rouge qui lui donnait l'air pâle. Elle avait envie de lui dire de la laisser seule et d'aller dormir n'importe où. Il occupait trop de place avec ses jambes, son ventre et ses bras qui à l'occasion la cherchaient du bout des mains.

— Tu te sens mieux ?

Il lui semblait que sa voix se posait sur sa joue comme un mollusque.

— Tu crois que tu vas dormir ?

Ces mots ont giclé sur elle comme des fientes d'oiseau. De toute façon, elle n'avait aucune envie de passer sept heures d'insomnie à côté de ce corps d'homme. Elle s'est levée.

— Où tu vas ?

— Il faut que je range la cuisine.

Elle a fait le tour des chambres des enfants, elle avait envie de les réveiller, de leur demander quels étaient leurs griefs envers elle. Elle était prête à tout entendre, ensuite ils se rendormiraient et demain ils ne se souviendraient même plus de lui avoir parlé. Elle a soulevé la main de l'aîné, prise de scrupules elle l'a laissée retomber aussitôt.

Elle est descendue au garage, elle s'est assise derrière le volant. Elle pouvait partir tout de suite, rouler dans la nuit sur la première autoroute venue. Elle redoutait le lever du jour, elle serait si fatiguée qu'il lui faudrait un lit. Elle échouerait dans une chambre d'hôtel à la moquette orangée où elle sentirait pour la première fois de son existence à quel point la solitude pouvait être une douleur aiguë. Elle ne se mettrait pas au lit. Elle resterait assise devant la petite table, le regard perdu dans les imperfections du mur. Elle n'oserait pas descendre parler avec le réceptionniste ou s'étendre sur le canapé du hall. Après des heures d'angoisse, elle rentrerait. Elle arriverait en début d'après-midi, elle voudrait juste reprendre sa respiration sur un fauteuil du salon et elle tomberait dans un profond sommeil. Elle n'entendrait pas les enfants arriver avec la jeune fille italienne qui s'occupait d'eux quand elle était malade. En revenant du bureau son mari déciderait de la laisser dormir.

Elle se réveillerait à une heure du matin. Elle marcherait dans le salon à pas hésitants, comme si elle ne reconnaissait pas les meubles ni les tableaux. Elle aurait envie de devenir amnésique. On lui prescrirait des remèdes euphorisants, on supporterait ses crises de larmes, ses gestes de haine envers les gosses. On lui pardonnerait un strip-tease incongru dans un supermarché, et même sur un trottoir verglacé où elle ferait une chute qui rendrait son exhibition ridicule. On ne lui demanderait plus rien, elle serait libre de se coucher comme un chien sur le tapis les soirs où son mari recevrait des clients à dîner. Elle aurait le droit de rire des malades, des morts. Sa vie deviendrait une récréation perpétuelle, aucune journée ne lui pèserait et ses nuits seraient autant de plaisanteries qui la rendraient d'une incompréhensible gaieté de la lune à l'aube.

Elle est sortie de la voiture, elle est remontée manger un morceau de fromage à la cuisine. Elle a bu un peu de café, et elle s'est sentie d'attaque pour passer le reste de la nuit debout. Elle ne rangeait jamais les placards, le désordre qui y régnait lui faisait peur. Elle préférait racheter des affaires plutôt que de partir à la pêche dans ces capharnaüms fermés sur eux-mêmes comme des cercueils. Mais pour la première fois, elle se sentait capable d'entreprendre un rangement général.

Elle s'en est d'abord pris à l'armoire de l'entrée qu'elle n'avait pas ouverte depuis deux ou trois ans. Quand le carrelage a été jonché de cartons et de vieux vêtements, elle a vidé les trois penderies du petit couloir qui menait aux chambres des enfants. Elle ne se souvenait pas avoir jamais eu autant de robes, ni de souliers. Elle jetait tout par terre, sauf quand elle tombait par hasard sur des assiettes ou un sous-verre qu'elle déposait avec ménagements sur le sol pour ne pas faire de bruit.

Elle a vidé la commode du salon, la bibliothèque, ainsi que les rangements de la cuisine. À six heures du matin, elle est allée enfin se coucher. En se réveillant, elle a regardé l'heure à sa montre et elle n'est pas arrivée à lire le cadran. Elle se demandait si plusieurs jours ne s'étaient pas écoulés depuis qu'elle s'était endormie. Elle s'est levée, elle a quitté la chambre. Il n'y avait plus aucun désordre dans l'entrée, ni ailleurs. La cuisine était impeccable, on aurait même pas trouvé un grain de riz au fond de l'évier. Elle avait envie de laisser tomber un verre, pour le plaisir de joncher le sol de débris.

Elle s'est aperçue qu'il était quatre heures et quart, les enfants étaient sur le point de sortir de classe. Elle était en chemise de nuit, elle a mis un manteau par-dessus.

Quand elle est arrivée à l'école, ses enfants étaient avec une jeune femme qu'elle ne connaissait pas. Ils ne lui ont pas sauté au cou, ils la regardaient avec méfiance. Elle a pris la fuite. Elle avait envie de pleurer, il lui semblait que faute de sortir les larmes s'accumulaient derrière ses yeux et les poussaient hors des orbites comme des projectiles. Les passants la regardaient, un type lui a même demandé si elle se sentait mal. Elle aurait voulu le gifler à toute volée, elle a fait claquer ses doigts sous son nez pour qu'il s'éloigne. Elle est entrée dans un salon de thé, elle a mangé deux gâteaux. Au moment de payer, elle s'est aperçue qu'elle n'avait pas son sac.

— Je l'ai oublié chez moi.

La serveuse est allée le dire à la patronne. Elle n'avait aucune envie de lui fournir des explications, elle est sortie. Elle a couru, quand elle a été à bout de souffle, elle a constaté que personne ne la poursuivait. Elle n'était pas loin de son domicile, elle est rentrée. Les fenêtres étaient illuminées, elle a essayé de voir à travers les vitres. Les rideaux l'empêchaient de distinguer avec netteté l'intérieur des pièces, et puis elle craignait qu'on la surprenne en train d'épier. Elle n'avait pas la clé, elle a sonné. Son mari est venu lui ouvrir. Elle lui a dit qu'elle avait marché dans les rues pour se dégourdir les jambes et que la nuit l'avait surprise.

— Pour les enfants, tout s'est bien passé ?

Elle restait sur le seuil.

— Entre.

Il l'a prise par le bras, il l'a emmenée jusqu'au salon. Elle s'est assise à côté de lui sur le canapé. Elle avait envie de lui demander pourquoi la jeune fille qui allait chercher les gamins à l'école avait changé. Et pourquoi la femme de ménage avait regarni tous les placards au lieu de la laisser mener ses rangements à leur terme. Elle s'interrogeait aussi sur cette espèce de sourire doux qu'il avait aux lèvres ce soir, comme s'il la croyait trop fragile pour supporter les rapports sociaux ordinaires.

Il lui a demandé si elle ne voulait rien manger.

— Et toi, tu as mangé ?

— Ne t'en fais pas pour moi.

— Tu ne vas pas aller te coucher le ventre vide.

— J'ai mangé.

— Qu'est-ce que tu as mangé ?

— Des trucs que j'ai trouvés dans le frigo.

— Et les gosses ?
— Ils dorment.
— Ils ont mangé ?
— Oui.
— Tu ne veux pas que je te prépare quelque chose ?
— Tu dois avoir faim.
— Non, je me suis empiffrée de gâteaux.

Ils se sont tus. Elle avait envie de s'enfermer dans la salle de bains et de s'enguirlander en tête à tête face au miroir. Elle ne comprenait pas pourquoi il était si clément. Il aurait pu la secouer, laisser la marque de ses doigts sur sa joue. La folie qu'elle sentait parfois monter en elle ne devait pas lui servir d'excuse.

4

La nuit, il la réveillait pour lui faire des reproches. Il lui en voulait de ne jamais l'avoir compris. Sans elle, il aurait réussi, à l'heure actuelle chacun de ses instants serait scrupuleusement filmé et archivé, afin que la postérité ne perde pas une miette de sa vie.

— Tu es fou.

Elle éteignait la lampe de chevet, il la rallumait aussitôt.

— Tu veux dormir ?

Elle ne répondait pas, fermant les yeux, écrasant sa joue sur l'oreiller.

— Tu sais très bien pourquoi je t'en veux.

Elle ne l'avait jamais empêché de peindre, mais ils vivaient dans un logement minuscule et à la naissance des jumeaux elle avait bien été obligée d'investir la pièce qui lui servait d'atelier. Il aurait pu continuer à faire un peu d'aquarelle le dimanche dans la cuisine, ou griffonner le soir des croquis sur un carnet. Il avait tout laissé tomber du jour au lendemain.

— Je peux éteindre maintenant ?

— Tu n'aimes que les enfants.

Elle s'est levée pour boire un verre d'eau, puis elle est revenue se coucher. À présent, il se plaignait d'avoir une femme du même âge que lui, alors qu'une fille jeune lui aurait rendu l'optimisme qu'il avait perdu depuis longtemps. Il en avait assez de la vie qu'il menait avec elle, on aurait dit un petit costume étriqué qui l'empêchait de lever les bras, et même de marcher. Il lui semblait que les murs se rapprochaient lentement, réduisant chaque jour son espace vital.

Il aurait voulu peindre, mais sa main était morte depuis longtemps.

— Je ne pourrais même pas dessiner un chien.

— On verra demain.

Elle ne pensait qu'à obtenir enfin l'obscurité et le silence.

— Je suis un pauvre type.

— Si tu veux.

— Je ne suis même pas un ivrogne ou un chauffard.

Elle avait envie de rire.

— Je préférerais avoir étranglé quelqu'un et être en fuite.

Il n'avait qu'à l'étrangler, une fois morte elle s'endormirait.

— Depuis des années je ne m'aime plus.

Il croyait sans doute qu'elle s'aimait, alors qu'elle se haïssait souvent comme si elle était une autre.

— Tu voudrais m'aider à crever ?

Elle n'en avait pas la moindre envie, la justice lui chercherait des noises et elle serait condamnée à cinq ou dix ans. S'il voulait disparaître qu'il s'occupe lui-même des préparatifs de son trépas.

— Tu serais contente si j'étais mort.

— Tu veux bien qu'on éteigne la lumière ?

— Tu serais contente.

— J'éteins.

Il a continué à parler dans le noir. Elle se demandait quelle heure il pouvait être, il lui aurait suffi de tourner la tête pour voir le cadran du réveil. Elle savait déjà que demain matin ce serait une torture de se lever, de préparer le petit déjeuner de toute la famille, et ainsi de suite jusqu'au soir où elle rentrerait avec des sacs de courses pour le dîner.

Il venait encore d'allumer. Elle se protégeait de la clarté avec l'oreiller, elle n'arrivait pas à penser à quelque chose qui la délasse vraiment, qui lui fasse oublier cette comédie. Elle avait beau se concentrer, il apparaissait toujours dans un recoin de son paysage intérieur, ou alors il lui semblait l'entendre chuchoter de sa voix d'aigri.

— Éteins, maintenant.

Il s'était tourné vers le mur.

— Tu m'entends ?

Pas de réponse, il avait dû s'endormir. Elle a éteint.

Le lendemain l'ascenseur était en panne, il a dégringolé une volée de marches. Le médecin a dit qu'il était mort sur le coup. Elle a pensé qu'il avait eu de la chance de disparaître si tôt, le reste de son existence n'aurait été que jérémiades. De toute façon, il y avait déjà plusieurs années qu'elle regrettait de l'avoir connu.

5

Elle avait eu une enfance exempte de claques, de cris, de parents qui se déchirent et qu'on entend se disputer du fond de son lit. Sa vie de femme avait été acceptable, sans mutilation, ni viol, ni coup de vieux tombant à l'improviste au retour des vacances. Mais elle n'avait pas apprécié ces heures d'ennui quand elle était seule dans sa chambre, quand elle se coiffait, quand elle faisait bouillir de l'eau, quand elle discutait au téléphone, quand elle renversait un vase de fleurs d'un geste trop brusque, quand elle regardait le crépuscule, les étoiles, la lune, ou lorsqu'elle dînait en face d'un homme avec qui elle finirait pourtant la soirée au lit. Elle acceptait la douleur fulgurante d'un doigt pincé dans une porte, ou celle plus sourde d'un mal de tête, et même le picotement désagréable qu'elle ressentait parfois à la selle. Alors que l'ennui était une torture, il s'étendait devant elle à l'infini. Elle n'était jamais parvenue à le vaincre, ni à l'entamer. Elle n'osait en parler à personne, elle pensait être la seule à l'éprouver à ce point-là.

6

Elle se demandait qui était cet homme couché à côté d'elle. Depuis quinze ans il dormait là, à l'occasion il se servait d'elle, et il lui était pourtant inconnu. Il lui parlait de ses activités, ses ambitions, mais toute sa pensée lui demeurait cachée. Il la méprisait peut-être à son insu, à moins qu'il crève de désir de s'en séparer ou de la trouver morte un matin dans la cuisine.

Elle avait envie de le réveiller, de lui demander s'il prévoyait de passer le reste de son existence avec elle. Elle ne supportait pas de sentir que des envies inassouvies mijotaient en lui depuis des années. Il aurait sûrement voulu qu'elle soit une autre, avec une poitrine plus fournie, une voix plus aiguë, un visage aux lèvres charnues, sensuelles, disponibles à toutes les caresses. Il aurait gardé d'elle quelques éléments mineurs, ses petites dents blanches bien alignées, sa façon si féminine de marcher en décomposant chaque pas, et cette facilité qu'elle avait de parler les langues étrangères sans les avoir apprises.

Il n'aurait peut-être rien gardé du tout, il l'aurait remplacée tout à fait, comme on change de voiture, sans état d'âme pour la guimbarde qui vous a trimbalé pendant des années.

Pourquoi il ne se réveillait pas. Il n'avait qu'à allumer la lumière et lui dire je m'en vais. Il pouvait même lui faire cet aveu dans l'obscurité, s'habiller en vitesse et ne plus jamais revenir. Il verserait peut-être de l'argent pour l'éducation des enfants, sinon elle se débrouillerait avec son salaire. Il pouvait la noyer tout au fond de son passé, elle ne remonterait jamais à la surface. Il vivrait avec une fille jeune, douce comme un galet, intelligente, diplômée et prête à sacrifier sa fraîcheur à sa quarantaine affamée de plaisirs et de vanités. Il l'exhiberait dans des dîners de copains qui s'extasieraient sur son petit nez de bébé et cette manière troublante qu'elle aurait de loucher un peu. En rentrant dans leur nid aux murs rose bonbon, il ne se lasserait pas de la regarder se déshabiller devant le bac à douche et se savonner en caressant avec ingénuité ses zones érogènes. Il attendrait toutefois qu'elle soit rincée, séchée, pour l'enlacer sur le lit et s'endormir au beau milieu d'un coït sans orgasme.

Mais il n'avait même pas de maîtresse, elle en était réduite à lui suffire depuis des années. Elle aurait préféré le partager, pouvoir l'aiguiller de temps en temps sur une remplaçante qui l'aurait supporté à sa place le temps d'une soirée, d'un week-end, d'une petite semaine de vacances. Quand il serait revenu, elle lui aurait fait des compliments sur son teint frais, ses yeux brillants. Elle lui aurait même suggéré d'y retourner, et de ne jamais revenir.

Le réveil a sonné. Ils se sont levés ensemble. Pendant le petit déjeuner, elle lui a demandé pourquoi il n'allait pas chez le coiffeur et il s'est étonné de cette couleur rouille qu'on lui avait faite la dernière fois qu'elle y était allée. Elle lui a répondu qu'à cause de lui elle ne dormait pas, elle restait des heures à le veiller dans l'obscurité, elle était vraiment inquiète.

— Je ne suis pas malade.

— Tu ne comprends pas.

Il avait disparu dans la salle de bains pendant qu'elle levait les enfants pour aller à l'école. Elle se disait qu'en cas de séparation ils se les partageraient. Ils pouvaient se séparer tout de suite, ils n'avaient pas besoin de continuer cette mascarade. Elle avait horreur de ces matins routiniers où on ne parle que pour s'opposer, où aucun échange authentique ne semble possible. Ils allaient passer toute une journée loin de l'autre, et ils n'emporteraient même pas un souvenir agréable de cet intermède devant leur café. Ils garderaient une impression si déplaisante de ces instants-là qu'ils secoueraient la tête comme pour les empêcher de revenir à leur mémoire. Ils se consacreraient à leur travail avec l'ardeur, la ferveur qu'on voue à un culte. Alors qu'ils auraient dû passer la journée à penser à leur relation, à s'envoyer des petits mots, à se téléphoner toutes les heures pour savoir si le moral tenait toujours le coup. Le soir, ils auraient dû s'enfermer dans leur chambre et s'étreindre malgré les enfants qui feraient le siège devant la porte. La nuit, ils auraient dû se réveiller une ou deux fois pour se parler, s'embrasser, et se rendormir encastrés.

Les enfants traînaient. Elle leur a dit de se dépêcher. Ils ont filé dans l'escalier, elle les a regardés par la fenêtre s'éloigner en tournant autour des arbres. Il était déjà huit heures, si elle ne se pressait pas elle finirait par arriver en retard à son bureau. Elle a investi la salle de bains, il nouait sa cravate dans la chambre. Au moment où elle s'est trouvée sous la douche, elle lui a reproché de ne jamais prendre le temps de la regarder.

— Comment ?

— On dirait que je n'existe pas.

— Je ne comprends rien à ce que tu dis.

— Tu me vois ?

— Quoi ?

Il s'était rapproché d'elle, mais le bruit de l'eau l'empêchait de comprendre ce qu'elle lui disait. Elle avait envie de l'asperger, de lui tremper son costume jusqu'à la trame et de l'obliger à rester encore quelques minutes pour se changer. Elle n'a pas osé.

— À ce soir.

— Tu pars déjà ?

Il a tiré la porte derrière lui, elle a été furieuse qu'il ne soit plus là. Elle aurait voulu travailler à ses côtés, dans la même pièce, entendre tout ce qu'il disait et pouvoir lire la moindre de ses notes. Elle n'avait aucune envie de le surveiller, elle voulait seulement jouir de sa présence au lieu d'être privée de lui pendant toutes ces heures.

Elle s'est habillée, elle a laissé de l'argent pour le goûter des enfants sur le buffet de la cuisine. Dans sa voiture, elle a entendu à la radio que l'hiver était sur le point de contre-attaquer juste avant l'été, alors qu'il y avait du soleil et qu'il faisait presque doux. Elle aurait bien passé sa journée avec lui à flâner, boire des verres à la terrasse des cafés. Ils seraient rentrés tard, épuisés d'avoir trop marché. Elle n'aurait pas la moindre envie de faire la cuisine, elle dirait aux enfants de se débrouiller pour glaner leur nourriture dans le frigo.

Elle se mettrait au lit, il regarderait la télévision au salon pendant une interminable demi-heure et il comprendrait enfin que son devoir était de la rejoindre. Au cours de leur accouplement, elle aurait l'impression de prendre son empreinte, et le lendemain elle serait déçue de n'en avoir gardé aucune trace. D'ailleurs, il pleuvrait, l'un des enfants tousserait, et à son travail elle aurait une altercation avec une collègue qu'elle avait toujours détestée à cause de son front couvert d'acné.

Elle se demanderait même si le suicide n'était pas une issue acceptable, mais les fenêtres de son bureau ne pouvaient pas s'ouvrir et les vitres lui sembleraient trop épaisses pour qu'elle puisse les briser. En rentrant à la maison elle essaierait de faire part à ses enfants de son désespoir, ils en plaisanteraient, elle aurait envie d'abîmer leurs affaires pour se venger. Elle prendrait des médicaments qui l'assommeraient, et elle dormirait d'une traite jusqu'au lendemain.

Elle a laissé sa voiture au parking. Il y avait une dizaine de lettres sur son bureau. Elle l'a appelé, il n'avait pas le temps de lui parler. Elle aurait voulu qu'ils soient reliés ensemble par un contact télépathique ininterrompu, et qu'elle puisse déverser dans sa conscience toutes les phrases qui lui passaient par la tête. Elle ne supportait pas d'être isolée, de ne pouvoir le joindre pendant des heures. Il n'y avait aucune raison qu'il s'échappe de la sorte, qu'il quitte son orbite comme un satellite révolté soudain par l'attraction terrestre. En ce moment elle était sûre qu'il l'ignorait, elle ne faisait même pas partie des pensées parasites qui venaient perturber son travail.

Elle a ouvert son courrier, elle a vu dans son agenda qu'elle n'avait pas de déjeuner ce jour-là. Elle aurait pu le rejoindre et manger quelque chose avec lui pour arracher une petite heure d'intimité à cette journée de travail qui allait les dépouiller de tout leur temps et les laisser le soir exsangues, incapables de relever la tête et de se témoigner la moindre affection. Elle l'a appelé, il n'était pas libre à midi. Il a raccroché le premier sans lui dire au revoir. Elle s'est énervée toute seule, elle a jeté un dossier par terre.

Elle n'avait aucune envie de travailler, elle ne supportait pas de le savoir si éloigné. Cette nuit déjà il lui avait semblé distant, à l'écart dans son sommeil opaque. Ce matin, il s'était caché derrière son visage comme derrière une porte. Il avait perdu toute authenticité, il était devenu quelqu'un d'autre. Il refusait d'avoir une conversation approfondie, il se bornait aux dialogues journaliers sur les sujets domestiques, il craignait les échanges touchant leurs sentiments et la sexualité qu'ils avaient ensemble.

Il partirait un de ces jours avec une autre, ou il la quitterait pour un célibat auquel elle ne parviendrait jamais à l'arracher. Si elle laissait son couple s'endormir, d'ici la fin de l'année leur relation serait morte. Elle ne voulait pas le perdre, il lui était précieux. Elle en arrivait même à le trouver beau, elle ne voyait plus sa calvitie ridicule et les verres de ses lunettes lui semblaient des hublots à travers lesquels on voyait onduler ses yeux bleus. Elle oubliait qu'il avait un corps simiesque avec des jambes minces comme des mines de crayons. Elle le croyait désirable, elle s'imaginait que dans la rue les femmes essayaient de capter son attention. Elle aurait voulu le claquemurer dans une cave obscure. Elle seule aurait eu le droit de le regarder en promenant sur lui le faisceau d'une lampe.

Son travail n'avançait pas, elle avait une réunion tout à l'heure et elle s'y montrerait pitoyable. Par la fenêtre, elle voyait d'autres immeubles de bureaux où tout le monde semblait affairé, surtout un type qui remuait des papiers en suivant fixement quelque chose sur un écran. Elle ne savait plus où donner de la tête, il était déjà onze heures, elle n'arriverait à rien. Elle aurait mieux fait de ne jamais le rencontrer, elle se serait mariée avec un bel homme qui lui aurait rendu son amour gramme par gramme. Elle allait le quitter, elle ne lui laisserait pas la joie perverse de l'abandonner un beau matin en lui souhaitant bonne chance avec ses enfants et ses rides.

Elle tenait trop à lui, elle devait s'en débarrasser coûte que coûte avant qu'il achève de la dévorer comme une tartine dont il ne laisserait que quelques miettes sur la toile cirée. Elle n'en pouvait plus de penser à lui, de n'avoir pas un seul neurone exempt de sa personne, et de trouver que tout lui ressemblait, les voitures, les bouches de métro, les marionnettes des marchands de jouets, et les aliments qu'elle était obligée de consommer pour survivre. Elle était à son service jour et nuit, elle essayait même d'imaginer comment fonctionnait son cerveau pour mieux prévenir ses désirs. Elle le regardait s'asseoir et se relever. Elle ne le quittait pas des yeux quand il se grattait, quand il se mouchait.

Elle l'a appelé, il n'avait pas une seconde à lui consacrer. Elle n'a pas eu le temps de lui dire qu'elle était décidée à changer de vie, et qu'il allait sauter comme un collaborateur qu'on a trop vu. Elle le remplacerait dès que possible, en attendant elle se contenterait d'aimer ses enfants que par sa faute elle avait négligés depuis toujours.

Elle avait envie de remuer un peu. Elle est allée jusqu'à l'ascenseur, elle a repris sa voiture au parking. Elle avait besoin d'espace, elle a roulé droit devant elle. Les feux la ralentissaient, et les piétons qui traversaient n'importe où l'obligeaient à freiner. Elle n'arrivait pas à sortir de la ville, il y avait toujours des rues où elle s'égarait au fur et à mesure qu'elle cherchait à fuir. Elle se sentait mal, elle préférait encore mettre le cap sur un obstacle plutôt que de continuer à vivre dans cet état.

Elle a percuté un pylône. L'avant du véhicule était défoncé, mais le moteur ne s'est pas arrêté de tourner. Elle était restée au volant, indemne. Une femme la regardait, les autres témoins s'étaient tout de suite dispersés en voyant qu'elle n'était pas blessée. Elle se demandait pourquoi il n'était pas à ses côtés, elle se serait retournée vers lui et elle lui aurait appliqué une gifle assez puissante pour le sonner. Il était responsable de cet accident, elle avait donné ce coup de volant pour essayer de briser la paroi de l'aquarium où ils avaient mariné ensemble toutes ces années. Elle ne l'aimait plus, ce petit personnage ridicule avait perdu son aura.

Elle est arrivée en retard à la réunion. Elle est rentrée chez elle plus tôt que d'habitude. Quand ses enfants sont revenus de l'école, elle a voulu les aider à faire leur travail. Ils chahutaient entre eux, elle leur a dit qu'elle n'était pas d'humeur à les supporter. Elle les a envoyés se coucher avec un morceau de pain fourré de fromage en guise de dîner. Ils sortaient de leur lit pour faire les fous sur le balcon et jeter des cartes à jouer sur le trottoir.

Elle s'est assise au salon, la tête dans les mains. Elle constatait l'échec de l'éducation qu'elle leur avait donnée, et il était trop tard pour retordre le fil. Elle les avait mis au monde sans réfléchir, dans le seul but de le placer devant ses responsabilités. Il s'était montré décevant, il n'avait pas accepté de jouer son rôle, et elle s'était lassée très vite de l'assumer à sa place.

Elle les entendait mettre du désordre dans leurs chambres en s'apostrophant. Elle n'avait pas la force d'aller donner de la voix, et de toute façon ils auraient continué pour bien lui signifier leur indifférence. Elle s'est allongée sur le canapé, demain il y aurait du soleil et elle irait s'acheter une robe d'été. Elle partirait en vacances sans eux, sans lui, seule comme une petite jeune fille qui vient de rompre avec son fiancé et qui n'a pas encore eu le temps d'en trouver un autre. Elle irait sur une île, elle déjeunerait d'une salade face à la mer, elle danserait le soir sans se trouver ridicule de ruisseler de sueur dans les bras de garçons à peine majeurs. Le matin elle se lèverait tôt pour faire quelques pas sur la plage et nager loin vers le large, puis elle se recoucherait et dormirait jusqu'à midi. Cette existence lui conviendrait, elle refuserait de prendre l'avion du retour. Quand le mois d'octobre arriverait, elle se rendrait compte soudain que le vent soufflait, qu'il pleuvait, et qu'il n'y avait plus personne à part quelques vieillards autochtones qui tiendraient l'épicerie, la taverne, ou passeraient leurs journées enfoncés dans de vieux fauteuils dont on les extrairait bientôt pour les coucher dans la tombe.

Elle quitterait les lieux. Elle s'apercevrait en rentrant qu'il ne lui restait plus rien sur son compte, et ses employeurs ne voudraient pas la reprendre après ces vacances de plusieurs mois que rien ne justifierait à leurs yeux. Son mari lui ferait part d'une décision du tribunal qui la reconnaîtrait coupable d'abandon d'enfants. De toute façon, elle n'aurait aucune envie de les revoir et elle se jetterait du haut d'un monument.

Son mari est rentré, il a crié et les enfants se sont assagis. Elle lui a dit tu ne te rends pas compte de la journée que j'aie passée, j'ai pensé que j'allais mourir dans cet accident. Je crois que je n'irai plus jamais au bureau, je perds mon temps à faire des choses qui ne m'intéressent pas, tu as de la chance d'avoir un travail passionnant, je me demande bien ce que tu ferais à ma place. J'ai envie de partir en vacances tout de suite, à moins que tu préfères que je me fasse hospitaliser une semaine pour souffler un peu. Je ne te reproche rien, mais je me demande s'il ne vaudrait pas mieux nous séparer. Tu vois bien qu'on n'est pas heureux, on se supporte à peine, et je passe la moitié de la nuit éveillée comme si j'avais peur de toi.

Il lui a demandé si elle avait prévu quelque chose pour le dîner. Elle lui a répondu je me suis aperçue aujourd'hui que je n'étais pas sûre de t'aimer autant qu'avant. Il est allé se changer dans la chambre, elle l'a suivi. Elle voulait savoir s'il était d'accord pour une séparation, elle lui laisserait l'appartement mais elle ne savait pas où coucher cette nuit. Elle n'avait pas l'habitude de l'hôtel, et elle n'avait pas d'amie susceptible de l'héberger. Elle aurait pu mettre un matelas dans la petite pièce sous les combles et s'y installer en attendant mieux. Pendant un mois ou deux elle n'aurait plus la moindre activité, elle avait besoin de laisser toute sa pensée se décanter, s'affiner comme des huîtres dans un bassin d'eau claire. Il fallait qu'elle sache de quoi elle était constituée, elle ne pouvait pas continuer à avancer dans la vie avec juste quelques réflexes pour prendre les décisions à sa place.

Il lui a dit les enfants ont faim, on pourrait aller tous au restaurant. Elle lui a répondu aide-moi plutôt à me pendre au tuyau qui traverse le plafond de la salle de bains, tu dois bien avoir une corde quelque part ou un bout de fil électrique. Il ne comprenait pas pourquoi elle avait changé à ce point depuis ce matin. Elle pouvait téléphoner à sa sœur si elle avait besoin de parler à quelqu'un, ou alors à un médecin qui la calmerait d'une piqûre. Elle lui a dit je réfléchis, je ne peux pas continuer à vivre dans le même lit que toi, il faut que j'apprenne à faire mon deuil de ta présence, de ton corps, je ne veux plus te sentir à côté de moi avec ton cœur sonore qui pulse le sang dans les muscles et le squelette.

Il disait aux enfants dépêchez-vous, on y va. Elle l'accusait d'avoir vieilli, d'être devenu un bouffon bavard, vide, avec ce physique si ingrat qui l'avait toujours gênée. Il lui a dit mais tu es sûre que tu n'as pas faim, et elle lui a répondu tu t'es toujours laissé aimer, jamais tu n'as pris la peine d'éprouver de l'affection en retour. Il a entraîné les enfants dans l'escalier, si elle changeait d'avis elle n'aurait qu'à les rejoindre.

Quand elle a été seule dans l'appartement, elle a eu l'impression que tout était terminé. Son mari ne l'aiderait pas, mais elle trouverait bien un ancien soupirant dans un vieux carnet d'adresses qui accepterait de l'étrangler de ses mains pour lui épargner la honte de se rater toute seule dans son coin.

7

Elle l'aimait, elle ne pouvait pas s'empêcher de poser sur lui un regard indulgent. Il était de petite taille, elle le trouvait quand même bel homme. Son visage était si gracieux qu'il le grandissait de quelques centimètres. Elle lui trouvait du talent pour le chant, il avait une belle voix de basse pas très juste mais suffisante pour tenir sa place dans la chorale de leur quartier. Elle aimait ses dessins, toujours les mêmes paysages un peu tristes, ainsi que l'affreuse caricature d'une vieille femme que personne n'avait jamais vue à l'état naturel. Il prenait aussi des photos, il avait une prédilection pour les chats qui erraient de tombe en tombe dans le cimetière de banlieue où ils avaient une concession.

Elle aimait se coucher tôt, près de lui. Il s'endormait dès que son épiderme entrait en contact avec le drap. Elle enfonçait légèrement le bout de ses doigts dans le gras de son épaule pour mieux prendre possession de cet être chaud qui lui appartenait. Elle posait son nez sur son cou, elle le humait comme une fleur. Elle se réveillait parfois dans la nuit, elle éclairait la veilleuse pour le voir.

Un matin, elle l'a secoué pendant une bonne minute pour qu'il se réveille, puis elle s'est aperçue qu'il était raide mort dans le lit. Quelques heures plus tard, elle a tenté de se suicider. Ce fut un échec. Elle a recommencé le mois suivant. Elle n'a pas réussi non plus. Mais elle a continué à attenter à ses jours trente années durant. Elle avait si peur de la mort, qu'elle n'osait avaler plus de cinq ou six comprimés à la fois.

À soixante ans elle est tombée malade. Elle a pensé que tous ces gestes de désespoir lui avaient porté malheur. Elle en a voulu à son mari d'en être la cause. Et puis, son chagrin l'avait éloignée de l'idée même d'un remariage, d'un nouveau départ, d'une nouvelle vie avec un ou plusieurs enfants à la clé, alors qu'elle finissait son existence dans la solitude.

Elle a dû subir plusieurs traitements pénibles. Elle partageait son temps entre l'hôpital et le petit studio qu'elle louait dans une cité modeste. Au cours des années, son chagrin intarissable avait lassé sa famille et ses relations. Personne ne venait la voir, quand elle était à son domicile elle n'entendait d'autres voix que celles de sa radio.

Tant qu'elle a eu assez de force, elle s'est accoudée à la barre d'appui de sa fenêtre pour se distraire du spectacle des voitures qui venaient se garer sur le parking. Il y avait des gens qui revenaient de faire leurs courses avec le coffre rempli de nourriture et de produits d'entretien. Elle essayait d'attirer leur attention en leur parlant depuis son deuxième étage, ils levaient parfois la tête.

Elle est morte un après-midi à l'hôpital. Sa voisine de chambre a continué à lui raconter une nouvelle fois dans quel état elle avait retrouvé son appartement l'été dernier après la visite d'un cambrioleur. Elle craignait qu'il revienne pendant son absence.

8

Elle ne supportait plus les colères de cet enfant qui la frappait avec ses poings, qui envoyait promener tous ses jouets avant de s'effondrer par terre en pleurant. Elle avait essayé de le raisonner, elle l'avait privé de bonbons, elle l'avait même enfermé dans sa chambre un après-midi durant. Elle l'avait amené en vain chez un spécialiste. Elle avait entendu parler de cures thermales, mais il fallait se déplacer, prendre pension dans un hôtel, et ses moyens n'auraient pu suffire.

Elle parlait de lui à son travail, elle montrait à ses collègues les traces des griffures ou des coups de dents qu'il avait laissés la veille sur ses mains, ses bras ou ses cuisses. Si certains lui donnaient des conseils d'éducation, beaucoup sans le vouloir lui éclataient de rire au nez. Elle trouvait légitime qu'on juge ridicule l'enfer où elle était plongée, elle comprenait qu'elle aurait dû tenir tête à cet humain haut comme un lavabo.

À l'école, il se tenait tranquille, son institutrice ne

se plaignait jamais de lui. Il ne gaminait pas non plus sur le chemin de la maison, ni dans l'escalier qui menait à l'appartement. Il attendait d'être à l'intérieur pour exploser. Elle avait l'impression de vivre avec un chat sauvage, un petit tigre qui grandissait inexorablement. Elle se demandait dans combien de temps il serait assez fort pour lui lacérer le visage, ou lui sectionner une artère. Elle pensait que son espérance de vie était courte, qu'elle n'atteindrait jamais l'âge avancé de ces mères qu'elle croisait parfois accompagnées de leurs enfants devenus adolescents ou déjà adultes.

Elle aurait pu s'en débarrasser auprès d'un organisme, ou l'imposer de temps en temps à ses beaux-parents pour partir quelques jours en vacances. Elle préférait encore lutter contre lui chaque soir, plutôt que de se retrouver seule, et de se demander pourquoi elle était toujours vivante en regardant la rue par la baie vitrée du salon avec un désir incroyable d'ouvrir la fenêtre et d'éclater dans les airs comme une baudruche.

9

Comme chaque année nous avons passé le mois d'août chez mes beaux-parents qui possèdent une maison dans une station balnéaire où il pleut la moitié de l'été. Si je gagnais ma vie, nous prendrions une location n'importe où ailleurs et nos vacances seraient plus agréables. Mais nous vivons à quatre sur le petit salaire de ma femme, si cette maison n'existait pas nous resterions tout l'été en ville, avec les enfants tournant dans les trois pièces de l'appartement comme des ours en cage, et m'empêchant d'écrire par leurs incessantes demandes d'argent pour acheter une glace ou aller à la piscine dont ils reviendraient le soir les yeux rouges et puant le chlore.

Nous sommes arrivés à neuf heures du soir. Malgré quelques signes de faiblesse la voiture n'était pas tombée en panne durant le trajet. Ma belle-mère ne décolérait pas contre une repasseuse qui lui avait téléphoné le matin pour lui dire qu'elle ne viendrait pas de toute la semaine. Le dîner a commencé par des quartiers de melon, puis il y a eu de la lotte. Pour le dessert nous avons eu droit à une pâtisserie du coin spongieuse et grasse.

Les enfants dormaient déjà étendus sur le tapis, je leur ai dit de monter se coucher. Ils se sont réveillés quelques secondes pour me dire qu'ils n'avaient pas sommeil. Ma femme feuilletait un magazine. Je me suis demandé si nous aurions un rapport cette nuit, ou si elle prétexterait la fatigue du voyage ou un début de règles inopiné. J'ai posé la main sur son épaule.

— Fatiguée ?

— Vraiment.

J'avais envie d'être déjà au lendemain, ou même à la fin du mois pour être déjà rentré. En tout cas, la nuit prochaine promettait d'être calme. Ma belle-mère se disputait vaguement avec son mari à propos de la barrière du jardin qu'il aurait dû repeindre depuis longtemps, et qui à force de s'écailler commençait à pourrir.

— Et la boîte aux lettres ?

— Je vais me coucher.

Il a à peine salué la compagnie d'un geste de la main. On a entendu son corps pesant attaquer l'escalier de bois qui mène aux chambres. Je me suis levé.

— J'y vais aussi.

Ma femme a déclaré qu'il était tard, les enfants auraient dû dormir depuis longtemps. Elle les a secoués, leur enjoignant de monter derrière moi.

Elle fermerait la marche avec sa mère qu'elle aiderait auparavant à ranger la cuisine.

Vingt minutes après ma femme était dans le lit, j'ai passé mon bras autour de son cou. Elle m'a dit que je lui faisais mal, sa peau était très irritée à cet endroit. J'ai voulu toucher ses seins, elle m'en a empêché. Je lui ai dit que demain je resterais au lit jusqu'à cinq heures de l'après-midi.

— Pourquoi ?

— Le voyage m'a épuisé.

— J'ai conduit presque tout le temps.

— Les enfants criaient dans mon dos.

Elle aurait voulu continuer à discuter, mais je me suis endormi. Au matin, elle m'a secoué pour que je descende prendre le petit déjeuner.

— J'ai sommeil.

— Il est huit heures.

— Je ne t'ai pas demandé l'heure.

Je suis arrivé de mauvaise humeur à la table familiale. Les enfants étaient déjà dans le jardin, ils se disputaient sous la pluie fine à propos d'une vieille canne à pêche. On aurait voulu me faire manger un reste du gâteau de la veille en guise de toasts. Je n'ai pas voulu non plus boire le café tiède qu'on a versé dans mon bol, je suis allé en faire du neuf à la cuisine. Quand je suis revenu à la salle à manger, j'ai fait remarquer à mon beau-père qu'il pleuvait.

— Très peu.

— Les enfants sont trempés.

— Hier, il faisait beau.

— Nous sommes arrivés sous la pluie.

— Il y a eu du soleil dans la matinée.

Une fois restauré, je suis monté prendre ma douche. Ma femme était nue devant le lavabo. Je l'ai effleurée, je lui ai demandé si elle n'avait pas envie de retourner au lit faire une sieste. Elle a soupiré, elle a entouré son corps d'une grande serviette éponge.

Le flexible de la douche était plié, la pomme ne laissait passer qu'un mince filet d'eau. Je ne me suis pas rasé, j'ai mis les vieux vêtements qui me servent à chaque fois que je viens ici. Je l'ai rejointe, elle s'entretenait avec sa mère des courses nécessaires au déjeuner. J'ai à nouveau fait remarquer qu'il pleuvait, nous ne pourrions sans doute pas aller à la plage de toute la journée.

— Dépêche-toi.

Elle m'a poussé dehors. Quelques minutes plus tard nous nous sommes retrouvés sur le parking du supermarché. Elle avait une longue liste, je lui ai demandé pourquoi ses parents n'avaient pas fait de provisions avant notre arrivée. Elle a haussé les épaules. J'aurais voulu lui dire que je tenais à elle, par exemple si elle tombait morte sur le gravier je serais complètement désemparé.

Nous sommes entrés dans le magasin. D'abord les légumes, les fruits, puis les laitages, les fromages, les conserves, les biscuits, le chocolat, les jus, la lessive. Nous avons terminé par un paquet de chewing-gums pris sur un présentoir près de la caisse.

Dans la voiture, je lui ai dit que cette séance d'achats m'avait tué.

— Il faut aller acheter le pain.

— On en achètera ce soir.

— Non.

Il a fallu aller au bourg, se garer sur un emplacement réservé aux pompiers, et faire la queue. J'ai de nouveau fait la queue à la maison de la presse pour prendre le journal. J'ai rejoint ma femme qui m'attendait dans un petit café face au port. Nous avons regardé les gens affairés sur les ponts des voiliers, nous éprouvions une certaine satisfaction de ne pas être à leur place à patauger sous la pluie. Je lui ai demandé à quoi nous allions pouvoir utiliser le reste de la journée, elle a bu le fond de son verre sans me répondre. J'aurais voulu lui dire que je me sentais en perdition depuis quelques mois, tout ce que j'écrivais me semblait lamentable.

— J'ai l'impression que je n'ai aucun talent.

Elle m'aurait répondu d'oublier d'écrire, je ne lui ai rien dit. Nous avons profité d'une éclaircie pour marcher un peu sur la jetée. La mer était vert foncé comme de la toile de treillis.

De retour à la maison je me suis effondré sur le canapé du salon. Ma femme parlait dans la cuisine avec sa mère, mon beau-père me posait des questions au sujet de la quantité d'estivants présents cette année dans la commune. Il voulait à tout prix qu'il y en ait plus que l'an dernier.

Je n'avais pas sommeil, je fermais les yeux pour

qu'il s'intéresse à autre chose qu'à moi. Les enfants devaient être en train de pêcher, ils reviendraient avec d'affreux poissons minuscules qu'on cuirait pour leur faire plaisir.

J'ai tourné en rond dans le jardin. Je me suis amusé à grimper dans un arbre, je me suis affalé par terre en descendant. Je suis monté sur une chaise de la salle à manger pour enlever la pile de la pendule murale dont le tic-tac m'exaspérait. Je n'étais pas certain de pouvoir supporter un mois entier de vacances, je me voyais dans quelques jours évacué chez les fous.

Je regardais ma belle-mère de dos en train d'éplucher des légumes, je me demandais si elle allait mourir bientôt ou si c'était elle qui m'enterrerait. Je suis sorti dans la petite cour, il y avait des caisses en plastique de couleur remplies d'outils. J'aurais pu prendre un sécateur et couper toutes les fleurs, ou creuser un trou avec une pioche pour m'occuper jusqu'au déjeuner.

Je ne m'étais jamais autant ennuyé. Aucune activité ne me semblait justifiable. Je prenais une vieille truelle en main, je revenais la poser où je l'avais prise. J'arrachais une pierre descellée dans un muret. Je regardais ma montre, je donnais un coup de pied dans le portail.

Ma femme est venue me prendre pour aller chercher les enfants sur leur lieu de pêche. Je lui ai dit qu'elle n'avait pas besoin de moi, puis je me suis ravisé par désœuvrement. Le soleil s'était levé, elle avait mis les maillots de bain dans la voiture. Les enfants avaient un seau plein de poissons inégaux, gris, marron, noirs, plus dégoûtants les uns que les autres. J'ai dit à mon fils aîné qu'à son âge il aurait pu avoir d'autres occupations.

— Quoi ?

Je ne savais pas. Mon plus jeune fils s'était ouvert légèrement le pied en cueillant des moules. J'ai fait semblant d'examiner la plaie, sa mère lui a mis un pansement dont elle avait une provision dans la boîte à gants. Nous nous sommes entassés dans la voiture avec le seau et les cannes à pêche. Arrivés à la plage, le parking était bondé, je me suis garé sur le bas-côté. Les enfants se sont jetés tout de suite à la mer. Ma femme a poussé un cri quand elle a effleuré l'eau du bout des orteils. J'ai décidé de me baigner quand même, de nager droit devant moi jusqu'à épuisement complet. J'avais une chance de périr, la mort me semblait un futur acceptable.

Au cours du déjeuner, les enfants se sont montrés exubérants, ils ont parlé de pêcher tout l'après-midi dans une crique que dévoile la marée basse. Ma femme a essayé de se renseigner auprès de son père sur les dangers éventuels de cette expédition. Au moment du fromage, je me suis plaint à haute voix de ces vacances qui ne faisaient que commencer et qui ne m'apporteraient ni repos, ni sérénité. Ma belle-mère a dit que les gosses étaient déjà bronzés. Je lui ai fait remarquer que la pluie tombait de nouveau.

— C'est un grain.

Je n'ai pas pris de dessert, je me suis affalé sur le canapé. Ils continuaient à bavarder. Je me rendais compte que je ne leur étais pas utile, et qu'ils ne m'étaient pas utiles non plus. À leur place une radio crachotante aurait suffi, je me serais levé pour aller l'éteindre et j'aurais été tranquille.

Ma femme voulait que nous allions nous promener à pied sur le bord de la grande falaise. Je lui ai dit que je ne résisterais pas à la tentation de me jeter dans le vide.

— Arrête.

— On pourrait se reposer dans la chambre.

— Tu ne veux pas accompagner les enfants à la pêche ?

— Tu crois qu'on va rester ici jusqu'à la fin du mois ?

— Moi je vais avec les gosses.

Les enfants étaient furieux qu'on veuille les espionner, ils ont aussitôt décidé d'aller visiter cette crique une autre fois.

— Et qu'est-ce que vous allez faire ?

Je me suis aperçu que la jupe de ma femme laissait soupçonner sa culotte, je lui ai dit à voix basse qu'il fallait que je lui parle tout de suite.

— Pourquoi ?

— Viens.

Elle m'a suivi dans l'escalier.

Une fois dans la chambre je l'aurais poussée sur le lit, et je l'aurais pénétrée sans tout à fait lui demander son consentement. Mais au dernier moment elle a dû se douter de quelque chose, et elle s'est retranchée dans la salle de bains. J'ai frappé à la porte, elle m'a dit qu'elle avait mal aux reins depuis la plage.

— Je vais me frictionner avec du baume.

— Tu veux que je t'aide ?

— Va plutôt voir où en sont les gosses.

Je suis redescendu. Les enfants n'étaient plus là, mes beaux-parents débarrassaient la table. J'ai pris un parapluie dans l'entrée et je suis allé faire un tour. J'ai marché sur le bord de la route, j'ai atteint la station-service. J'ai feuilleté les revues sur les présentoirs à côté de la caisse.

Je regrettais de me trouver là, j'aurais mieux fait d'être ailleurs avec une autre femme, d'autres enfants, ou même seul, sans entraves, libre de me précipiter tête baissée jusqu'au bout de ma vie ratée. L'idée de mettre fin à mes jours me séduisait depuis l'enfance, même si le suicide n'était que le symptôme d'une maladie, un éternuement consécutif à un coryza.

Je regardais tomber la pluie. J'aurais voulu que mon existence se réduise à l'écriture d'une succession de livres dont je ne sois plus au bout du compte que le résidu desséché sur les parois de l'alambic.

Il pleuvait moins fort, j'ai quitté la station-service. En arrivant, ma belle-mère a tout de suite remarqué que je n'avais plus le parapluie.

— J'ai dû le perdre.

— Vous ne vous souvenez pas où vous l'avez mis ?

— Quand est-ce qu'on dîne ?

— Il est à peine deux heures et demie.

Ma femme se tenait debout près de la fenêtre, elle portait une robe bleue aux contours flous. Elle était muette.

— Je vais travailler.

Je me suis installé dans notre chambre. Une heure plus tard j'étais à ce point convaincu de la médiocrité de mon écriture, que j'ai tout effacé.

Je suis descendu. Ma femme buvait un verre de jus d'orange en regardant les paumes de ses mains. Le soleil clignotait derrière les nuages. Je lui ai dit que maintenant nous pouvions aller faire un tour.

— Non.

J'aurais voulu m'asseoir dans le jardin, mais tous les sièges étaient trempés. J'ai pris la voiture, je me suis trouvé coincé dans un embouteillage. Recroquevillé sur le siège, fermant les yeux, j'ai essayé pour me distraire de susciter en moi l'image de gens aperçus dans la rue la semaine dernière. On me klaxonnait, la voiture qui me précédait avait avancé un peu.

Je regardais une horrible crêperie basse comme un poulailler, avec un homme assis devant. Je me disais qu'en changeant de femme j'aurais pu retrouver une vie sexuelle ardente. Les enfants me semblaient de plus en plus burlesques, je les revoyais bataillant ce matin sous la pluie.

Quand la voie s'est trouvée libre, j'ai tourné à droite. La route a continué un kilomètre ou deux et elle s'est arrêtée net devant une plage. J'ai marché sur le sable. Il y avait une vieille femme qui ramassait des algues dans un panier, et quelques baigneurs disséminés sur des serviettes ou le corps à moitié immergé dans la mer glacée.

Je devais me contenter de mon existence actuelle. Les années qui me séparaient de mon décès ne seraient rien d'autre que le présent multiplié autant de fois qu'il le faudrait pour occuper toute la surface de mon avenir.

J'ai quitté la plage, je suis revenu à la maison. Ma belle-mère était assise et lisait, il n'y avait personne d'autre. J'ai essuyé un siège, je me suis assis dans le jardin malgré un léger crachin.

Ma femme est arrivée, je lui ai dit que le coup de soleil qu'elle avait réussi à attraper malgré le mauvais temps lui donnait l'air d'une sauce indienne. Les enfants ont fait leur apparition un peu plus tard avec un seau rempli de bigorneaux.

L'été suivant, nous sommes allés camper. J'en avais assez d'écrire. J'écrivais pourtant chaque jour. Je savais que je n'arrêterais pas.

10

Elle était célibataire. Elle trouvait que ce quartier manquait de commerces et de possibilités de loisirs. Il y avait une piscine aux vestiaires vétustes et une bibliothèque où on ne trouvait pas de magazines.

Les week-ends étaient longs. Le dimanche elle s'ennuyait toute la journée. Elle s'obligeait le samedi à passer plusieurs heures dans un grand magasin, traînant d'un rayon à l'autre, achetant un collant, un stylo à bille ou d'autres bricoles. Ensuite, elle mangeait quelque chose dans un café. À son retour elle s'allongeait jusqu'au soir.

Elle avait quarante-quatre ans, elle n'avait vécu avec un homme que trois semaines durant toute son existence. Ce type la poussait violemment pour agrandir son territoire dans le lit, et il ne faisait jamais aucune course. Il était parti sans un mot, laissant derrière lui du linge sale qu'elle avait jeté.

Depuis son départ il y a quinze ans, elle avait connu la solitude. Elle la savourait parfois comme une friandise, elle en souffrait le reste du temps. Elle aurait voulu que quelqu'un soit là pour partager avec elle le plat à peine sorti du four, ou pour lui succéder chaque matin dans la salle de bains.

Quelquefois une amie venait passer la nuit. Elle arrivait tard et disparaissait tôt le lendemain sans qu'elles aient eu un seul instant d'intimité. Elle ne détestait pas les femmes, elle aimait leur odeur plus discrète. Elle supportait leur étreinte, puis tout à coup elle prétextait un malaise pour l'interrompre, tandis qu'elle laissait aller les hommes jusqu'au bout.

Elle avait un physique ingrat et à son âge elle avait perdu l'éclat de la jeunesse. Dans la rue, on se retournait sur elle à cause de sa petite tête qu'elle portait comme un poing au bout de son trop long cou. Les jours de bonne humeur, elle se regardait dans la glace avec indulgence, elle se trouvait de beaux yeux noirs et un nez rond assez drôle. Elle évitait de considérer le reste de sa personne.

Elle mettait du rouge sur ses lèvres minces, elle étalait une crème sur son visage qu'elle recouvrait d'un nuage de poudre. Quand elle prenait conscience que tous ces artifices contribuaient à l'enlaidir, elle se décapait avec du savon. Sa peau devenait cramoisie, il lui était impossible de mettre le nez dehors avant plusieurs heures. Elle appelait son bureau pour dire qu'elle était malade. Elle passait la journée chez elle dans le désœuvrement.

Elle ne partait pas en vacances, elle restait sur place à paresser dans ses draps jusqu'à midi. Vers quatorze heures, elle allait à la piscine. Elle s'allongeait au solarium. Elle écoutait les conversations autour d'elle en se frictionnant avec de l'huile bronzante. Elle se demandait pourquoi personne ne lui adressait la parole, elle aurait voulu pouvoir dire son mot et se faire de nouvelles relations.

Son intelligence sécrétait sans arrêt des opinions qui auraient pu intéresser les gens. Elle regrettait que ses possibilités soient si peu utilisées. Même dans son travail, on ne lui permettait pas de faire fonctionner son cerveau à plein régime. Mais elle mémorisait avec lenteur et quand elle faisait un test pour évaluer son quotient intellectuel, elle récoltait une mauvaise note qui la rendait triste durant des jours.

Elle se disait qu'à sa retraite, elle entreprendrait des études. À soixante-dix ans, elle serait peut-être ingénieur, elle aurait la satisfaction d'avoir un diplôme, même si elle n'en faisait jamais rien.

À son bureau, elle aimait les discussions avec ses collègues. Elles étaient mariées, elles racontaient leur vie de couple et les problèmes que les enfants leur posaient. Elle avait l'impression d'absorber leur existence à petites gorgées. Lorsqu'un détail lui paraissait obscur, elle réclamait des explications, emmagasinant tout dans sa mémoire comme des souvenirs personnels.

Déjeuner à la cantine était pour elle une grande

joie. Elle raffolait des conciliabules dans la queue du libre-service. Elle aimait prendre un plateau, y poser un hors-d'œuvre, un yaourt, une petite bouteille d'eau minérale. Elle regardait les plats du jour inscrits sur le tableau, le vendredi elle prenait une truite. Elles s'asseyaient par petits groupes d'affinités. Quand la conversation réclamait des reparties immédiates, elles mangeaient sans prendre le temps de mâcher. Le dessert terminé, elles buvaient un café hâtif avant de reprendre le travail. Elles profitaient de ces derniers instants de liberté pour achever de vider leur sac.

Elle aurait apprécié qu'à la sortie du bureau elles aillent en chœur prendre une consommation et papoter dans un bar. Elle le leur avait suggéré plusieurs fois, mais celles qui avaient des enfants étaient pressées d'aller les chercher à la sortie de l'école, les autres n'avaient pas une minute à perdre non plus. Une fois, une femme presque sexagénaire avait accepté son invitation. La salle était enfumée, elles avaient bu leur chocolat face à face, intimidées de se trouver ensemble loin du bureau. La femme lui avait touché un mot de son fils, il venait de divorcer. Puis, elle avait tenu à régler les consommations et elle s'était levée.

— À demain.

Elle n'avait pas eu la présence d'esprit de lui répondre. Elle l'avait vue s'en aller avec sa chevelure teinte en noir et ses bottines.

Elle était restée seule, elle avait commandé une

bière. Elle regardait les gens qui parlaient entre eux autour du comptoir, elle avait envie de les rejoindre. Elle restait à sa place, elle commandait d'autres verres. Elle aimait voir trouble, et entendre de cette façon un peu molle, lointaine. Elle ne distinguait plus les visages des gens, ils avaient à la place une tache brouillée, dans les blancs, les ocres et les gris.

Par la suite, elle n'avait plus jamais rencontré de collègue après les heures de bureau. Quand la journée était finie, comme tout le monde elle se hâtait, bousculant les autres dans l'ascenseur, le bus, achetant au supermarché sans vérifier ni la qualité, ni le prix, de crainte de perdre de précieuses minutes. Elle trépignait à la caisse quand la fille s'interrompait pour tousser ou compter une liasse. Dans la rue, il lui arrivait de heurter des gens âgés qui faisaient des pas trop lents à son goût. Comme elle courait plus vite que l'ascenseur, elle montait à son troisième étage à pied. Elle pénétrait en trombe dans l'appartement, rangeant ses courses n'importe comment afin d'en avoir fini plus vite. Puis, elle s'asseyait au salon. Il était à peine dix-huit heures quinze, la soirée promettait d'être interminable.

Elle avait deux sœurs. Elles ne s'étaient pas rencontrées depuis longtemps. Elles se téléphonaient d'année en année. À une époque, elle passait du temps chez les marchands de jouets afin de choisir des cadeaux de Noël pour ses neveux, mais il lui était difficile d'éprouver de l'affection envers des enfants qu'elle n'avait jamais vus. Aujourd'hui elle s'abstenait de dépenser son argent de la sorte, à la place elle s'offrait un petit bijou ou une montre.

Au moment des fêtes, elle achetait un sapin et elle le décorait. Elle invitait ses collègues à venir manger des gâteaux un dimanche. On ne venait pas, et le lundi matin elle emportait les gâteaux au bureau. Ils étaient moins frais que la veille, on les trempait dans du thé chaud avant de mordre dedans.

Elle n'avait même pas d'animal, il lui semblait que toute l'affection dont elle aurait été capable demeurait enfoncée au fond d'elle et qu'on l'enterrerait avec. Elle essayait de s'intéresser aux gens qui souffraient, elle les voyait aux actualités, blessés, amputés, décharnés jusqu'à l'os. Dans la rue, elle croisait des individus en détresse qui réclamaient une pièce avec insistance. Il leur arrivait d'être agressifs, elle passait son chemin la peur au ventre.

Les jours de mélancolie, elle se disait que si elle avait eu une autre apparence son destin n'aurait pas été le même. Quand elle se voyait nue, elle convenait de son manque de charme. Elle était différente de l'image qu'un homme est en droit de se faire d'une femme. Elle avait suivi pendant deux ans des cours de gymnastique et son physique ne s'était pas amélioré. Les seins étaient minuscules, ils avaient cependant le mérite de tenir droit. Mais le fessier était plat, elle se cambrait en vain. De toute façon le visage lui causait trop de tort, dès qu'on l'avait vu on ne perdait pas de temps à examiner son anatomie. Elle pleurait, tamponnant ses yeux avec un gant de toilette imbibé d'eau tiède.

Elle aimait vieillir, au fur et à mesure elle avait de moins en moins d'énergie en elle pour éprouver de la souffrance, et le paquet d'années qui lui restait à subir d'ici la fin de sa vie était de plus en plus mince. Elle savait aussi qu'une maladie pouvait se déclarer à tout instant et la précipiter dans un cercueil en quelques mois. Elle croyait beaucoup aux accidents de la circulation qui vous fauchent comme un épi, aux catastrophes naturelles dont les villes sortent à l'état de ruines. Sans compter les guerres, les incendies, et les coups de cafard qui vous défenestrent.

11

Elle en avait assez de la plage et du cri strident des marchands de glaces. Tous ces corps trop nus, avec ces lunettes noires et ces bouches qui tétaient des sodas. Ces enfants qui couraient partout, qui pataugeaient et se lamentaient quand leurs châteaux de sable étaient détruits par la marée.

Elle est rentrée à l'hôtel. Elle s'est savonnée plusieurs fois sous la douche pour se débarrasser du sable dont elle se croyait infectée comme d'une dermite. Le soir, elle est allée dîner dans un petit restaurant de la vieille ville qui avait le mérite de ne pas donner sur la mer. La salle était pleine de couples aux visages luisants comme du bois ciré. Elle sentait qu'elle brillait aussi. La lumière des faibles ampoules éclairait mal les assiettes. Au dessert, elle a décidé que rien n'était bon, elle aurait mieux fait de manger un sandwich plutôt que de venir ici.

De retour dans sa chambre, elle s'est assise sur le balcon. Il faisait nuit, on entendait les vagues. Les gens paraissaient plus mats sous la lumière blanche des lampadaires. Elle avait envie de dormir. Demain, elle partirait. Son congé n'était pas encore terminé, elle passerait quelques jours à faire des rangements.

Elle avait vingt-sept ans, mais sa laideur la dispensait d'être abordée dans les endroits publics. Dans le train, personne ne lui a adressé la parole et elle a pu feuilleter son journal tranquille. En son absence, la gardienne avait glissé le courrier sous la porte. À part les factures, il y avait une proposition de crédit pour l'achat d'un studio à la montagne.

En guise de repas elle a mangé des biscuits et une barre de chocolat. Il faisait chaud, elle s'est couchée dévêtue. Le sommeil n'est pas venu, à deux heures du matin elle buvait un verre de sirop de menthe à la cuisine. Elle se disait qu'elle aurait aimé partager la vie de quelqu'un. Les hommes qu'elle avait connus l'avaient déçue. Elle avait pourtant besoin d'un foyer, une femme sans enfant est méprisable.

Elle n'aimait pas plus les femelles que les mâles, par exemple elle avait toujours haï sa mère et ses sœurs. La matière même dont était fait l'humain lui déplaisait. Elle ne supportait ni la chair ferme, ni la chair molle, ni celle qui est glabre, poilue, blanche, noire ou écarlate. Elle aurait voulu pouvoir s'enlever ce corps comme une chaussure qui comprime les orteils, la cheville et le cou-de-pied.

Elle s'est remise au lit. Elle ne pouvait pas reprendre son travail tant que ses vacances n'étaient pas terminées. Elle se demandait ce qu'elle allait faire demain, elle craignait que les rangements l'occupent à peine un après-midi ou deux. Elle n'aimait pas le sport et elle ne supportait pas la lecture. Quand elle s'ennuyait, elle allait chez le coiffeur. Elle pouvait y aller cinq fois par semaine, changer de couleur, de coupe, et à force de faire raccourcir ses cheveux ne plus avoir sur le crâne qu'une mince couche de duvet d'oiseau.

Elle a fini par s'endormir à cinq heures du matin. Elle s'est levée à neuf heures. Le soleil accentuait les détails d'une réalité qui lui semblait encore plus insurmontable. Elle avait défait sa valise la veille, le linge pour la laverie reposait déjà dans un sac. La cuisine était impeccable, elle n'avait même pas fait tomber une miette de biscuit. La salle de bains rutilait. Le salon ne méritait pas un reproche, le canapé était neuf et le tapis venait juste d'être nettoyé.

Elle a fait les vitres. Elles semblaient propres, mais fenêtre après fenêtre le chiffon se teintait de gris. À midi, elle avait terminé. Elle avait faim, elle s'est dit qu'elle allait déjeuner dans un restaurant proche de son travail. Si elle croisait des collègues, ils lui donneraient des nouvelles du bureau.

Il lui semblait voir des grains de sable dissimulés dans les profondeurs de la moquette. Avant de sortir, elle a passé l'aspirateur. Elle a aussi passé une peau de chamois sur une petite commode qu'elle croyait voir poussiéreuse dans la lumière. Elle s'est dit que de toute façon elle n'aimait pas ce logement, ceux qu'elle visitait lui déplaisaient aussi, elle aurait bien voulu n'habiter nulle part.

Quand elle s'est trouvée dans la rue, le ciel était couvert, on recevait les premières gouttes d'une averse. Elle n'avait pas de parapluie, elle portait une robe légère en lin bleu. Elle aurait aimé être déjà toute mouillée pour avoir le plaisir de remonter chez elle se sécher, se changer, se réchauffer avec une tasse de café.

Elle a hélé un taxi, elle s'est fait déposer devant l'immeuble où elle travaillait depuis quelques mois. L'hôtesse de l'accueil lui a demandé où elle allait. Elle s'est précipitée dans un ascenseur, arrivée au trentième étage elle a pris un grand couloir éclairé par des projecteurs. Elle souriait, ses lèvres retroussées dévoilaient ses dents et une partie de ses gencives. Elle a frappé à une porte, on lui a dit d'entrer. Elle est restée deux minutes dans la pièce, puis d'un pas rapide elle a rejoint l'ascenseur.

Il ne pleuvait plus. Elle a marché un quart d'heure avant de s'arrêter dans un restaurant. Elle avait honte d'être apparue à son bureau durant sa période de congé. Le collègue qu'elle avait vu s'était moqué de son zèle, il avait sans doute pensé qu'elle n'avait pas d'ami, pas même de relations, en dehors des gens qu'elle côtoyait dans sa vie professionnelle.

Elle s'est levée de table. Elle titubait dans la rue, pourtant elle n'avait rien bu. Elle avait l'impression qu'il n'y avait plus de place pour elle, que sa conscience était un noyau minuscule, un pépin que tout son cerveau écrasait. Elle ne pouvait pas fermer les yeux, autrement elle allait disparaître. Elle s'obligeait à les garder grands ouverts, à observer les voitures qui démarraient ou freinaient aux feux rouges. Elle détestait ces piétons pressés qui longeaient les vitrines et dont le pas régulier lui semblait un mouvement inexplicable. Elle levait la tête vers le ciel, il restait encore des nuages, mais il y avait assez de soleil pour l'éblouir.

Elle était rentrée tard le soir, tant elle avait eu de mal à retrouver son quartier, sa rue, sa maison. Elle avait même enfoncé sa clé dans la serrure de ses voisins de palier. Ils l'avaient observée par le judas, puis ils l'avaient aidée à ouvrir sa porte. Elle ne les avait pas remerciés, elle s'était enfermée chez elle à double tour.

Elle était restée debout dans l'entrée. À certains moments, elle bénéficiait de quelques secondes de lucidité, elle se demandait alors quel était le moyen le plus efficace de se suicider. Vers l'aube, elle s'est tout à coup sentie mieux. Elle a compté les comprimés divers qu'elle avait dans son sac, elle a vidé la petite armoire à pharmacie de la salle de bains. Elle a rempli à ras bord un verre à dents de pilules, de gélules et de comprimés de toutes les couleurs. Elle a posé le verre sur un plateau avec un grand bol de whisky. Elle est allée s'asseoir au salon.

Elle avait peur de s'endormir avant d'avoir tout avalé.

Au matin, le verre était vide, le bol aussi. Son corps était tombé sur le tapis. Elle n'avait pas eu le temps de s'apercevoir que pour la première fois les remèdes lui apportaient l'apaisement auquel elle avait toujours aspiré.

12

Elle ne se rappelait plus la raison qui l'avait poussée à sortir de chez elle. Sa cousine lui avait rendu visite en début d'après-midi, d'ailleurs elle devait se trouver encore dans l'appartement. Elle était venue accompagnée de son fils, un gamin maigre et allongé.

Elle marchait sur le trottoir avec une envie de courir qu'elle avait du mal à réprimer. Elle regardait parfois la vitrine d'une boutique, ou la tête de quelqu'un. Elle cherchait dans son souvenir l'événement qui avait déterminé sa fuite soudaine. Elle se demandait si elle n'allait pas rentrer. Elle se voyait en train d'expliquer à sa cousine qu'elle avait dû prendre le large quelques minutes.

— Pourquoi ?

— Un besoin de circuler.

Elle avait chaud, elle avait envie de se débarrasser de son manteau dans une bouche d'égout. Elle craignait que sa cousine profite de son absence pour organiser une fouille méthodique de l'appartement.

Elle lirait le courrier accumulé sur la tablette du vestibule, elle ouvrirait les tiroirs. Elle se lasserait, elle dirait au gamin de mettre son blouson. Ils s'en iraient.

Elle a jeté son manteau dans une poubelle, puis elle est revenue sur ses pas pour le récupérer. Il n'était pas taché, mais à présent il dégageait une odeur. Elle se disait qu'elle aurait mieux fait de prendre sa voiture, elle aurait pu mettre de la musique et elle serait déjà en dehors de la ville. Elle aimait faire son plein d'essence sur l'autoroute, acheter un journal et boire un café devant la machine.

Elle s'est laissé entraîner dans un grand magasin par un groupe de touristes. Elle a traversé les rayons parfumerie, ceux du prêt-à-porter, elle a pris l'escalier roulant jusqu'au premier étage. Aux bagages, elle a percuté un grand sac en skaï qui débordait sur l'allée. Un homme l'a aidée à se relever, il a mis son bras sur son épaule quand elle a été debout. Elle s'est dégagée, elle lui a dit de la laisser tranquille. Elle avait envie de le mordre au cou, de voir sa chemise s'imbiber de sang frais. Il a filé, elle l'a vu disparaître au loin derrière les parapluies. Elle le regrettait, il avait une forme de visage très agréable et ses lunettes d'écaille lui donnaient un air sérieux qui lui plaisait.

Elle est montée jusqu'au sixième. Il y avait du gravier sur le sol, des meubles de jardin et une fontaine où flottaient des ballons bleus et rouges. Une femme vêtue de vert lui a proposé du matériel de camping ou une caravane à auvent. Elle a continué son chemin, traversant le salon de thé désert, bousculant une serveuse qui redressait un menu sur une table et emportait un cendrier plein. Elle se demandait si sa cousine aurait l'idée de rincer les tasses et d'essuyer le plateau avec un torchon. Elle n'aurait pas poussé l'abnégation jusqu'à aspirer le tapis, puis repasser le linge empilé dans la corbeille.

Elle s'est trouvée devant le comptoir, on lui a dit qu'il fallait qu'elle s'assoie si elle voulait qu'on la serve. Elle s'est dirigée vers l'ascenseur. La porte était ouverte, elle était seule dans la cabine. Arrivée au rez-de-chaussée, elle a dû modifier plusieurs fois sa trajectoire pour accéder à la sortie. Dehors, elle s'est aperçue qu'elle était partie sans prendre son sac et qu'elle n'avait aucun argent sur elle.

Elle est allée jusqu'à la gare, elle est montée dans plusieurs trains, avant de quitter l'enceinte. Elle ne marchait plus aussi vite, elle s'arrêtait pour voir les noms des rues, de temps en temps elle s'appuyait contre un immeuble pour reprendre haleine. Elle était sûre que sa cousine avait déguerpi depuis longtemps, le gosse avait voulu rentrer réviser ses leçons et téléphoner à une petite voisine pour lui donner rendez-vous dans une cave rendue tiède par la proximité d'une chaudière à mazout.

Elle a traversé un boulevard, une voiture l'a évitée de justesse. Elle a regretté de ne pas avoir été percutée. Elle a traversé à nouveau, elle a eu peur en voyant une moto foncer dans sa direction, elle a couru. Elle a atteint le trottoir, elle a continué à courir l'espace de quelques mètres.

Elle ne savait pas où aller. Le froid de la nuit commençait à transpercer son manteau et elle avait faim. Elle n'avait jamais dormi sur un banc. Elle voulait rentrer, mais il lui semblait que son domicile s'éloignait d'elle. Elle voyait les taxis ralentir en la croisant, certains lui faisaient un signe de la main pour lui signifier qu'ils étaient libres. Elle aurait pu en arrêter un, et arrivée devant chez elle monter prendre de l'argent pour régler la course. Elle a préféré continuer à marcher.

En cours de route, elle a voulu prendre une chambre dans un hôtel. On lui a demandé de payer d'avance, elle n'a pas insisté.

Elle se souvenait qu'à l'âge de neuf ans elle avait quitté sans raison l'école en pleine classe et qu'on l'avait retrouvée trois heures après à l'autre extrémité de la ville acoquinée avec une vieille clocharde qui lui avait donné une médaille en fer blanc. Déconcertés, ses parents l'avaient à peine grondée.

À trente-quatre ans, elle sentait qu'elle avait connu cet après-midi la première d'une longue série de crises, qui empilées l'une sur l'autre comme des marches d'escalier, la feraient grimper assez haut pour qu'elle puisse se jeter dans le vide avec des chances raisonnables de mourir. Si elle échouait, il lui resterait la folie.

13

De son balcon, elle regardait le ciel et les platanes de l'avenue dont le soleil rendait les feuilles luisantes.

Elle est rentrée dans l'appartement, touchant un radiateur, se lavant le bout des doigts, ou ramassant une cacahuète sur le tapis. Elle a fermé la fenêtre, elle a essayé d'écrire un paragraphe à propos d'une femme qui avait la manie de correspondre avec les assassins, et de faire d'innombrables démarches pour avoir le privilège de leur rendre visite à la prison. Mais cette histoire s'est effondrée d'elle-même sous les phrases qui la portaient.

Elle s'est maquillée, elle est allée prendre sa voiture au sous-sol. Elle a longé le fleuve, s'arrêtant d'un coup sec à chaque feu, traversant un pont rétréci par des travaux de réfection. Elle aimait ce temps lumineux, ces enfants qui couraient dans tous les sens derrière leurs parents ou qui les précédaient comme une proue.

Elle a trouvé une place devant un magasin de

bricolage. Elle s'est installée à la terrasse d'un café. Elle a commandé une salade et une carafe de vin. Il y avait un journal sur une table voisine, elle l'a soupesé. Elle détestait l'actualité, les massacres donnés en spectacle, alors qu'on aurait dû les cacher, comme ces mourants des salles d'hôpitaux d'autrefois qui agonisaient derrière un paravent.

Elle regardait deux filles qui buvaient une tasse de thé en échangeant des phrases brèves qui les faisaient rire. Elle avait envie d'entrer en contact avec elles, mais elles ne lui prêtaient aucune attention. Quand elle était plus jeune, elle écrivait toujours dans les lieux publics. Il lui semblait que les gens autour d'elle la soutenaient, l'aidaient à remuer sa main dans tous les sens pour faire du texte. Elle aimait se croire encouragée, comme un sportif qui monte une côte ou qui se bat.

Sa salade terminée, elle a sorti du papier de son sac et elle s'est mise à écrire. Elle a pris pour sujet les filles toujours hilares devant leur thé refroidi, mais les mots les enterraient comme de la glaise. Elle a imaginé à la place une petite histoire entre deux hommes qui sympathisaient dans un avion après s'en être pris de concert à une hôtesse pour une couverture déchirée. Puis elle a pensé que ces types n'engendreraient jamais rien d'intéressant.

Elle aurait mieux fait d'écrire l'histoire de l'hôtesse, une fille qui gardait son sang-froid dans toutes les situations. Elle avait perdu l'année passée un enfant de six mois sans verser une larme, pratiquant simplement une respiration lente et méthodique quand elle sentait monter le chagrin en elle. Mais il ne lui arrivait que des événements négatifs, l'été prochain elle s'amouracherait d'un garçon plus jeune qui mourrait sur le coup dans un accident d'escalade. Ensuite, il y aurait cet ingénieur au regard si profond, hélas il serait marié et un soir de dispute sa femme l'éliminerait à coups de couteau.

Elle commencerait à accuser son âge, son visage serait pris dans un filet de rides profondes aux mailles serrées. On lui donnerait un emploi au sol, et par fierté elle préférerait démissionner. Elle aurait un dernier amour en la personne d'un médecin venu la soigner une nuit d'hiver pour de violentes douleurs aux reins. Six mois plus tard leur histoire serait finie. Elle vivrait ses quinze dernières années dans la solitude. Pour se donner l'impression qu'il s'était quand même passé quelque chose dans sa vie, elle regarderait parfois les photos de son enfant. Elle les rangerait dans un coffret en bois de rose fermé à clé. Le croyant plein de bijoux, lors d'un cambriolage un malfrat l'emporterait. À présent les grands-parents de l'enfant seraient morts, et les rares autres personnes qui auraient eu entre les mains des photos de lui, les auraient égarées depuis longtemps. Elle chercherait à reconstituer son image par la pensée, mais elle n'obtiendrait jamais un résultat net et réaliste comme un cliché. Elle mourrait dans une maison de retraite où chaque semaine la direction organiserait un bal au cours duquel les pensionnaires danseraient entre eux.

Cette femme ne lui semblait pas sympathique, elle a préféré déchirer son histoire. Les filles étaient parties, un homme sans charme avait pris leur place. Elle se demandait ce qu'elle aurait pu écrire à propos des voitures qui cherchaient une place et de l'ivrogne qui traversait la rue les bras en l'air. Elle est allée payer à l'intérieur et elle est rentrée chez elle.

Elle s'est assise sur le canapé du bureau. Le soleil l'éblouissait, elle a tiré les rideaux. Elle s'est allongée, s'est assoupie. En se réveillant une heure plus tard, elle s'est dit qu'il lui suffisait de se suicider pour que son angoisse s'interrompe. Elle a bu deux ou trois verres d'alcool, elle s'est rendormie. À son réveil, il faisait nuit. Elle s'est assise à sa table. Elle posait un mot, elle mettait un point, elle biffait. Elle se levait, elle n'écrirait pas l'histoire d'une petite maison aux briques rouges et moites, donnant l'illusion de saigner comme une statue de saint. Elle quittait le bureau. Elle n'allait pas faire un raccord de maquillage à la salle de bains, elle ne se changeait pas.

Elle descendait prendre sa voiture. Elle se peignait les cheveux avec les doigts en prenant soin de ne pas se voir dans le miroir de l'ascenseur. Elle n'allait pas remonter pour écrire qu'elle se sentait misérable et toute petite comme une vieille pliée en deux qui fait son marché sous la pluie.

Elle a failli écraser un chien en sortant du garage. Elle n'écrirait jamais ses mémoires, elle refusait de laisser le passé remonter en elle et s'égoutter dans des phrases écœurantes de jeunesse, d'amour, alors qu'elle continuerait à grelotter dans sa vie de quinquagénaire.

Elle s'est arrêtée sur un parking de supermarché. Elle a pris un caddie, elle est entrée. Les oranges étaient en promotion, il y avait de beaux haricots verts et des pommes jaune canari. Elle n'aurait jamais le temps de décrire ces gens qui prenaient un sachet de tomates et des brocolis. Elle ne voulait pas savoir si après dix ans de vie commune ils avaient encore l'habitude de dormir l'un contre l'autre, ou s'ils se disputaient à propos de l'argent de poche qu'ils dépensaient chacun de leur côté. Elle a pris une tablette de chocolat, elle en a croqué. Il y avait du monde aux caisses, elle avait envie de s'emparer de flacons d'essence au rayon droguerie et de flamber tous ces gens.

Elle en avait assez de ce type qui la suivait depuis les fruits et légumes, il avait dans son panier deux ou trois boîtes de conserve qui se carambolaient en permanence. Il avait dû avoir quarante ans à Noël et se faire licencier le mois suivant. Sa femme était partie la semaine passée avec sa petite fille, mais son fils lui demeurait et le soir il lui cuisinait des spaghettis avec du ketchup et du gruyère râpé. Quand le gamin réclamait sa mère, il riait d'un rire forcé qui les effrayait tous les deux.

Elle a payé son chocolat à une caissière aux yeux bleu clair comme un protège-cahier du temps de son enfance. Dehors, il lui a semblé que la nuit était encore plus noire que tout à l'heure. Elle s'est assise dans la voiture, elle se souvenait qu'elle avait cinquante-trois ans et que la vieillesse n'était plus aussi improbable qu'avant. Elle aurait dû s'inscrire à un cours de danse et nager trois fois par semaine sous la conduite d'un entraîneur. L'exercice ne servirait pas à grand-chose, les muscles gonfleraient, le reste des tissus tomberait quand même en quenouille inéluctablement.

Elle pouvait se prosterner, croire en un gros dieu débonnaire qui efface une année à chaque fois qu'on prononce son nom, en un maigre et sévère toujours prêt à châtier d'une grave maladie expiatoire, en un dieu minuscule comme un pou qui la gratterait jour et nuit avec l'acuité d'une question métaphysique demeurée sans réponse depuis quarante-cinq siècles.

Le type qui la suivait dans le magasin a toqué à la vitre de la voiture. Elle a démarré, elle a roulé à l'aveuglette. Elle voyait des passants rapides sur les trottoirs qui se précipitaient dans les immeubles comme un bijou qui saute dans son écrin.

Elle s'est arrêtée devant un kiosque encore ouvert, elle a acheté des magazines. On klaxonnait, elle empêchait un bus de tourner, elle est repartie. Elle aurait voulu échouer quelque part où elle pourrait être sûre de ne rencontrer aucune connaissance, elle avait envie d'une soirée de solitude, d'une soirée de vieux garçon. Puis elle changeait d'avis, elle se demandait si une conversation ne constituerait pas un bon remède à son état.

Elle s'est arrêtée devant un café à l'enseigne abîmée, à la salle éclairée par des néons dont la lumière tirait sur le jaune. Toutes les tables étaient occupées, à part un guéridon coincé entre le comptoir et le juke-box. Elle a commandé un sandwich au jambon et un apéritif. Elle a regardé les gens les uns après les autres, ils se parlaient, sauf un couple près de la porte qui se tenait la main et qui échangeait des regards ambigus, sans qu'on puisse déterminer s'ils étaient sur le point de rompre, ou s'ils s'acheminaient vers une vie commune d'un demi-siècle.

Elle aurait voulu les suivre chez eux, respirer l'odeur qui flottait dans leur cuisine, leur chambre, dans le placard où ils pendaient leurs habits. Elle aurait aimé mieux les connaître encore, ils n'auraient eu qu'à se déshabiller, à tourner devant elle comme des modèles. Elle les aurait effleurés du bout des doigts, elle leur aurait même demandé de s'allonger sur elle l'un après l'autre. Puis elle serait partie, pleine d'eux, grosse et lourde. Elle se serait mise à sa table, elle aurait essayé de monter une page ou deux grâce aux matériaux accumulés. Des phrases seraient venues, elle ne les aurait pas aimées.

À présent le couple parlait, se souriait. Tout à l'heure en rentrant chez elle, elle se forcerait à regarder la télévision pour passer le temps. Elle s'endormirait d'épuisement à cinq heures du matin. Elle se réveillerait à huit heures en se demandant pourquoi elle était encore au monde. Elle s'installerait à sa table, elle produirait des petites phrases sur un amant d'autrefois. Au moment de l'orgasme, il lui semblait qu'elle n'était plus que de la chair molle autour de son pénis devenu sa colonne vertébrale, son squelette. Elle refuserait d'écrire davantage, elle ouvrirait la fenêtre. Malgré la pluie, elle s'aérerait sur le balcon. Quand elle serait assez trempée, elle rentrerait prendre un bain pour se réchauffer.

Personne ne la regardait, beaucoup de gens avaient les yeux baissés sur leur verre, ils fixaient parfois même leurs chaussures ou le lino rouge maculé de brûlures de cigarettes. Elle ne pouvait s'empêcher de les dévisager l'un après l'autre, d'en faire des souvenirs dans sa mémoire qui l'encombreraient jusqu'à la fin de ses jours comme une foule. Elle commandait encore un verre, elle aurait voulu être un peu ivre, mais elle gardait les idées nettes comme des figures géométriques.

Elle est sortie du café, elle a roulé jusqu'à une avenue très éclairée où des femmes faisaient le trottoir. Par défi, à vingt ans elle avait fait une passe. Elle se souvenait qu'elle avait raconté son exploit au cours d'un repas de famille, seul un vieil oncle à moitié gâteux en avait ri.

Si elle avait eu des enfants, il aurait fallu qu'ils

l'étonnent pour trouver grâce à ses yeux. Elle aurait aimé que son fils meure à dix-sept ans abattu par la gendarmerie, que sa fille fasse de l'hôpital psychiatrique pour crime passionnel et soit étranglée une nuit par une psychopathe. Elle préférait encore qu'ils ne soient pas venus au monde, perturbant sa vie des années durant par leur faim, leur soif, leurs caprices. À la place elle avait eu quelques beaux meubles anciens qui lui avaient procuré beaucoup de plaisir à une certaine époque de sa vie. Elle les avait tous vendus l'an dernier à cause de leur bois trop sombre qui la rendait mélancolique. Elle préférait les pièces vides où seuls règnent les murs et l'air.

Elle traversait des quartiers morts où il n'y avait que des appartements aux fenêtres obscures. Elle enviait ces gens de s'endormir si tôt, sans angoisse, sans même penser fugitivement à la mort en éteignant la lumière. Elle aurait aimé se trouver à leur place, étendue, le visage déjà bouffi de sommeil, avec des rêves sereins à portée de main. Elle se réveillerait avec le jour, partagerait son café avec un mari qui monterait le son de la radio à chaque fois qu'elle essaierait de lui dire un mot. À moins qu'il soit parti dix ans plus tôt avec un petit homme brun venu installer une prise de courant au salon, et qu'elle n'ait plus en face d'elle que la fenêtre de la cour avec ces pigeons décatis qui tourneraient en rond tête basse comme des perdants. Elle ouvrirait la fenêtre, les appellerait, leur jetterait du pain, des morceaux de pomme. Ils picoreraient la nourriture sans lever les yeux, elle se lasserait de leur ingratitude. Elle chercherait la salle de bains, il n'y aurait qu'une espèce de cagibi avec un pommeau pendu au plafond. Elle voudrait prendre une douche, l'eau coulerait froide, goutte à goutte. Elle se savonnerait malgré tout, mais elle ne parviendrait jamais à se rincer. Elle achèverait sa toilette devant l'évier de la cuisine, s'aspergeant des pieds à la tête, peu soucieuse d'être aperçue par un voisin. Elle se sécherait avec des torchons fantaisie représentant des tableaux de maîtres, puis elle irait se recoucher, refusant d'accepter de vivre cette journée.

Elle avait encore quelques amis des deux sexes qu'elle aurait pu aller surprendre chez eux malgré l'heure avancée. Mais elle n'avait pas envie de parler, elle préférait prolonger ce moment privilégié avec toutes les fantaisies qui lui traversaient la tête. Il lui semblait qu'elle touchait presque le bonheur, qu'elle voyait partout des vies à travers les façades, qu'elle se trouvait au centre d'un univers grouillant de destinées en marche. L'écriture n'était pas utile, le phénomène qui se produisait dans son cerveau n'avait pas besoin de laisser de trace pour exister. Elle conduisait plus vite, écrasant les cartons qui traînaient sur la chaussée. Elle savait qu'elle conduisait mal, si quelqu'un avait traversé à l'improviste elle l'aurait heurté d'un coup d'aile.

Elle en avait assez de voir des gens marcher tête

baissée sur les trottoirs comme s'ils voulaient culbuter le premier obstacle venu. Il y avait aussi des petits groupes qui riaient, des couples écrasés dans des voitures, alors qu'ils auraient pu aller s'accoupler dans la première chambre venue.

Elle allait s'enfermer à son domicile plusieurs jours, elle resterait au lit comme si elle était malade. Elle se croyait assez forte pour supporter le silence, l'inactivité, l'ennui. Elle n'aurait même pas la tentation d'écrire l'histoire de cette femme qui avait la manie de regarder les avions passer au-dessus de sa tête et de s'imaginer à l'intérieur de la cabine en train de voler vers n'importe quelle destination, et qui aurait voulu pouvoir se précipiter dans le ciel comme on se jette tête la première du haut d'un immeuble.

[illegible]

14

Elle avait la manie de rester assise à la cuisine, regardant plus ou moins l'évolution du ciel par la fenêtre. Il lui disait qu'il avait faim, elle lui répondait qu'elle n'avait rien préparé pour le dîner.

— Tu n'as qu'à te servir.

Il ouvrait la porte du réfrigérateur.

— C'est vide.

— Il doit y avoir des sardines dans le placard.

Il ne trouvait rien.

— Pourquoi tu n'as pas fait de courses ?

— Pauvre type.

Elle se mettait alors à courir jusqu'à la chambre, elle s'y enfermait. Il tambourinait, il menaçait de défoncer la porte. Elle pleurait si fort qu'il avait l'impression qu'elle allait changer le lit en marécage.

Il quittait la maison, il mangeait n'importe quoi en ville. Il s'obligeait à aller au cinéma pour rentrer plus tard. Il la retrouvait endormie au milieu du lit, il se couchait à côté d'elle. Il ne la comprenait pas, et puis il se demandait pourquoi elle ne voulait pas d'enfant. Un bébé l'aurait obligée à des soins incessants, elle n'aurait plus eu assez d'énergie pour manifester aucune hargne.

Le matin, il se réveillait le premier. Il la découvrait assoupie sur la méridienne du salon avec un masque noir sur les yeux. Il lui disait de se lever et d'aller se recoucher. Il la secouait, elle demeurait immobile.

Quand il rentrait le soir, il la cherchait partout. Vers vingt-deux heures, elle sonnait.

— J'ai perdu mes clés.

— Où tu étais ?

Elle ne répondait pas, elle dévalait l'escalier, elle s'en allait en courant dans la rue. Il n'avait jamais réussi à la rattraper. Elle sonnait à nouveau au petit matin, il la prenait dans ses bras sans un mot. Il la déshabillait, ils allaient tous les deux au lit. Il lui semblait que son corps était encore plus doux, son sexe plus savoureux. Elle s'abandonnait, il avait la certitude qu'elle était à lui.

Cette nuit-là, elle s'est levée juste après le coït. Elle a pris à la cuisine un couteau à découper afin de le lui enfoncer dans le cœur. Elle voyait mal dans la pénombre de la chambre, la lame a glissé sur la cage thoracique et elle s'est perdue dans le matelas. Il s'est réveillé avec du sang sur le torse, il s'est trémoussé en gémissant. Elle a été effrayée, elle a pris la fuite. Une fois dehors, elle s'est aperçue qu'elle était toute nue. Elle a voulu remonter, mais la porte d'entrée s'était refermée dans son dos.

Il a appelé un numéro d'urgence. Juste avant l'arrivée de l'ambulance, une patrouille de police a emporté la femme. Ils l'ont enveloppée d'une couverture, bien que ce soit une nuit d'été.

15

Elle ne comprenait pas qu'on puisse vivre une seule journée sans penser à la mort. Elle se demandait ce qu'ils pouvaient avoir d'autre dans la tête tous ces gens dans la rue, ou repliés à l'intérieur des immeubles comme des animaux traqués. Quand ils se couchaient, l'horizontale leur faisait penser au cercueil, et ce frigo qu'ils ouvraient quatorze fois par jour leur rappelait qu'ils seraient bientôt froids comme la grosse tomate posée sur une soucoupe ou raides comme le poulet rôti à moitié bouffé par les enfants. Elle ne pouvait pas imaginer qu'un cerveau humain puisse ruminer une pensée gaie, drôle, ou distiller l'insouciance. Elle ne voyait pas comment on pouvait oublier l'échéance et faire semblant de croire qu'il y avait un moyen de passer au travers.

Ce matin-là, son mari lui a dit pourquoi tu n'as pas fait griller de pain, pourquoi le café n'est pas prêt, tu sais bien que j'ai un rendez-vous à neuf heures. Elle était aussi grande que lui, elle n'avait qu'à se redresser un peu pour le toiser.

— Et les enfants, où sont les enfants ?

— Ils dorment.

— Ils ne vont pas en classe aujourd'hui ?

Elle ne s'en souvenait plus, ce matin sa tête était minuscule avec à l'intérieur quelque chose de noir qui tachait tout et l'empêchait de penser. Les enfants rateraient l'école, elle les ferait garder par l'étudiante du sixième, pendant qu'elle passerait la journée à somnoler dans son lit en écoutant parfois la radio pour se persuader qu'elle était encore au monde. Elle ne se sentirait responsable de rien, l'univers pourrait s'écrouler sans qu'elle en éprouve la moindre culpabilité.

Elle serait dérangée par un enfant qui ferait irruption dans la chambre. Elle enfilerait un peignoir, elle irait dire à la fille de les emmener au jardin malgré la pluie, et de les faire jouer à l'abri du kiosque à musique.

— Ici, ils courent partout.

Elle serait enfin seule, elle se recoucherait. Elle attendrait que quelque chose surgisse en elle, l'image de quelqu'un ou un simple détail. Elle se serait contentée d'une bouche, d'un regard, de l'impression que procure une vague caresse dans le dos. À la place, elle n'aurait que son cerveau baignant dans l'eau obscure de l'angoisse, avec des cercueils flottant partout comme des kayaks à la dérive. Elle aurait froid, aucune couverture ne la réchaufferait. Elle revêtirait plusieurs couches de lainages.

La pluie aurait cessé. Elle s'assiérait au salon dans

la lumière du soleil qui percerait les nuages. Elle aurait du mal à se convaincre que le corps dont elle remuait les doigts n'était pas en train de se déglinguer tout doucement. Il suffisait d'avoir la vue assez perçante pour le voir déjà à l'intérieur de sa boîte, de son urne, ou pour l'imaginer dispersé sur la pelouse qui jouxte les crématoriums.

Son mari était à la salle de bains. Elle avait le droit de prendre son petit déjeuner tranquillement. Les informations que donnait la radio l'intéressaient, d'habitude elles étaient couvertes par les cris des gosses. Sans compter qu'il fallait leur faire chauffer du lait, leur beurrer des tartines, les habiller et leur promettre des punitions épouvantables pour qu'ils obéissent. Ensuite, elle avait quarante secondes pour s'habiller n'importe comment, et elle les tirait comme une chaîne jusqu'à l'école où elle s'en débarrassait enfin. Elle revenait chez elle d'un pas désespéré, elle se disait qu'il était déjà trop tard pour entreprendre quoi que ce soit. Elle arrivait à son domicile, elle s'asseyait dans l'entrée sur une chaise. Elle était prête à demander à la femme de ménage de l'aider à se jeter par la fenêtre.

Ce matin elle ne réveillerait pas les enfants. Si par miracle ils ne se réveillaient pas tout seuls, elle aurait le temps de se coiffer, de se frictionner, de s'habiller sans essayer de gagner du temps. Puis elle se mettrait sur le balcon, elle respirerait à fond au-dessus de la circulation du boulevard. Elle essaierait de réfléchir, d'envisager la journée qui commençait à peine. Elle déciderait d'aller voir une amie dans sa boutique de décoration, elles déjeuneraient ensemble. Elle ne l'avait pas vue depuis dix ans, elle était peut-être morte ou défigurée par le mal qui l'emporterait dans quelques mois. Elle n'irait pas, elle continuerait à ne voir personne en dehors des gosses et de son mari. Sa vie était minable, elle ne ferait jamais rien pour la transformer, comme ça elle la regretterait moins le jour où de gré ou de force il lui faudrait claquer.

Elle l'entendait parler tout seul sous la douche, il ne chantait jamais. Il l'avait séduite par son sérieux, elle croyait qu'ils partageaient des préoccupations semblables. Elle s'était aperçue des années plus tard qu'il n'avait jamais pensé à la mort, et que face à un cercueil il ne s'intéressait qu'aux planches dont il était constitué. Il s'imaginait que les maladies étaient faites pour guérir et la vie pour se dérouler sans fin. La mort était un accident dont il ne voulait pas entendre parler, il avait même refusé d'enterrer son père sous prétexte d'un accident cardiaque qui l'avait retenu à l'hôpital le temps du deuil.

Elle avait le droit de boire son thé doucement, mais elle s'ennuyait déjà avec sa tasse à la main. Rien ne la distrairait, et le soir venu elle aurait envie de passer la nuit à marcher dans les rues jusqu'au matin avec l'obstination des fous. Elle reviendrait se coucher à six heures du matin, son mari reniflerait à côté d'elle, lui trouvant une odeur de sueur.

Il avait la manie de frapper à petits coups son rasoir sur le bord du lavabo. Quand il aurait fini, elle ferait sa toilette, et ensuite elle serait prise au dépourvu comme si c'était la première fois qu'on lui donnait une journée à vivre. Elle n'aurait pas envie de mourir, elle n'aurait envie de rien. Elle aurait envie d'aller chez le coiffeur, de demander qu'on lui fasse une autre tête. Elle en avait assez de cette lourde chevelure qui pesait sur son crâne comme un casque. Puis elle éprouverait un sentiment de répulsion à l'idée qu'on puisse toucher un seul cheveu de son crâne.

Il quittait la salle de bains, il s'habillait, et il apparaissait affublé du même affreux costume lie-de-vin qu'il avait porté la veille. Il s'approchait d'elle pour l'embrasser, il lui glissait un mot au sujet des enfants. Elle lui promettait qu'elle les réveillerait avant dix heures et qu'ils ne resteraient pas en pyjama toute la journée.

— Dépêche-toi, tu es en retard.

— Non.

Il s'asseyait, il buvait une dernière tasse de café. Il se plaignait qu'il ne reste plus de pain grillé. Elle lui disait ce soir ne compte pas sur moi pour aller au cinéma, ni pour préparer le dîner.

— Je suis fatiguée d'avance.

Il perdait peu à peu sa joie de vivre en l'écoutant

décrire cette soirée qu'elle passerait couchée dans le noir, avec des médicaments dans l'estomac et une serviette mouillée sur le front. Il s'est levé, il a pris son manteau dans le vestibule, il s'est éclipsé sans lui dire au revoir.

Elle était contente d'être seule, elle a fait le tour du salon en robe de chambre, puis elle est revenue à son point de départ. Elle a mis la tête dans ses mains, elle a fait un effort pour ravaler ses larmes. À trente-deux ans il lui restait encore toute une vie, ce ne serait qu'une longue vieillesse au cours de laquelle elle continuerait à se gâter comme un fruit cueilli depuis trop longtemps. Elle ne serait pas heureuse, elle refusait cette amnésie, cette forme d'ébriété après laquelle tout le monde courait. À chaque instant elle se souviendrait, fière, prête à regarder face à face les trous des cimetières et l'os de son visage aux aguets sous la chair.

Elle aurait voulu avoir dix-huit ans une deuxième fois, afin de se sentir vraiment jeune. Adolescente, la mort était pour elle un phénomène tellement lointain qu'il lui semblait extérieur. Puis, la mort l'avait pénétrée, elle s'était faufilée dans sa conscience à la manière d'un virus, teintant la moindre de ses pensées. Dès lors, elle s'était traînée dans l'existence comme un vieillard, les cures et les remèdes n'y avaient rien fait. Son mari l'avait voulue à cause de son apparence physique, il avait cru que la maternité améliorerait son humeur. Il s'y était repris à deux fois sans autre résultat que de la rendre encore plus triste à chaque naissance.

Elle s'est levée de sa chaise, elle a regardé ce qui se passait dans la cour par la fenêtre de la salle à manger. Le gardien balayait autour de la fontaine, il ne se passait rien d'autre. Elle n'avait pas envie de faire sa toilette, de se mettre nue, d'entrer en contact avec l'eau. Dans la baignoire non plus elle n'était pas bien. Elle avait en face d'elle le bleu froid du mur. Elle finissait par baisser les paupières, et aussitôt elle croyait voir les globules de son sang s'étirer paresseusement dans le fond de ses yeux.

Elle a fait plusieurs pas qui semblaient sans rapport l'un avec l'autre, mais qui ont fini pourtant par l'amener dans la salle de bains. Elle s'est débarrassée d'un geste de son peignoir et de sa chemise de nuit. Elle n'aimait pas les liquides, elle aurait préféré pouvoir se nettoyer avec un linge rugueux, ou même de la terre desséchée. Mais il lui semblait que seule l'eau purifiait le corps et l'empêchait de se décomposer comme s'il était déjà mort.

Après une douche rapide, elle s'est réfugiée dans son lit. Elle a posé sa joue sur l'oreiller, le sommeil n'allait pas tarder à lui donner un bienfaisant coup de matraque sur l'occiput. Elle ne ferait pas de rêve macabre, elle ne ferait pas de rêve du tout, et si elle rêvait quand même elle se défendrait contre les moulins à vent avec la hargne de ceux dont la mort n'est encore qu'un avenir. En définitive, elle jouirait d'un moment de repos, d'oubli, qui éclairerait tout le reste de sa matinée.

À neuf heures moins vingt, sa fille est entrée dans la chambre. Elle voulait son bol de chocolat et ses tartines. Elle s'est levée. L'enfant se collait à sa jambe, elle avait du mal à se dégager. Elle a mis du lait sur le feu, elle lui a beurré du pain. Elle a cherché dans un petit carnet à spirale le téléphone de l'étudiante, elle l'a trouvé dans l'annuaire. La fille a décroché à la troisième sonnerie. Elle lui a dit je suis malade, il faudrait que vous veniez tout de suite. Elle avait peur qu'elle lui oppose un cours d'une importance capitale qui débutait dans une demi-heure.

— J'arrive.

— Merci.

Elle a raccroché en souriant. Elle s'est habillée n'importe comment, elle a mis son manteau, elle a pris son sac. Elle exécutait une sorte de pas de danse entre les dalles du couloir. Sa fille lui a demandé s'il y avait école aujourd'hui, si on l'emmènerait voir les marionnettes et si elle pourrait s'acheter un jouet avec le billet que son grand-père lui avait donné. Elle lui répondait n'importe quoi en chantant d'une voix fausse. La gamine disait pourquoi tu chantes, je veux encore du pain. Elle respirait, elle était presque heureuse, elle oubliait pour un instant son squelette.

Son fils s'est levé en pleurnichant, il avait perdu son ours dans les draps. On a sonné, elle a ouvert à l'étudiante, elle lui a donné de l'argent pour leur acheter de quoi déjeuner à midi. Elle a jeté du bout des doigts un baiser collectif aux enfants, et elle est partie.

Il y avait un petit vent froid, elle a trouvé quand même qu'il faisait beau. Elle n'a pu se retenir d'éclater de rire dans la rue, sans aucune raison, pour le seul plaisir de se sentir en vie. Si quelqu'un l'avait accostée pour lui demander l'heure, elle en aurait profité pour entamer une conversation. Elle lui aurait dit puisque nous sommes vivants, allons-y.

— Où ?

— Nous pouvons aller chez vous.

Mais personne ne l'approchait, avec son sourire béat on devait la croire échappée d'un asile. Elle trouvait tout à son goût, même les façades grisâtres des vieux immeubles et les vieillards racornis sur leur canne. Elle aurait accepté d'en prendre un ou deux en pension dans son appartement, de sacrifier sa chambre, de leur permettre d'envahir son armoire à linge avec leurs hardes et les paquets de vieux journaux jaune pipi qu'ils traînaient derrière eux depuis des siècles. Elle les imposerait à table à son mari, ils pourraient jacasser à leur gré, et baver dans leur assiette, même s'ils n'avaient pas le charme des bébés qui chipotent leur bouillie. Elle lui dirait, regarde comme ils sont beaux, avec leur emballage de peau froissée, ridée, tachée, et leur squelette prêt à jaillir à l'air libre. Elle leur montrerait un catalogue de cercueils afin qu'ils en choisissent un à leur goût. Elle s'amuserait de leur frayeur, elle leur dirait moi aussi je suis en train de mourir et mes enfants endormis dans leur lit ne font rien d'autre. Les petits vieux s'en iraient, préférant leur taudis à cette maison bourgeoise où on avait aucun respect pour rien.

Elle s'est assise dans un square, il y avait un peu de soleil pâle et tiède. Elle ne voyait aucun avenir acceptable à l'horizon. Quand elle aurait donné la garde des enfants à son mari et qu'elle vivrait seule dans un logement tranquille, elle s'apercevrait que rien n'avait changé. Le matin elle ferait peut-être un peu de sport, le temps d'étirer ses muscles, de sentir ses os craquer. Elle passerait le reste de la journée allongée sur son lit étroit de célibataire à se demander pourquoi son cœur battait encore du sang, au lieu de pulser une immense famille de vers qui irriguerait tout son cadavre.

Elle se levait, d'un regard circulaire elle contemplait les alentours. Elle se disait que ce square aurait pu servir de cimetière, d'ailleurs en creusant un peu on retrouverait des ossements humains datant de l'Antiquité ou du siècle dernier. Les gens construisaient leur maison, leur piscine, sur des nécropoles, ils nageaient au-dessus de crânes blanchis depuis des millénaires.

Elle aurait voulu voir quelqu'un pour lui parler, lui dire n'importe quoi. Elle avait peur, la réalité ne la séduisait pas du tout, elle éprouvait une tristesse à hurler d'être obligée de mourir dans quarante ou cinquante ans, de passer à la casserole comme un vieux légume qui n'inspire de pitié à personne.

Elle marchait autour du bouquet d'arbres qui constituait la seule végétation du square. À son âge elle aurait dû être passionnée, il y avait des femmes qui étaient pianistes, d'autres étaient follement amoureuses d'un homme aussi insignifiant que son mari, il y en avait même qui croyaient en leurs enfants comme en un dieu salvateur. Elle avait envie d'une bouche sur la sienne, d'une vague de caresses rapides, précises, dont aucune ne rate sa cible, et de tout ce qui est indispensable pour avoir une chance d'éprouver un orgasme. Elle n'était pas charnelle, mais elle appelait parfois la sexualité de ses vœux comme on réclame un analgésique.

Elle s'est assise sur une chaise, près du bac à sable désert. Elle allait acheter un journal, chercher dans les petites annonces n'importe quel emploi qui puisse occuper ses journées. Le désœuvrement était trop lourd à supporter, elle avait besoin qu'une entreprise lui soutire quelques heures chaque jour. Elle accepterait de s'atteler à n'importe quelle tâche, mal installée sur un tabouret au tissu déjà usé par les postérieurs qui auraient précédé le sien, dans un bureau sans fenêtre, aux parois repeintes trente années plus tôt par une équipe d'ouvriers tous décédés depuis. Le soir, elle rentrerait fourbue, elle se coucherait sans même entendre les questions de ses enfants, ni les doléances acidulées de son mari.

Elle a acheté deux quotidiens. Elle s'est installée dans un café. Elle a délaissé les postes de direction, elle voulait un travail subalterne où on lui confisquerait vraiment son temps, sans laisser le moindre espace à l'initiative et à la réflexion.

Elle a téléphoné pour une place de laveur de vitres, mais le travail était déjà pris, et de toute façon ils n'auraient pas embauché une femme. Elle est revenue s'asseoir, elle a gribouillé les annonces qu'elle avait cochées. Elle n'avait plus aucune envie de se donner pieds et poings liés à un employeur, elle remplacerait le travail par la lecture ou des verres de vin qui la mettraient de bonne humeur de gré ou de force.

Si elle trouvait en elle assez de détermination, elle s'obligerait à recopier un dictionnaire ou un livre d'économie. Elle aurait ainsi l'impression de faire quelque chose, de ne pas se laisser pousser vers la tombe les bras ballants. Elle avait honte de ne pas ressembler aux gens pressés qu'elle voyait dans la rue, elle éprouvait une irrépressible envie de courir derrière eux.

Elle a réglé sa consommation, elle a abandonné les journaux sur la table. À présent, il pleuvait un peu, elle ne savait pas dans quelle direction aller. Les piétons marchaient autant dans un sens que dans l'autre, et certains étaient arrêtés au milieu du trottoir sans qu'on puisse deviner leurs intentions. Elle a suivi une femme qui s'abritait sous un parapluie jaune, elle l'a abandonnée devant un immeuble où elle a disparu. Il y avait un petit homme à cheveux blancs à la démarche lente, elle s'est mise derrière lui. Elle l'a heurté par accident à plusieurs reprises, à chaque fois il se retournait et lui jetait un regard indigné. Elle était si excédée qu'elle a levé la main pour le gifler, mais elle a interrompu son geste au dernier moment.

Elle comprenait qu'elle se trompait dans sa façon de vivre cette journée. Elle aurait dû demander à l'étudiante de lui prêter son petit logement sous les toits. Elle aurait attendu que les heures passent couchée sur son lit, ou même elle aurait fait les cent pas sur le palier. Elle aurait pu aussi rester chez elle et engueuler régulièrement les enfants pour qu'ils se taisent, qu'ils restent assis sur les petits tabourets qu'elle leur avait achetés à cet effet, et qu'ils cessent absolument de jouer. S'ils protestaient, elle leur dirait que leur père avait été fou de les déposer en elle quand on voyait le résultat aujourd'hui. Elle était beaucoup plus satisfaite de leurs frères et sœurs dont la substance s'était perdue d'année en année avec l'eau de sa toilette, et qui seraient bien incapables de faire ce boucan aujourd'hui. Ils la regarderaient sans comprendre, elle quitterait l'appartement furieuse.

Elle reviendrait un quart d'heure plus tard, exaspérée d'avoir fait le tour du pâté de maisons sans trouver en elle aucune envie d'aller passer son temps quelque part. Elle dirait à l'étudiante, si vous n'arrivez pas à les faire taire, vous pouvez remonter chez vous. Elle serait vexée, elle s'en irait, la laissant seule avec les gosses qui s'accrocheraient à elle en lui réclamant une sortie au jardin public. Elle pleurerait, recroquevillée au fond d'un fauteuil. Elle refuserait de les écouter, de les voir. Elle se répéterait dans son for intérieur qu'ils avaient disparu dans une brèche ouverte par un séisme dont toute la ville était retournée. Ils lui toucheraient le corps, le visage, elle essaierait de se convaincre que les sauveteurs l'effleuraient du bout de leurs sondes. Mais elle sentirait que la mort l'entourait déjà comme une coquille, et que pour la première fois depuis sa naissance elle avait le droit de se laisser aller.

Elle est entrée dans une boutique de vêtements. Elle a essayé une jupe rayée, une robe rouge, et elle a demandé à la vendeuse de les lui emballer. Elle a changé d'avis, elle est sortie les mains vides. Elle s'est dit qu'elle ne pouvait tout de même pas entrer dans un magasin de pompes funèbres pour choisir son cercueil, alors qu'on en aurait peut-être l'usage que dans une soixantaine d'années. Elle aurait mieux fait de se cultiver, de lire des biographies, de l'histoire, ou d'essayer de comprendre le fonctionnement du système solaire.

Elle est montée dans un taxi, il l'a déposée devant l'immeuble où travaillait son mari. Elle a pris l'ascenseur. Elle n'a pas frappé. Elle est entrée dans son bureau. Il était en train de téléphoner, il a semblé mécontent de la voir. Elle a remarqué plusieurs tableaux qu'elle ne connaissait pas, il aurait pu les permuter avec les horribles paysages de la salle à manger. Elle enviait sa grande baie vitrée qui donnait sur toute une partie de la ville, on voyait même un peu le port, de loin, comme une miniature, on aurait cru pouvoir arracher les mâts des voiliers avec une vulgaire pince à épiler. Elle comprenait qu'il aime la vie en ayant ce panorama devant les yeux, alors qu'elle broyait du noir sur son avenue bourrée de voitures et de passants abrutis par les gaz d'échappement. Elle allait déménager, et s'il n'était pas content il resterait à la traîne avec les enfants dans cet appartement spacieux et triste comme une salle d'autopsie. Elle avait besoin d'air, elle partirait loin, au besoin avec un homme sympathique toujours prêt à la faire rire.

Il restait englué dans sa communication téléphonique. Elle a ouvert le premier tiroir de son bureau, il y avait une paire de lunettes et des carnets en cuir bien rangés l'un à côté de l'autre. D'une main ferme, il l'a empêchée d'accéder aux autres tiroirs. Elle lui a dit tu m'agaces avec tes cachotteries, et puis raccroches j'ai à te parler. Il faisait des gestes exaspérés, il essayait de lui signifier de se taire, de s'en aller. Elle lui disait tu t'enfermes dans ta tour d'ivoire et tu me laisses couler comme une barque vermoulue au milieu d'un étang. Tu ne te rends même pas compte que je suis devenue friable, qu'au moindre choc je vais tomber en poussière.

Elle essayait de lui arracher le téléphone. La douleur qu'elle éprouvait de façon continuelle était surtout insupportable parce qu'il ne la ressentait pas. Elle aurait aimé s'installer chaque soir à côté de lui sur le canapé, et sentir que leurs regards se rencontraient à cinq mètres de là, sur le mur opposé, comme les rayons d'une même lumière grise, désespérante, mais qui au moins leur aurait été commune, créant des liens solides, faisant d'eux un couple uni malgré la perspective de la corruption de leur substance pour tout avenir.

Elle s'est assise dans un fauteuil. Il téléphonait toujours. Elle s'ennuyait, elle allait entrer dans une salle de cinéma, s'obliger à rester au moins une heure en face de l'écran. N'importe quelle figure d'acteur lui plairait davantage.

Elle s'est levée, elle a jeté le fauteuil par terre, il est tombé en douceur sur la moquette.

Dehors, elle s'est trouvée sous un grand soleil qui lui a fait cligner des yeux. Elle est entrée dans une agence bancaire, elle a demandé où en était leur compte commun. Elle l'a vidé, elle a mis les billets dans son sac. Elle voulait lui apprendre que l'argent n'existait pas davantage que le reste. Elle s'en est débarrassé dans des toilettes publiques. Elle s'est sentie plus légère. Elle a eu faim, elle est allée au restaurant. Elle a réglé avec l'argent qu'elle avait toujours dans son porte-monnaie.

Elle est rentrée chez elle. Les enfants jouaient dans leur chambre, l'étudiante les canalisait à peu près. Elle lui a dit qu'elle allait se coucher. Les enfants étaient dans ses jupes. Elle est restée quelques minutes en attendant qu'ils se lassent. Elle a recommandé à la jeune fille de les empêcher de courir dans le couloir.

Elle a fermé les volets et tiré les rideaux. Elle s'est mise au lit, elle a posé la joue sur le traversin. Derrière ses yeux fermés, elle se demandait à quoi lui avait servi cette journée, et si les ossements innombrables des cimetières n'avaient pas eu un emploi du temps tout aussi exaltant que le sien.

Elle s'est assise dans le lit. Elle a pris des comprimés sur la table de chevet, elle les a avalés avec sa salive. Elle a allumé la radio. Son mari l'éteindrait en venant se coucher. Il essaierait de la réveiller, mais elle dormirait trop profondément. Elle se demandait pourquoi la vie n'était pas jusqu'au bout un couloir ininterrompu de sommeil.

[illegible]
[illegible]
[illegible]
[illegible]
[illegible]
dans la région.

[illegible]
[illegible]
[illegible]
[illegible]
[illegible]
[illegible]

[illegible]
[illegible]
[illegible]
[illegible]
[illegible]
[illegible]

16

Elle sursautait à chaque bruit. Elle n'aimait pas quand le téléphone sonnait, quand le chauffage se déclenchait. Elle essayait de marcher le plus possible sur les tapis et d'éviter le parquet craquant. La veille, un violent orage l'avait tirée du lit, elle avait eu peur des grondements et des éclairs dont la blancheur passait entre les lattes des volets. Elle avait fini la nuit au fond d'une armoire, dans les odeurs de laine et de vieux papier.

Elle avait cinquante-huit ans. Toute l'année, son réveil sonnait à sept heures et demie. Elle avait le temps de faire du café et de le boire. Elle prenait un bain, quelquefois elle se recouvrait le visage d'un masque de beauté et après elle était obligée de s'habiller à toute vitesse pour ne pas arriver en retard à son travail.

Elle occupait le même emploi depuis la mort de son mari. Par la fenêtre de son bureau elle voyait des hommes en bleu de chauffe qui vidaient les camions ou les remplissaient. Elle n'arrivait pas toujours à les reconnaître les uns des autres. Trois ans plus tôt elle avait eu des relations avec l'un d'eux, mais il ne travaillait plus ici depuis l'an dernier. Elle l'avait amené chez elle, il était reparti au bout d'une heure. Elle l'avait ramené plusieurs fois, à chaque visite il n'était pas resté davantage. Il était jeune, elle aimait sa peau et la légère odeur de sueur qui s'en dégageait pendant l'amour. Elle ne l'avait plus revu depuis qu'il avait quitté l'entreprise. Elle aurait pu fouiller son dossier, trouver son adresse. Elle préférait en rester là, d'ailleurs lors de leur dernière rencontre il s'était montré maladroit.

Elle n'était pas mélancolique. Elle vivait le dernier tronçon de sa vie. Personne ne toucherait plus son corps, il lui semblait déjà qu'il était devenu un objet trop intime pour qu'elle le montre à quelqu'un.

17

Cet homme devait s'en aller, en courant, comme une souris chassée d'un coup de balai. Elle ne voulait plus rien connaître de ses insolubles problèmes de santé. Il n'était plus qu'une épave dans sa vie, comme ces vieilles cuisinières qui encombrent les terrains vagues et les jardins abandonnés. Elle voulait s'en débarrasser, et pouvoir ensuite nettoyer les endroits où il avait l'habitude de se poser. Elle refusait de se souvenir du passé, de s'attendrir sur les épisodes de leur vie commune, elle détestait toute cette quincaillerie qui tombait de la mémoire comme un stock de casseroles rouillées.

Il était devenu nécessaire de lui dire d'aller agoniser ailleurs. Elle n'en pouvait plus de partager la vie d'un malade qui se traînait de pièce en pièce avec le flegme de ces vieux chiens que l'odeur de la pâtée ne fait même plus frétiller du bout de la queue. Quand elle lui demandait pourquoi il n'était pas en bonne santé, il la regardait en bégayant, et elle lui disait de se taire. S'il avait été son employé, elle l'aurait licencié tout de suite. Elle devait se retenir pour ne pas profiter de sa déliquescence, et l'écraser contre le mur comme une mouche. Ce soir, quand il reviendrait de chez son spécialiste, elle lui signifierait pour la première fois leur rupture. S'il répliquait, elle lui demanderait pourquoi il y a quinze ans il avait eu envie de la pénétrer, au lieu de s'en prendre à une autre qu'il aurait rendue malheureuse à sa place. L'affection qui lui restait pour ce type ressemblait beaucoup à de la haine, elle en arrivait même à avoir de la sympathie pour sa maladie, parce qu'elle finirait par avoir sa peau.

Sa mort tarderait toujours trop, elle préférait l'évacuer de son vivant, afin de s'épargner le lamentable spectacle qu'il était devenu. Il était d'une maigreur répugnante, il saignait souvent du nez, des gencives, et son haleine infectait. Il n'avait jamais été grand, mais la maladie lui avait pris des centimètres, et il était voûté comme un vieux. Il n'était pas question d'avoir une activité sexuelle avec lui, pourtant plus d'une fois il avait essayé de se rapprocher d'elle. Elle avait décidé de coucher désormais dans la chambre de sa fille, et de le laisser s'ébrouer seul dans le grand lit. De toute façon, elle détestait la proximité avec son corps, il lui semblait être étendue côte à côte avec le squelette qu'il serait dans quelques mois.

Il allait rentrer tout à l'heure, souriant, il lui dirait que ses examens étaient bons, et qu'on lui avait prédit un nouveau sursis. Elle éclaterait en sanglots, elle s'enfermerait dans la salle de bains pour pleurer toutes les larmes de son corps. Puis, elle prendrait sa brosse à dents, son rasoir, et elle les jetterait sur le palier. Elle appellerait la clinique où il avait déjà fait de fréquents séjours, elle demanderait qu'on lui prépare un lit. Elle appellerait une ambulance, les brancardiers arriveraient dans le quart d'heure. Il refuserait de se laisser emporter, et ils repartiraient à vide.

Le lendemain soir elle ferait une nouvelle tentative. Elle exigerait que les enfants l'embrassent, qu'ils lui disent au revoir une fois pour toutes. Il n'accepterait pas leurs baisers, il reculerait vers le salon. Elle lui dirait qu'il valait mieux qu'il parte de son plein gré, plutôt que de l'obliger à demander de l'aide à des amis qui le délogeraient *manu militari* et jetteraient ses affaires dans le canal.

Il aurait dû avoir l'élégance de filer en douce, une nuit, quand tout le monde dormait. Elle n'aurait jamais su s'il s'était évaporé, ou s'il avait été enlevé par des extraterrestres. Elle n'en aurait plus entendu parler, il aurait dormi le jour dans une station de métro, et claudiqué dans les rues toute la nuit pour ne pas se laisser paralyser par le froid.

Un départ volontaire l'aurait mis en face de ses responsabilités. Elle l'aurait admiré d'assumer la fin de son existence avec brio, au lieu d'afficher cette figure déprimante. Les enfants avaient besoin d'un héros, pas d'un type larvaire à qui il manquait même le courage de rompre.

Elle aurait pu aussi prendre sur elle, se frotter contre son corps comme une chatte, écouter toute la nuit ses jérémiades, et lui dire qu'elle aussi craignait le moment du trépas. Le lendemain, elle lui montrerait le soleil sur la commode, sur les fauteuils, elle lui dirait qu'elle n'aimait que la chaleur, la lumière.

— Moi aussi.

— Je te ressens comme une chose morbide.

— Je t'assure que je suis gai.

— S'il te plaît, va-t'en.

Elle lui proposerait de l'argent, afin qu'il puisse s'offrir l'hôtel les premiers jours.

— Et après ?

— N'essaie pas de revenir.

Il y avait toute une population qui vivait dans les rues, qui gardait la tête haute malgré l'absolu dénuement. Il prendrait l'habitude de manger et de dormir peu, un matin on le ramasserait raide comme du bois sec sur une bouche d'aération, et son histoire serait finie.

Au lieu de répliquer, il tremblerait, il s'accrocherait aux bras du fauteuil. Elle craindrait que la peur lui donne assez d'énergie pour s'imposer encore pendant des mois. Elle proposerait de lui louer un logement modeste, et de lui verser une mensualité pour sa survie. Elle promettrait de lui amener les enfants tous les quinze jours, et de ne pas l'empêcher de leur parler. S'il y tenait, elle s'engageait aussi à lui offrir un petit enterrement, et à y assister jusqu'au bout.

Mais en définitive, elle se rétracterait. Elle ferait sa valise, elle lui dirait que le temps était doux, qu'il pouvait passer la journée dehors, ou bien aller lire les journaux dans une bibliothèque publique. Il pourrait aussi profiter des salles d'attente des gares, de l'atmosphère feutrée des grands magasins, et d'une manière générale de tout ce confort gratuit dont bénéficiaient ceux qui n'avaient rien. Il découvrirait peu à peu un monde neuf dont il ne soupçonnait pas l'existence, et il aurait des conversations intéressantes avec ses nouveaux congénères qui apprécieraient son visage émacié, sa silhouette dégingandée, et lui donneraient un sobriquet qui lui ressemblerait comme une photo. Il se sentirait si bien dans sa peau, qu'il n'éprouverait plus le besoin de consulter ces médecins et d'avaler ces médicaments qui ne faisaient que retarder l'échéance.

Mais il s'incrusterait. Elle lui dirait qu'elle l'aimait, et qu'elle l'accompagnerait jusqu'à la fin. Elle recommencerait à dormir dans le grand lit, elle lui accorderait même de temps en temps un peu de tendresse bénigne pour lui faire plaisir. Quand sur l'oreiller elle lui demanderait de s'en aller, elle se heurterait à sa lâcheté. Il se lèverait, pleurant, enragé, boitillant, claquant les portes dans la nuit, et les voisins donneraient des coups dans les murs. Elle essaierait de le calmer par des baisers sur ses joues hâves, et des caresses dans son cou décharné. Il se raidirait, la repoussant comme si elle était un objet de dégoût. Elle le supplierait de lui pardonner, et de venir se recoucher. Il finirait par se laisser amadouer, et il dormirait avec elle jusqu'au matin.

Au petit déjeuner, elle ne pourrait s'empêcher de lui dire de garder les vêtements qu'il portait la veille, mais de laisser en partant tout le reste de sa garde-robe. Il pouvait aussi abandonner sa montre en acier sur la coiffeuse, elle la porterait peut-être à l'occasion. Elle l'avait déjà trop aimé, il aurait été farfelu qu'il en demande davantage. Il partirait avec l'estomac rempli de café, de tartines, et de tout ce fromage blanc qu'il avait avalé à grands coups de cuillère à soupe. Il aurait faim vers midi, mais il lui resterait le souvenir des milliers de repas pris en famille à la salle à manger, et celui des grignotages effectués debout devant le frigo ouvert à toute heure du jour et de la nuit.

Si ce soir il souffrait du froid, il se rappellerait du lit où il avait fait une grasse matinée presque quotidienne durant neuf ans, où il avait même eu l'audace de faire la sieste, alors qu'entre son travail et l'entretien des gosses elle était prise douze ou quatorze heures par jour. Il avait dû emmagasiner de la chaleur, des calories, et même du sommeil d'avance qui lui permettrait de ne pas dormir les premiers temps, et d'observer le vrai visage de la ville quand toute activité est suspendue.

Rien ne l'empêcherait d'envoyer des cartes postales aux enfants pour leur faire part du résultat de ses réflexions sur les boulevards glacés, aux voitures immobiles, avec parfois une moto trouant l'averse, ou un taxi roulant à faible allure, et dont le mouvement des balais d'essuie-glace empêche de deviner la physionomie du chauffeur. Il leur raconterait l'odeur de pain, de croissant, de brioche, qui montait des caves des boulangeries, et la frustration d'avoir les poches vides quand les portes du magasin s'ouvraient. Il essaierait de leur communiquer son expérience de la douleur physique quand on a été battu par un clochard ivre, ou quand on s'effondre d'épuisement, que le front rebondit sur le trottoir, et que le visage se déchire sur les aspérités du bitume.

Il croiserait des gens plus malades que lui, il les verrait agoniser sans soins. Il deviendrait courageux, il aimerait la douleur parce qu'il éprouverait de la joie à la dominer, à se hisser au-dessus d'elle sans un gémissement. La maladie ne serait plus pour lui une source d'épouvante, mais une amie qu'il regarderait droit dans les yeux. Quand il sentirait qu'il allait mourir, il ne regretterait rien, il saurait qu'il ne laissait derrière lui qu'une vie de misère.

Elle ne l'avait jamais beaucoup aimé, il l'avait entraînée presque de force dans le couple et la maternité. Elle lui aurait pardonné, s'il n'avait pas raté sa vie professionnelle. Il n'avait décroché que des situations subalternes, et le plus souvent éphémères. Elle ne supportait pas le manque d'argent, elle avait remué ciel et terre pour monter une petite entreprise avec une associée. Quand l'affaire avait commencé à rapporter, il était tombé malade. Dès cet instant, elle avait décidé de s'en débarrasser. Elle aurait aimé pouvoir le dénoncer au commissariat, que deux policiers l'emportent, et le bouclent dans un hôpital imprenable comme une prison.

Il ne parlait que de lui, il assommait tout le monde avec sa santé, à plusieurs reprises il avait même évoqué la mort durant des dîners où les convives s'étaient exténués à leur travail toute la journée, et n'aspiraient qu'à des conversations badines. Et puis, son exemple était déplorable pour les enfants. Il exhibait sa misère, sa douleur, au lieu de la cacher avec soin comme un vice. Il n'avait aucune pudeur, pas de honte, il ne maquillait pas ses pommettes pour sembler moins pâle, il ne s'habillait pas de couleurs bariolées pour avoir l'air un peu plus gras. Il était presque fier d'être atteint, il découpait les articles de journaux qui parlaient de son mal, il les relisait avant de s'endormir, et il se trémoussait devant le téléviseur à chaque fois qu'un laboratoire annonçait une découverte. Les premiers temps, elle lui avait dit de se calmer, de penser à autre chose, d'aller se promener sur les quais, ou d'acheter des plantes vertes pour se changer les idées.

À présent, elle se demandait si elle ne serait pas en droit d'invoquer la légitime défense, si une nuit elle profitait de son sommeil pour l'étrangler.

18

Elle est rentrée chez elle. Il était dix-huit heures. La fenêtre du salon donnait sur une petite rue aux trottoirs encombrés de voitures. Elle avait l'habitude en arrivant de prendre un bain, puis de s'allonger sur son lit. Elle s'endormait, et ne se réveillait qu'à minuit ou le lendemain matin quand le réveil sonnait. Elle aimait le sommeil, de tout ce qu'elle connaissait de la vie elle n'aimait rien d'autre davantage. Enfant, elle se cachait dans une remise poussiéreuse pour dormir et à l'école on la punissait parce qu'elle faisait des sommes la tête écrasée sur son pupitre.

Elle est sortie de la baignoire, elle a grignoté des biscuits salés en se séchant. Sa chambre était obscure, elle n'en ouvrait presque jamais les volets. Le sol était jonché de vêtements portés qu'elle ne ramassait qu'une fois par semaine quand elle allait à la laverie. Elle s'est glissée entre les draps froissés qui portaient encore en eux l'odeur du sommeil de la nuit passée. Elle se demandait pourquoi elle avait accepté de rester éveillée tout au long de cette journée, alors qu'elle aurait pu quitter son bureau en prétextant un mal de tête et venir s'effondrer ici.

Elle s'est endormie. Elle s'est réveillée trois heures plus tard. Elle a allumé, elle est allée boire un verre de lait. Elle s'est recouchée, elle n'est pas arrivée à se rendormir. Elle a ouvert une boîte de crème au caramel, elle en a absorbé la moitié avec des boudoirs. Elle s'est assise au salon, elle a décacheté quelques lettres qui traînaient depuis le début de la semaine. Elle aurait voulu recevoir des cartes postales ensoleillées au lieu de toute cette lèpre d'imprimés. Elle regrettait de ne pas dormir, d'être là, d'avoir une conscience aiguë de cette pièce, de cette fenêtre, de cette rue et de tout le reste qui en était le prolongement jusqu'à l'infini.

Elle s'est levée du fauteuil. Elle aurait voulu s'endormir debout et aller se recoucher déjà bien installée dans un rêve. Elle préférait les rêves à tous les spectacles, elle ne comprenait pas l'avidité des gens à absorber des fictions au lieu de s'allonger dans un coin et de dormir.

Elle a éteint le salon, elle s'est mise au lit dans le noir. Elle a attendu le sommeil quelques minutes sans bouger. Puis, elle a allumé la lampe de chevet. Elle s'est souvenue que demain elle devrait subir une visite médicale. Elle était révoltée par avance de devoir se laisser palper par des mains étrangères. À son retour au bureau, elle serait encore sous le choc, comme si elle avait subi un petit viol. À midi, elle mangerait la nourriture que leur servait la cafétéria de l'entreprise. Elle aurait en face d'elle une figure de jeune femme lisse comme un œuf, ou un homme qui en captant les aliments du bout de sa fourchette lui raconterait que les carottes étaient râpées trop fin et que la purée instantanée n'avait pas la même saveur que celle obtenue en broyant les pommes de terre dans un mortier en pierre.

Elle a éteint, les yeux fermés elle s'est astreinte à ne plus penser qu'à la couleur des carottes. Elle s'est endormie. Au matin, elle a refusé d'entendre le réveil. Elle a ouvert les yeux vers neuf heures. Elle n'avait pas été malade depuis plusieurs mois, elle pouvait se permettre de rester au lit toute la matinée et d'apporter un certificat d'arrêt de travail le lendemain. Mais elle n'est pas parvenue à se rendormir. Elle s'est levée, elle a mangé quelques biscottes beurrées, elle a fait sa toilette et elle s'est habillée. Elle a partagé l'ascenseur avec un voisin qui lui a parlé à voix si basse qu'elle n'a rien compris, elle bougeait quand même la tête pour lui laisser croire qu'elle était d'accord avec lui.

Il pleuvait, elle a traversé la rue, elle s'est réfugiée dans un café. Elle regrettait de n'être pas allée à son travail, de toute façon la journée promettait d'être gâchée avec ce temps pourri et ce sommeil improbable. Elle a bu un thé, elle a fait quelques courses à l'épicerie et elle est rentrée chez elle. Elle a donne un coup de téléphone pour avertir son supérieur hiérarchique qu'elle était grippée.

— Soignez-vous.

— Oui.

Elle a raccroché. Par acquis de conscience elle a avalé deux comprimés d'un médicament contre la fièvre qu'elle avait depuis des années dans un tiroir. Elle s'est déshabillée, elle s'est mise au lit. La lumière du jour passait à travers les volets. Elle fermait les yeux, elle essayait de respirer le plus lentement possible. Comme elle ne réussissait pas à s'endormir, elle est allée à la cuisine et elle a mangé en quinze minutes toutes les courses qu'elle venait de faire. Elle s'est recouchée. Elle se sentait lourde, mais elle avait beau fermer les yeux elle gardait conscience de la lumière et des bruits de la rue. Elle percevait aussi un aspirateur à l'étage supérieur, de l'eau qui chutait dans une canalisation et des voix quelque part qui s'emportaient.

À midi, elle en a eu assez de se recoucher et de se relever sans cesse. Elle s'est rhabillée, elle est ressortie. Il ne pleuvait plus, elle a détesté pourtant tout ce qu'elle voyait. La vue des voitures la fatiguait, celle des gens aussi, les façades lui semblaient désespérées. Les chiens avaient la tête trop basse, dans les bacs à sable les enfants jouaient sans enthousiasme. Elle aurait voulu dormir. À son travail elle s'enfermait aux toilettes toutes les deux heures pour faire un somme. Elle n'avait pas l'habitude de rester éveillée si longtemps.

Elle a vu la plaque d'un médecin au-dessus de la sonnette d'un immeuble. Elle est entrée, elle a monté quelques marches jusqu'à l'entresol. Une inscription manuscrite sur un bristol enjoignait les malades d'entrer sans frapper. La salle d'attente était vide, elle n'a pas eu le temps de s'asseoir que le médecin venait déjà la chercher. Elle lui a réclamé un arrêt de travail et des somnifères. Il lui a demandé si elle avait l'habitude d'en prendre et si elle ne buvait pas trop d'alcool. Elle n'a répondu à aucune de ses questions et elle est sortie.

Elle est rentrée, elle a pleuré. Il était à peine quatre heures de l'après-midi, si elle ne parvenait pas à s'endormir elle irait au cinéma. D'habitude, elle s'assoupissait dès que les lumières s'éteignaient. Elle s'est déshabillée, elle s'est mise au lit, elle s'est relevée quelques minutes après avec la certitude qu'elle ne s'endormirait pas aujourd'hui. Malgré tout, elle est allée voir un film dans une salle du quartier. Après une trentaine de minutes, elle en a eu assez d'être éblouie par toute cette lumière qui lui picorait les yeux comme des épingles.

Elle est revenue chez elle. Une nouvelle tentative d'endormissement s'est soldée par un échec. Elle a regardé par la fenêtre. Elle s'est dit qu'elle allait mettre en marche le téléviseur, depuis son achat elle ne s'en était jamais servi. Elle a préféré faire quelques crêpes pour se distraire. La poêle fumait, elle n'obtenait que des galettes épaisses qui ne tardaient pas à devenir sombres comme du coca.

Elle a remis son manteau, dehors la pluie tombait encore plus fort que ce matin. Elle est retournée voir le même film. La séance était commencée, durant quelques minutes elle a vu un homme torse nu qui parlait à une femme tantôt vêtue d'un tailleur, tantôt d'un peignoir en soie beige. Ils finissaient par périr dans un séisme, le générique apparaissait sur fond de ville en miettes.

Elle a dû faire la queue pour quitter la salle, dans la rue elle s'est laissé tenter par un restaurant à la devanture sympathique. Elle s'est dit qu'un supplément de nourriture allait la lester pour de bon et la faire couler au plus profond du sommeil. En sortant, il lui a semblé que sa démarche était pénible, son cerveau embrumé. Au lit, elle a éprouvé des difficultés à trouver une position agréable. Elle s'est installée sur le dos, les bras en croix, fenêtre ouverte malgré le mois de mars. À trois heures du matin, le sommeil n'était pas venu. Elle est sortie, elle croyait que la marche l'épuiserait. À quatre heures et demie elle était de retour dans son lit. À sept heures elle ne s'était toujours pas endormie.

Elle s'est maquillée avec soin, elle est arrivée en avance à son bureau. Elle a dit qu'elle avait oublié l'arrêt de travail sur la petite table de sa chambre. À onze heures, elle s'est isolée aux toilettes sans même parvenir à somnoler. Dans l'après-midi, elle a recommencé en vain. À dix-huit heures trente, elle était dans son lit. À quatre heures du matin, elle y était encore. Elle n'avait toujours pas dormi.

Elle n'avait jamais réalisé à quel point l'existence était noire et ennuyeuse quand il devenait impossible d'en faire passer le plus clair par la trappe du sommeil.

19

Elle essayait de bronzer. Le soleil était caché depuis un moment. Elle espérait de nouveaux rayons qui n'arriveraient peut-être que le lendemain. Elle attendrait que l'infirmière soit partie pour retourner s'immerger dans cet appartement bourré de meubles où sa mère agonisait depuis quelques mois.

Il a commencé à pleuvoir. Elle a rangé la chaise longue dans un recoin de la terrasse. Elle a traversé le couloir, elle a appelé l'ascenseur, elle est descendue.

Il était dix-neuf heures, elle était assise au salon. Elle entendait sa mère meugler dans le lointain. Elle avait renouvelé sa perfusion, à présent elle aurait dû dormir. Elle était peut-être en train de s'en aller. Quand elle serait morte, elle appellerait un brocanteur pour qu'il vide l'appartement, puis elle le vendrait en vitesse au premier venu.

À présent, sa mère dormait. Elle a débranché le téléphone, elle s'est mise sur le dos un petit imperméable noir. Dans l'ascenseur elle s'est trouvée face à face avec une blatte. En bas, il y avait une femme qui semblait attendre quelqu'un et qui l'a regardée comme une proie. Il faisait encore un peu jour, elle a descendu la rue en sautillant. Elle contournait les ivrognes, elle enjambait les détritus et les déjections. Un type l'a accrochée par le bras, elle a réussi à se dégager en accélérant l'allure.

Elle est arrivée sur la place. Elle a regardé les gosses tourner sur les manèges. Un jeune homme lui a touché les cheveux, il lui a proposé une peluche qu'il avait gagnée au stand de tir. Elle a acheté deux jetons à la vieille femme qui tenait la caisse des autos tamponneuses. Elle a grimpé dans une voiture. La musique était assez forte pour l'étourdir. Elle a percuté un couple, ils l'ont injuriée. Avec le bruit, elle n'a pas compris ce qu'ils disaient. Quand la voiture s'est arrêtée, elle a mis son autre jeton dans la fente. Un homme d'une quarantaine d'années l'a frôlée. Elle n'aimait pas ses petites dents bistres qu'il exhibait à travers son sourire. Elle l'a semé dans la cohue, puis sa voiture s'est arrêtée de nouveau.

Elle a décidé de rentrer, à présent il faisait nuit. L'éclairage public était si violent qu'elle était parfois éblouie. Elle a buté contre une poubelle haute comme un gosse de dix ans et contre un vendeur de journaux éméché qui ne s'en est même pas rendu compte. Elle a remonté la rue, elle voyait son immeuble, avec sa façade aux fenêtres oblongues.

Elle a accéléré l'allure, elle a évité un vélo qui zigzaguait entre les gens. Elle a poussé la porte de toutes ses forces comme si elle ne devait jamais s'ouvrir. Elle a traversé le hall en courant, pourtant la femme de tout à l'heure n'y était plus. Elle aurait voulu continuer à courir jusqu'à son appartement, mais elle habitait trop haut pour monter à pied.

Arrivée chez elle, elle a entendu la voix de sa mère. Des sons inintelligibles s'échappaient de sa bouche. Elle avait un peu vomi. Elle a nettoyé les souillures avec un gant de toilette. Elle a ajouté une ampoule d'anxiolytique dans sa perfusion. Elle a quitté la pièce.

Elle a mangé du poisson pané dans la cuisine. Elle mâchait sans penser à rien, elle déglutissait chaque bouchée en piquant la suivante du bout de sa fourchette.

Le repas terminé, elle s'est fait couler un bain. Elle s'est allongée dans la baignoire, elle a mis la tête sous l'eau. Elle entendait battre son cœur, elle essayait de l'arrêter avec la paume de sa main comme on écrase un réveil intempestif qui sonne depuis vingt minutes. Elle a émergé, elle s'est savonnée. Sa peau lui semblait être un vêtement d'emprunt qu'on aurait choisi à sa place. Elle regrettait d'avoir à supporter vingt-quatre heures par jour cette fille qu'elle avait sur son squelette, et dont elle n'aurait jamais accepté le rôle si on le lui avait proposé au cours d'art dramatique de son lycée.

Sa mère s'est mise à brailler, elle est allée jeter un

coup d'œil dans sa chambre. Elle avait encore vomi, sa tête était posée sur le matelas, les paupières closes, la bouche ouverte. Elle a soulevé le drap, elle avait sali sa couche. L'infirmière la changerait, il suffisait qu'elle dorme d'un profond sommeil d'ici là. Elle a ouvert une autre ampoule, elle l'a versée dans sa perfusion. Elle est retournée s'allonger dans son bain.

Quand elle en a eu assez, elle s'est enroulée dans un peignoir et elle est allée s'étendre sur son lit. Elle a écouté de la musique à la radio, puis elle est restée un moment en silence à regarder le plafond blanc. Sa mère n'émettait plus aucun son.

Elle a ouvert la fenêtre. Elle s'est penchée, elle se disait qu'en cas de chute elle ne sentirait rien. Elle voyait les voitures, elle ne distinguait aucun passant sur les trottoirs. L'air était chaud, elle avait l'impression que la rue lui crachait son haleine au visage.

Elle est retournée dans la chambre de sa mère. Elle dormait, une main hors des draps. Elle aurait voulu qu'elle disparaisse pendant son sommeil, demain elle ne retrouverait plus à sa place qu'une petite tache sur l'oreiller. Avant de quitter la pièce, elle a subtilisé une ampoule. Elle est allée à la cuisine, elle l'a vidée dans une tasse et elle a versé du sucre. Elle a touillé le mélange, elle l'a absorbé petit à petit avec une cuillère à café. Le goût était amer, mais son ennui allait fondre et elle finirait par s'endormir dans un état d'euphorie.

Quelques minutes après, elle s'est mise à chercher

du chocolat dans le haut du placard. Elle laissait choir les boîtes métalliques et les pots de verre. Elle a jeté aussi des tasses, des couverts et six assiettes à dessert en porcelaine rose. Elle a renversé la cafetière, une chaise est tombée, une bouteille de limonade a explosé en atterrissant sur le carreau. Elle a secoué le frigo, il a vacillé vers la gauche et elle l'a aidé à s'abattre sur le sol.

Elle est allée voir si par hasard des sucreries ne traînaient pas sur la table de chevet de sa mère. Il n'y avait qu'une montre, des ciseaux et quatre seringues neuves dans le tiroir. Elle a poussé le téléviseur qui est allé valdinguer contre le mur. Elle a regardé sous le lit, en se relevant elle a tiré sans le vouloir le tuyau de la perfusion. Il s'est détaché du flacon qui a continué à couler goutte à goutte sur la moquette.

On a sonné, on a sonné, on a sonné. Elle est allée ouvrir. Il y avait un type à moitié chauve sur le palier. Elle ne l'avait jamais vu, pourtant elle l'a laissé entrer. Il a refermé la porte derrière lui. Elle s'est dirigée vers la salle de bains, il l'a suivie. Elle s'est appuyée contre le lavabo, elle le dévisageait. Elle se demandait ce qu'il faisait là debout devant elle avec cet air ahuri. Il s'est mis à parler, il lui a dit qu'il habitait à l'étage inférieur et qu'il avait entendu un vacarme inquiétant au-dessus de sa tête.

— Alors, je suis monté.

Elle n'avait aucune envie de lui répondre, elle

avait chaud. Elle a cessé de le regarder, elle a décidé qu'il n'y avait plus personne dans la pièce et qu'elle était libre de prendre une douche. Elle a levé les bras, puis d'un geste ample elle a laissé tomber son peignoir à ses pieds. Elle est montée dans la baignoire, elle s'est aspergée. Elle regardait son reflet dans le chrome du mélangeur, elle se voyait mince comme un trait. Elle se disait qu'elle aurait pu s'endormir tout de suite, droite sur ses jambes. Elle avait envie de se laisser tomber et de s'assoupir en écoutant le bruit de l'eau.

Maintenant, elle avait froid. Elle a eu la force d'enjamber la baignoire et de prendre la serviette. Elle était humide, elle en a attrapé deux autres dans le placard. Elle a bousculé le type en sortant de la pièce, il s'est excusé. Elle avait tellement sommeil, elle aurait voulu que son lit se précipite sur elle comme un chien affectueux. Elle a fini par l'atteindre, elle s'y est enfouie avec bonheur. Elle allait s'endormir et elle n'avait aucune envie de se réveiller un jour. La léthargie la protégerait à jamais comme un embaumement. Elle n'avait plus conscience de rien, elle s'est laissé submerger par le sommeil.

Le type l'avait suivie dans sa chambre. Il l'observait, il remuait la tête d'avant en arrière. Il essayait de lui parler, il a répété à plusieurs reprises qu'il était monté à cause de tout ce bruit. Elle lui tournait le dos, il aurait voulu qu'une conversation s'engage. Si elle voulait qu'il s'en aille, elle pouvait le raccompagner et lui claquer la porte au nez. Il rentrerait se coucher, même s'il ne dormait pas jusqu'au matin. S'il la croisait un jour, il garderait les yeux dans le vague comme s'il ne la reconnaissait pas.

Il avait envie de la réveiller. Il a avancé d'un pas, son pied a heurté le lit. Sans le vouloir tout à fait il s'est allongé à côté d'elle. Il lui a mis ses bras autour du cou. Il était séparé de son corps par l'épaisseur du drap. Il pensait rester contre elle un moment, puis il la laisserait finir sa nuit en solo.

Elle ne faisait rien pour se défendre, mais elle ressentait une douleur vive. Quand il s'est retiré, elle ne s'est pas sentie mieux. Il avait injecté en elle sa dose de venin. Elle a fini par se lever, elle a vomi. Puis elle s'est mise à tourner de pièce en pièce comme une folle alors qu'il était parti depuis longtemps.

Entre quatre et cinq heures du matin, elle s'est frictionnée avec du parfum. Puis elle s'est remise au lit. Quand elle fermait les yeux, le type devenait de plus en plus réel.

Elle est retournée dans la chambre de sa mère. Elle n'a pas osé la secouer. Elle a éclairé la veilleuse. Elle s'est mise à pleurer. Elle aurait voulu simplement qu'elle fasse semblant de l'écouter en remuant la tête de temps en temps comme un polichinelle.

20

Elle ne se disputerait plus avec lui, elle détestait élever la voix. Elle l'écouterait tempêter sans quitter son siège, elle essaierait même de trouver une position confortable en étendant les jambes sur une chaise. Elle penserait à autre chose, ses invectives pénétreraient son oreille interne mais elle les ferait tourner comme des crécelles sans chercher à comprendre leur signification. Elle se souviendrait des tours de manège qu'elle faisait à la foire quand elle avait huit ans, et de ses cousines plus âgées qui l'emmenaient marcher sur le toit.

Il s'approcherait d'elle, il lui parlerait à quelques centimètres du visage comme si ses reproches étaient des crachats qu'elle devait recevoir à bout portant. Elle ferait un effort pour éviter de rire, pour lui présenter un masque douloureux afin qu'il ne doute pas de l'efficacité de sa harangue. En le voyant de près, elle s'apercevrait qu'au moins un sur trois de ses cheveux était devenu blanc et que des petites touffes de poils sortaient des trous de son nez et de ses oreilles. Certains mots lui feraient ouvrir grand la bouche, elle distinguerait avec netteté ses dents du fond, ainsi que ses amygdales grosses comme des noix.

Elle aurait voulu qu'il lève sa main en l'air, qu'il la gifle à toute volée. Le lendemain matin, son plaisir aurait été immense quand elle aurait vu dans la glace les coquards qui lui seraient venus dans la nuit. Elle aurait fait ses bagages lentement, sans oublier ni vêtement, ni bague de fantaisie, ni bibelot sans valeur reçu d'une amie en cadeau d'anniversaire. Il l'aurait regardée faire en silence, d'un œil humide. Elle aurait appelé un taxi. Elle lui aurait rendu les clés. Il se serait saisi d'elle à pleins bras, comme d'un gros ballot. Quand il l'aurait enfin lâchée, elle lui aurait dit de ne pas chercher à la joindre. Elle se serait en allée avec un bon sourire aux lèvres, joyeuse de tourner le dos à cet épisode de sa vie.

Elle ne nourrissait pas de haine envers lui. S'il était tombé malade, elle n'aurait éprouvé aucune joie. S'ils s'étaient trouvés tous les deux au bord d'un précipice, elle ne l'aurait pas poussé, et s'il avait glissé par maladresse, elle aurait fermé les yeux pour ne rien voir. Si elle l'avait découvert en train de se pendre, par curiosité elle lui aurait demandé les raisons qui le poussaient à devancer l'appel. Mais elle l'aurait laissé faire. Elle aurait attendu que le corps cesse d'osciller comme un pendule, que les mains commencent à devenir froides, pour appeler les pompiers.

21

Elle avait eu un problème de réfrigérateur qui l'avait occupée une partie de l'après-midi. Quand l'appareil avait enfin accepté de fonctionner à nouveau, elle avait éprouvé un profond sentiment de soulagement, d'autant plus qu'il faisait chaud et que le lendemain elle avait une poignée d'amis à dîner.

Elle avait pris un bain tiède en laissant la porte de la salle de bains ouverte pour pouvoir entendre son bruit d'abeille. Elle se sentait si bien, qu'elle assumait toute sa vie sans amertume. Elle ne regrettait pas ces hommes qu'elle avait laissés partir au fil des années. Elle était comblée de ne pas avoir d'enfant, elle posait la main sur son ventre dans un geste complice envers cet organe qui n'avait jamais produit.

Le téléphone a sonné, le poste le plus proche se trouvait dans la chambre et elle n'a pas bougé. On a sonné à la porte. Elle s'est enroulée dans une serviette, elle est allée ouvrir en laissant derrière elle une traînée d'eau. Elle a fait entrer un homme, ils se sont embrassés sur la joue. Elle lui a dit de l'attendre au salon. Pour le plaisir d'entendre le frigo de plus près, elle a fait un crochet par la cuisine avant de retourner à la salle de bains.

Elle se demandait si ce type occuperait toute sa soirée, ou si elle réussirait à l'évacuer, afin de pouvoir s'offrir un dîner en solitaire devant la télévision, et une immense nuit de sommeil dans son grand lit désert.

Quand elle l'a rejoint, il était avachi sur le canapé. Elle ne l'avait pas vu depuis six mois, elle le trouvait vieilli. Elle avait envie de lui demander de courir autour de la table pour voir s'il lui restait encore un peu de sang dans les veines. Elle s'est assise dans un fauteuil en face de lui.

Il lui a raconté qu'il avait changé de travail, à présent il n'avait plus une minute de liberté. Elle ne le retenait pas, elle ne prenait même pas la peine de lui proposer quelque chose à boire. Elle le regardait en silence. Elle l'avait rencontré trois ans plus tôt à un vernissage. Il lui avait plu, elle lui avait proposé de venir chez elle. Il l'avait prise ici même, sur le canapé où il était assis. Elle avait jugé sa prestation moyenne, elle avait trouvé un prétexte pour le mettre à la porte aussitôt après.

Elle ne disait rien, quand il s'arrêtait quelques secondes de parler, elle le fixait avec dans les yeux un peu plus de lassitude et d'ennui. Elle regardait souvent sa montre, se rappelant qu'elle devait aller chercher une jupe au nettoyage, et une paire d'escarpins chez le cordonnier. Elle ressassait toutes les factures qu'elle avait reçues ces jours derniers, en plus elle craignait d'être quand même obligée d'investir bientôt dans un nouveau frigo.

Elle ne se souvenait plus s'il avait le corps velu, si ses fesses étaient dures, ou molles comme un fruit blet. Elle regardait son pantalon sans en avoir l'air, elle essayait de se rappeler de son sexe. Elle le dévisageait à nouveau, elle cherchait quelque chose de troublant dans son regard, son front, sa petite bouche aux lèvres minces, son menton fuyant. Elle baissait les paupières, essayant de se laisser bercer par sa voix. Mais cet homme n'exerçait aucun charme sur elle, il aurait dû être déjà parti.

Elle s'est levée, elle s'est excusée. Elle a traversé le salon et un bout de couloir jusqu'aux toilettes. Elle a tiré le verrou, elle s'est assise. Elle a mis sa tête dans ses mains pour essayer de faire une petite sieste impromptue. En fermant les yeux elle le voyait, il disparaissait quand elle les rouvrait. Elle a redressé son buste, un petit bruit d'eau a retenu son attention, il était moins agréable que le bourdonnement du réfrigérateur. D'ici, elle ne pouvait pas l'entendre, mais en faisant un effort elle s'en souvenait comme si l'appareil avait eu un double minuscule dans son cerveau.

Elle regardait les lignes de sa main gauche, elle les trouvait profondes, elle regrettait de ne pas croire aux signes du destin. Elle avait été enceinte à dix-huit ans, si elle l'avait gardé son enfant aurait plus de vingt ans et en ce moment il frapperait peut-être à grands coups de poing contre la porte tant il serait pressé d'utiliser les toilettes à son tour.

Elle se sentait mieux qu'il n'existe pas, elle était plus libre, elle n'avait pas à épargner pour lui venir en aide. Elle appréciait sa solitude, quand elle avait rangé son appartement, repassé son linge, elle était en règle avec sa conscience et elle éprouvait un sentiment de bonheur qui irradiait sa vie, pleine de personnages qui entraient, sortaient, ou disparaissaient sans laisser d'adresse. Son décès attristerait ses amis durant une semaine, puis toutes les vies de ceux qu'elle avait croisés se poursuivraient identiques, se combinant à d'autres qui se poursuivraient aussi quand ils seraient morts. Elle préférait qu'on l'oublie vite, comme un film dont on ne se souvient plus du titre, ni des images, ni des voix.

Il lui parlait de l'autre côté de la porte. Pourquoi il ne s'en allait pas, au lieu de s'inquiéter de son état. Oui, tout allait très bien, elle se sentirait encore mieux quand il serait parti et qu'elle pourrait aller s'allonger dans sa chambre, ou prendre un autre bain avant de mettre le nez dehors pour deux ou trois courses, et de rentrer vivre cette petite soirée tranquillement.

Il était retourné s'asseoir au salon. Il y avait bien une demi-heure qu'elle était là, elle avait peur d'être obligée d'y rester jusqu'à la nuit. Quand elle sortirait, les magasins seraient fermés depuis un moment, elle en serait réduite à manger du riz ou des boîtes, et sa soirée serait gâchée d'avance. Il valait mieux qu'elle sorte tout de suite, elle prétexterait un vague malaise et lui dirait de s'en aller.

Il est revenu prendre de ses nouvelles, elle a fait une espèce de bruit avec sa bouche, et il est retourné s'asseoir sans demander son reste. Elle en avait assez d'être dans ce cagibi, elle aurait eu tant de joie à pouvoir marcher à grands pas dans la rue comme une prisonnière après des années de détention.

Elle a entendu qu'il ouvrait une fenêtre, il était sans doute accoudé à la rambarde et il regardait les voitures passer. Ou alors il surveillait son propre véhicule qu'il avait mal garé sur le trottoir. Elle allait sortir, elle lui dirait que sa visite lui avait fait plaisir, mais qu'elle devenait beaucoup trop longue. Elle le pousserait vers la porte comme un gros meuble qui glisse mal sur le parquet.

Il a refermé la fenêtre, il est revenu vers les toilettes. Il n'a pas osé parler, ni toquer à la porte, il a marqué un temps d'arrêt et il a regagné le salon. Elle n'avait aucune envie de le retrouver en sortant, elle attendrait le temps qu'il faudrait pour qu'il s'en aille.

Le téléphone a sonné, il a fini par répondre. Il est venu lui demander si elle prenait la communication, elle lui a répondu qu'elle n'avait aucune envie de parler à cette femme qui n'était même pas une connaissance. Elle a entendu qu'il lui disait qu'elle était occupée, et qu'elle rappellerait plus tard.

Elle s'est levée, la position assise sur ce couvercle inconfortable commençait à l'indisposer. Elle a entendu de nouveau ses pas, il s'est immobilisé devant la porte. Il lui a dit qu'il était déjà dix-neuf heures, il devait passer à son bureau avant de rentrer chez lui. Quelques secondes plus tard, il était dans l'escalier, et deux minutes après sa voiture quittait la rue.

Elle est sortie de son cachot. Elle trouvait que ses cheveux avaient pris dans les toilettes une odeur de désodorisant. Elle les a lavés plusieurs fois. Au moment où elle est descendue faire ses courses, les magasins fermaient. Elle a acheté du jambon dans une petite épicerie italienne.

Elle s'est aperçue avant de se coucher que le réfrigérateur était encore en panne. Elle a passé une partie de la nuit à essayer de faire repartir le moteur à bout de souffle.

22

Elle n'avait pas l'habitude de partir en vacances, elle passait son congé chez elle à ne rien faire. La mer et la montagne ne la faisaient pas rêver, elle avait toujours vécu dans cette grande ville plate, sans pièces d'eau à part quelques fontaines ici et là. Elle aimait les rues, les bus dans lesquels on pouvait monter à son gré. Sur les places, les marchands de journaux vendaient parfois l'été des boissons fraîches et des en-cas dans des coques de plastique transparent. Pour passer le temps elle aimait regarder au-dessus d'elle et fixer le soleil jusqu'à s'aveugler.

Elle avait eu trois garçons, ils étaient partis depuis longtemps. Les belles-filles lui avaient envoyé des cartes de Noël pendant quelques années, elles avaient fini par se lasser. Elle se demandait parfois combien elle avait de petits-enfants, elle les imaginait courant dans son studio comme des singes. Elle aimait mieux qu'ils ne viennent pas, elle préférait la solitude aux tracas.

Elle se souvenait de son mari comme d'un corps encombrant qui prenait trop d'espace dans le lit. Il répétait toujours les mêmes plaisanteries aux gamins. Il était fragile, chaque hiver il avait une pneumonie. Il était mort à trente-neuf ans d'un cancer.

Elle avait conscience de ne pas avoir donné à ses enfants une bonne éducation. Elle n'avait pas surveillé leur scolarité, ni contrôlé leurs sorties. Aucun n'avait de diplôme, ni de métier solide, et tous les trois avaient fait un séjour en prison dans leur jeunesse. Elle ne savait pas s'ils l'aimaient, ou s'ils lui en voulaient de la pauvreté dans laquelle ils avaient été élevés. Elle aurait pu travailler davantage, mieux remplir le réfrigérateur et les inscrire à un club de football. Mais elle n'aimait pas le travail, elle avait toujours ménagé sa peine. Elle préférait manquer d'argent et traîner sur son fauteuil, même si elle s'ennuyait un peu.

À présent, elle était en vacances toute l'année. La vieillesse lui plaisait, elle adorait qu'en elle tout soit devenu plus lent, qu'elle ne puisse plus accorder au monde extérieur que des mouvements mesurés. Elle trouvait du charme à sa démarche fatiguée, elle prenait plaisir à s'arrêter de temps en temps. Elle se posait sur un banc public, et personne ne se permettait de lui adresser la parole. Il lui arrivait même de s'installer à une table de café, de demander un verre d'eau de ville, sans seulement rétribuer le serveur d'un pourboire.

Elle faisait souvent des cauchemars. Elle s'imaginait torturée toute une nuit par ses fils, ou repassée par une force inconnue, pliée en huit comme une nappe et rangée dans une armoire dont elle n'arrivait pas à s'échapper.

Elle distinguait parfois un fourgon mortuaire dans la circulation d'un carrefour, et elle en avait peur. Elle se répétait qu'il lui restait au moins une vingtaine d'années de vie. Elle pensait qu'ensuite elle se réveillerait dans le ventre d'une femme, ou dans un testicule pendouillant sous une verge.

De retour chez elle, il lui semblait que son organisme était en train de l'abandonner, et que la conscience lui manquait tout à coup, comme l'air se raréfie quand on met la tête dans un sac.

23

Elle se disait qu'elle avait eu un fils qui était mort à deux ans égorgé par un chien au coin d'une rue. On n'avait même pas condamné le propriétaire à faire piquer l'animal qui coulait sans doute des jours heureux à quelques pâtés d'immeubles de là. Elle avait été indemnisée, elle avait acheté cet appartement en se disant que les enfants qu'elle aurait plus tard y seraient heureux. Mais depuis elle ne leur avait pas trouvé de père. Elle avait trente-huit ans, elle se disait souvent que l'enfant qu'elle avait perdu lui suffisait. Elle se sentait proche de lui. Elle imaginait qu'on pouvait prendre un souvenir dans ses bras, ou lui courir après de pièce en pièce pour lui mettre une couche.

Être mère durant deux ans l'aurait comblée, elle s'en voulait de n'avoir jamais eu ce gamin, ni aucun autre. L'appartement était vide, il lui semblait beaucoup plus grand que tout à l'heure. Elle regrettait de ne connaître aucun de ses voisins, elle aurait aimé pouvoir les appeler tous à la fois d'un simple cri. Elle leur aurait offert un whisky, des biscuits au fromage. Elle les aurait écoutés parler entre eux des contraventions qu'on récoltait dans la rue et du centenaire de la maison coincé à son cinquième étage avec des infirmières qui se relayaient jour et nuit. Elle en aurait eu assez, elle leur aurait demandé de partir. Elle se serait bouchée les oreilles pour ne pas les entendre remonter l'escalier.

Elle est sortie de chez elle. Elle a pris un taxi, elle s'est fait déposer devant une discothèque. La salle était vide, elle s'est assise au bar. Elle a bu, elle est arrivée à s'isoler un peu d'elle-même. Elle a dansé, la musique l'enfonçait dans une zone moins sensible de son être. Elle est revenue s'asseoir, elle a continué à boire.

Une vingtaine de personnes se trouvaient à présent dans la salle. Un homme la regardait. Ils ont bu ensemble. Vers quatre heures du matin, elle était presque inconsciente. Il l'a soutenue jusqu'à sa voiture, et l'a couchée sur la banquette arrière. Il a roulé vers le parking souterrain où il louait une place à l'année.

Arrivé là-bas, il a essayé de l'extraire du véhicule. Elle dormait et on aurait dit que le sommeil multipliait son poids. Il a fait de grands signes en direction d'une caméra de surveillance, mais on n'est pas venu à son aide. Il a arpenté les alentours, il n'y avait personne nulle part. L'endroit était presque aussi discret qu'une chambre, mais s'il avait eu un rapport avec elle il aurait eu l'impression de violer une morte. Il l'a laissée dans la voiture, il est parti. À son réveil, elle n'aurait qu'à ouvrir la portière et s'en aller. Il espérait qu'il n'entendrait plus jamais parler d'elle, et qu'elle ne chercherait pas ses coordonnées en fouillant dans la boîte à gants.

Vers neuf heures le gardien l'a remarquée. Elle était immobile et pâle. Il a averti la police. On l'a transportée à l'hôpital. Elle s'est échappée en début d'après-midi sans accomplir les formalités de sortie. Il pleuvait, elle a pris le métro. Elle avait la migraine, il lui semblait porter toute la rame sur sa tête. Elle regrettait de vivre, elle enviait les morts et ceux qui ne viendraient jamais au monde. Elle avait l'impression d'être en morceaux, disséminée dans le wagon, sur la voie, les quais, elle s'étendait sur toute la ville. Elle regardait autour d'elle, elle voyait des gens aux yeux fuyants qui devaient trouver normal d'être ici. Elle a demandé à quelqu'un ce qui se passait, il ne lui a pas répondu.

Elle est descendue à la station suivante. Elle a débouché à l'air libre. La pluie tombait plus fort que tout à l'heure, aucun taxi ne s'arrêtait. Elle a étendu ses vêtements en arrivant chez elle, et elle s'est fait couler un bain. Elle est restée quelques minutes dans l'eau chaude, elle avait l'impression de s'y déliter comme un médicament au fond d'un verre. Elle souffrait d'être cette petite perception dans ce cerveau-là, elle aurait préféré se trouver dans un organe indolore où on ne sent pas l'existence passer.

24

Nous avions eu un enfant ensemble, je lui ai dit de le garder. Je n'aimais pas le mobilier qui encombrait notre logement, et notre compte bancaire était en perdition depuis toujours. Je lui ai tout laissé, même les petits bijoux de rien qu'il m'avait offerts en quatre ans de vie commune. Pour seul souvenir, j'ai pris un singe en peluche dans le coffre à jouets du gosse. Je l'ai perdu dans le train.

J'étais partie avec un homme dont j'étais amoureuse, il m'a abandonnée quelques jours plus tard. Je me suis réveillée un matin toute seule dans des draps glacés, de toute façon le radiateur de la chambre ne marchait pas. Sa valise avait disparu, j'espérais quand même qu'il reviendrait. Je n'osais pas sortir, je suis restée couchée.

Le lendemain le directeur de l'hôtel a frappé à la porte. Il m'a demandé si je comptais rester encore.

— Je ne sais pas.

Il m'a dit qu'il fallait régler la semaine. Je lui ai dit je n'ai pas d'argent. J'ai passé plusieurs heures au commissariat. Quand ils m'ont relâchée j'ai senti tout d'un coup que je n'avais rien mangé depuis quarante-huit heures. Je me suis assise sur un banc d'abribus. Je voulais le retrouver et lui promettre que je ne repartirais jamais plus. Mon fils me manquait, je lui aurais volontiers lu une histoire plutôt que de regarder la circulation dans la nuit tombante avec ce bruit et ces fumées d'échappement qui me faisaient pleurer. Ensuite j'aurais éteint la lumière, et je lui aurais dit que s'il ne dormait pas il ne ferait pas de tour de manège dimanche prochain. J'aurais retrouvé son père à la cuisine, nous aurions mangé.

Je ne l'aimais pas, mais tant pis. Il me restait pour toute fortune une carte de téléphone. J'ai marché à la recherche d'une cabine. Je l'ai appelé, je lui ai dit je rentre, je regrette de t'avoir quitté, je ne sais pas ce qui m'a pris. Il ne répondait pas, on aurait dit qu'il haletait. Il a raccroché. Je suis restée immobile, sans rien comprendre. Quelqu'un a frappé contre la vitre, il y avait plusieurs personnes qui attendaient leur tour. La porte s'est ouverte, on m'a tirée par le bras.

J'ai traversé la rue jusqu'à la vitrine illuminée d'un magasin de meubles. J'avais envie d'aller m'asseoir sur un fauteuil, de m'allonger sur un canapé sans prendre la peine d'enlever mes chaussures. Il y avait même un buffet dans un coin et des gens qui grignotaient un verre à la main. Je suis entrée, une espèce de musique douce couvrait les conversations.

On ne faisait pas attention à moi, je touchais le bois des chaises pour me donner une contenance. Je m'approchais du buffet en souriant. Ma présence n'empêchait pas les gens d'acheter les salons en promotion. J'étais fondue dans l'atmosphère, je ne faisais pas le moindre pli sur la rétine du personnel, ni du directeur qui devait être ce jeune homme aux cheveux blancs en négociation avec un couple d'Asiatiques.

Mes vêtements étaient propres, on pouvait me prendre pour une cliente. J'ai abordé le buffet avec un air détaché, comme si je n'avais ni faim ni soif. Tous les verres avaient déjà été utilisés. J'en ai pris un au petit bonheur et je me suis servi du whisky avec du jus d'orange. J'ai mangé les trois biscuits salés qui restaient au fond d'un bol, il y avait aussi un petit morceau de pizza échoué sur la nappe près d'un cendrier débordant. Je ne regardais personne, de crainte qu'on me remarque. Je consommais vite, je me suis resservie de boisson plusieurs fois. Je sentais l'effet de l'alcool, j'aurais accepté de passer là le reste de ma vie, même si je devais demeurer debout tout le temps. Je continuais à boire, je donnais des coups de pied sur le parquet pour marteler ma détermination inébranlable.

J'ai entendu une voix dans mon dos, je n'ai pas répondu. J'ai fini mon verre, toutes les bouteilles étaient vides. J'aurais bien campé sur place cette nuit, n'importe quel canapé-lit aurait fait l'affaire. Je serais partie le lendemain avant l'ouverture, je ne serais jamais revenue. La voix a insisté, je lui ai dit que je voulais un salon en cuir. Le type m'a contournée, son visage était laid. Je lui ai demandé s'il était possible de signer tout de suite, j'avais besoin aussi d'une table de salle à manger et d'un petit bureau pour mon fils.

— Montrez-moi votre invitation.

— Vous vendez aussi des lampes ?

— Vous ne pouvez pas rester ici.

J'aurais voulu partir en courant, mais j'avais peur qu'il me prenne pour une voleuse. Je lui ai dit que j'avais vraiment besoin d'un canapé, je venais d'emménager dans un deux-pièces neuf et j'étais résolue à tout renouveler.

— Il faut que vous partiez.

Il m'a pris mon verre des mains, il m'a poussée vers la sortie. Je ne résistais pas, j'aurais voulu avoir le courage de m'agripper à lui et de le supplier de me caser quelque part, au moins pour cette nuit.

— Je voudrais acheter aussi un guéridon.

— Sur la place, il y a un camion qui distribue des repas.

— Je reviendrai un de ces jours avec mon mari.

Il a refermé la porte doucement sur moi. J'étais dans la rue, je pleurais. Je n'avais pas de mouchoir, je m'essuyais les yeux avec la manche de mon manteau. J'ai vu le camion dont le type avait parlé. Je leur ai dit que j'avais perdu mon porte-monnaie.

— Il n'y a plus de soupe.

Ils m'ont donné un morceau de pain et une

pomme. J'ai marché au hasard, je heurtais les murs et les pylônes comme si j'étais saoule. J'étais attirée par les lumières des cafés, il me semblait que j'aurais pu me réfugier à l'intérieur et dire au serveur que je ne voulais rien pour l'instant.

— J'attends quelqu'un.

Mais je n'osais pas entrer, je craignais qu'on me refoule. Je regardais les tasses, les verres, et le petit tableau en tôle émaillée où étaient énumérés les sandwichs. Je remarquais aussi les billets que les gens sortaient de leurs portefeuilles et les pièces qui leur étaient rendues sur des soucoupes. Je fouillais mon sac, j'essayais de déchirer la doublure avec les doigts pour retrouver de la monnaie égarée. J'ai découvert un chewing-gum, je l'ai mâché, et quand il a eu perdu son goût j'ai regretté qu'il n'y en ait pas d'autre.

Il ne faisait pas très froid, mais il me paraissait impossible de passer la nuit dehors. Je lui ai à nouveau téléphoné, il m'a dit n'appelle plus, et quand j'ai rappelé la ligne sonnait occupé. Je me suis accroupie dans la cabine avec mon manteau par-dessus la tête. D'habitude je m'endors tout de suite en fermant les yeux, et là je suis restée éveillée. Je regrettais de l'avoir quitté, j'aurais préféré être couchée près de lui dans notre grand lit, plutôt qu'écrasée dans cet espace minuscule qui sentait le mégot.

Je suis sortie de la cabine. Je me suis assise sur un tabouret boiteux abandonné près d'une poubelle.

J'avais entendu parler du suicide, mais je n'avais pas de médicaments sur moi. Je n'avais pas non plus la possibilité d'ouvrir le gaz ou de me précipiter d'un huitième étage. Je pouvais me jeter sous une voiture, ou me taper la tête sur le bord du trottoir. Je n'arrivais pas à me décider. Un homme en mauvais état m'a adressé la parole en passant, il a disparu avant que je trouve la force de lui répondre. Il aurait pu m'héberger, je me serais laissé embrasser sur les joues avant que son ébriété l'assomme jusqu'au matin. Le lendemain j'aurais bien trouvé un moyen de redresser la barre, j'aurais réussi à revenir en arrière, à reconstituer mon couple en lui faisant remarquer l'importance de mon rôle de mère.

À un moment je me suis assoupie, on m'a secouée. On m'a fait monter dans un autobus rempli de clochards. Arrivée à destination, j'ai dû prendre une douche trop chaude et mettre des vêtements qui n'étaient pas les miens. J'ai passé la fin de la nuit dans un dortoir. Le matin, on m'a rendu mon sac, et un type dans un bureau m'a posé des questions. Je lui ai dit que j'avais un homme, un enfant, que je voulais retourner vivre avec eux.

— Il peut venir vous chercher ?

— Je ne sais pas.

Je lui ai donné le numéro, il a appelé. Il n'y avait personne, il m'a souhaité bonne chance.

Le soir j'étais à nouveau dans la rue. J'ai réussi à pénétrer à l'intérieur d'un immeuble, j'ai dormi la tête sur un paillasson. Le lendemain, les courbatures me faisaient boiter. J'avais faim, j'ai demandé de l'argent à un chauffeur de taxi qui lisait son journal à une station. Il ne m'a rien donné, je ne savais pas quoi faire. Je l'ai appelé, avant qu'il raccroche j'ai eu le temps d'entendre la voix du gamin qui jouait au fond de la pièce. Je n'étais pas si loin, je pouvais revenir et lui demander pardon. Je serais gentille, tendre, il ne pourrait me faire aucun reproche pendant des mois. J'accepterais de lui donner un autre enfant pour lui prouver que je n'avais pas l'intention de repartir.

Je demandais aux gens la direction de la gare, personne n'en savait rien. J'ai mangé des croissants chapardés dans la poubelle d'une boulangerie. Je me voyais dans les reflets des vitrines, il me semblait que j'avais vieilli. De toute façon aucun homme ne s'intéressait à moi, même quand je restais stationnaire sans savoir où aller. J'ai suivi un groupe de gens qui portaient des valises, ils m'ont menée jusqu'à la gare. Je suis montée dans un wagon, je me suis cachée dans les toilettes et quand je me suis fait prendre par le contrôleur je l'ai supplié de m'oublier. Il m'a débarquée, on m'a ramenée à mon point de départ. Je leur ai faussé compagnie, j'ai pris un autre train.

Je suis arrivée dans la soirée. J'avais conservé ma clé, j'ai ouvert la porte de l'appartement. Il n'était pas là, le salon était éclairé et l'enfant dormait dans sa chambre. J'ai mangé du pain à la cuisine, et je me suis fait cuire deux tranches de viande avec des légumes en conserve. J'ai bu plusieurs verres de vin, j'ai monté le chauffage pour avoir encore plus chaud. J'ai pris un bain en écoutant la radio. J'ai mis une chemise de nuit que j'avais repassée juste avant de partir et une vieille robe de chambre qu'on m'avait offerte pour mes dix-sept ans. J'ai regardé la télévision, je me suis endormie.

Je ne l'ai pas entendu rentrer. Il m'a injuriée, il voulait que je m'en aille immédiatement. Je lui ai dit que j'avais réfléchi et que je l'aimais. Il a fait éclater un cendrier en le jetant contre un mur. Je lui ai pris la main, je lui ai caressé les doigts. Il m'a demandé pourquoi j'étais partie, je lui ai dit j'en sais rien. Nous avons déplié le canapé, nous nous sommes couchés.

Le lendemain matin, j'ai accompagné mon fils à la crèche. La semaine suivante, j'ai trouvé du travail chez un traiteur. Au printemps, j'étais enceinte, et j'ai accouché en décembre d'un deuxième garçon. Il passait du temps à s'en occuper, à lui donner d'interminables biberons au cours desquels le gamin cessait d'aspirer et s'endormait comme une marmotte. J'aurais voulu que notre existence ait plus d'envergure, que nous partions en vacances trois ou quatre fois par an. Je ne lui en voulais pas d'être comme il était, pourtant j'aurais préféré qu'il soit différent. Si on avait développé son intelligence quand il était enfant, il aurait aujourd'hui des diplômes et un métier plus rémunérateur. Je m'ennuyais, j'avais de petites histoires avec des clients du magasin ou des types qui m'interpellaient dans la rue. Nous nous retrouvions dans un hôtel à l'heure du déjeuner, nous n'avions jamais de rendez-vous le soir.

Une nuit, j'ai quitté l'appartement sans bruit. Il neigeait, je ne savais pas où aller. Quelques lampadaires éclairaient la cité déserte, le bar était fermé et je ne voyais aucune fenêtre éclairée dans les immeubles alentour. J'avais envie de quelque chose depuis longtemps, et il me semblait que personne ne me le donnerait jamais. Il n'y avait pas de vent, il ne faisait même pas froid. Je tournais en rond sur le trottoir, sur la chaussée, je regardais mes empreintes solitaires que les flocons effaçaient. J'aurais aimé rire, à en hoqueter, comme à l'école quand on riait de la maîtresse pliées sous nos bureaux. Je n'avais plus l'occasion de m'amuser, même au lit les hommes que j'avais connus n'étaient pas drôles.

Je suis rentrée à la maison. Il dormait toujours, les enfants aussi. Je n'avais pas sommeil, j'ai bu un verre de vin, J'ai mangé des biscuits à la noix de coco. J'ai remué un tas de vieux magazines rangés sous l'évier, j'ai essayé de lire un reportage sur une femme qui avait perdu la vue dans un accident.

J'avais envie que n'importe qui me prenne dans ses bras. Je l'ai réveillé, il m'a demandé ce qu'il arrivait et il s'est rendormi. Je me suis passée de lui, puis j'ai ouvert la fenêtre parce que j'avais trop chaud. Il ne neigeait plus, on voyait même les étoiles dans le ciel.

Peut-être que pour lui faire plaisir j'accepterais d'être enceinte encore une fois, mais à la naissance je lui mettrais le bébé dans les bras et je m'en irais. Si je trouvais sur mon chemin des difficultés insurmontables, je reviendrais à nouveau. J'accepterais ses insultes, ses reproches qui s'étaleraient sur plusieurs années. Je garderais pourtant l'espérance d'un nouveau départ, d'une fuite par un tunnel que je creuserais toute seule avec mes dents.

Le lendemain soir je lui ai dit qu'il pouvait faire le ménage. Il pouvait passer un chiffon sur la cuisinière, et faire la vaisselle qui traînait dans l'évier depuis l'avant-veille. Je me suis assise, les enfants criaient chacun dans leur coin comme des sirènes. Je lui ai demandé de s'en occuper, je ne voulais plus les voir, plus les entendre à jamais.

J'ai abandonné l'appartement quelques minutes. Je ne voulais pas aller dehors, il y avait trop de vent. Je suis descendue à la cave, j'ai fureté dans de vieux cartons remplis de bouteilles vides, de bibelots estropiés qui même neufs avaient toujours été moches. Il y avait aussi des affaires de camping, j'aurais pu m'installer là et dormir paisiblement sur une épaisseur de sacs de couchage. Les nuits de rhinites, d'otites, de laryngites, je l'aurais laissé se débattre avec ses fils, et au matin je serais remontée fraîche et dispose prendre le petit déjeuner là-haut.

Quand je suis revenue, de guerre lasse les enfants s'étaient endormis. Je les ai posés dans leurs lits. Il n'avait pas touché au ménage, mais il y avait une casserole d'eau en train de bouillir sur le gaz. Nous avons mangé du riz, des œufs, une boîte de thon. Il m'a parlé du téléviseur que j'avais renversé au cours d'une crise de nerfs. Je lui ai dit c'est de l'histoire ancienne, on en achètera un autre quand tu voudras. Il disait qu'en attendant il s'ennuyait, et puis il n'en pouvait plus de mes sautes d'humeur qui coûtaient si cher.

J'avais envie de faire l'amour tout de suite pour me changer les idées. Il m'a dit j'ai encore faim. Je me suis déshabillée, j'aurais voulu qu'il m'aide, mais il restait effondré sur la chaise avec les yeux dans le vague. Une fois nue, j'ai eu froid, je lui ai dit aide-moi à déplier le canapé. Il n'a pas bougé de sa place, j'ai dû me débrouiller toute seule. Je me suis couchée, je lui ai dit viens me rejoindre. Il est allé à la cuisine, je l'entendais remuer des casseroles, de la vaisselle. Il n'avait qu'à s'empiffrer dans son coin, il me suffisait de fermer les yeux pour penser à autre chose et l'oublier.

Je me suis levée, j'ai enfilé un pull. Il était toujours à la cuisine. Il mangeait à même la poêle une préparation indéfinie qu'il remuait avec une spatule. Il m'a demandé si j'en voulais, je lui ai dit tu manges trop et il a souri. Quand il serait devenu trop gras je le remplacerais par un maigre, et si je ne trouvais personne d'autre je lui ferais suivre un régime draconien.

Je tenais quand même à ce type, aux enfants, je sentais que nous formions une famille. Dans dix ans nous serions peut-être encore ensemble, le samedi on nous verrait faire nos courses agglutinés derrière le même chariot, le dimanche nous regarderions les gosses jouer au ballon devant l'immeuble. Je n'aurais pas encore trop de rides, je coucherais toujours de-ci de-là avec des gens qui me plairaient plus ou moins et qui me donneraient l'impression pendant quelques secondes de m'échapper. Je manquerais d'une amie à qui je puisse me confier, je passerais certaines nuits à traîner dans les rues. J'enverrais des boules de neige sur les volets fermés, sur les portes, je me mettrais à courir dès que j'entendrais du bruit. Je m'allongerais sur la chaussée, je laisserais les flocons me recouvrir et je me relèverais d'un bond en éternuant.

Le lendemain, je serais malade, je garderais le lit plusieurs jours. Rester enfermée m'agacerait, je lui chercherais des noises quand il reviendrait de son travail. Je lui dirais je te quitte et il se mettrait à rire. Je m'en prendrais aux enfants, alors ils me reprocheraient de ne jamais leur acheter de vêtements de marques. Je leur donnerais l'ordre d'apprendre leurs leçons, ils me diraient que mes cris les empêchaient de travailler. Je serais si exaspérée que je transpercerais une vitre avec le poing. Je saignerais seule comme une idiote dans la salle de bains, tandis qu'il s'escrimerait à réparer le dommage avec du plastique transparent pour empêcher la pièce de trop se refroidir durant la nuit.

25

Le plus difficile à supporter c'est cette vie quotidienne dans laquelle on tourne. Chaque jour on pense la même chose des mêmes problèmes et des mêmes gens. On parle, on cherche un terrain d'entente, un angle de vue commun sur lequel on puisse tomber d'accord. Il y a toujours une issue aux disputes, et avec des efforts on dissipe les malentendus.

On se meurtrit, chacun voit ses blessures, craint qu'elles s'étendent, causant une douleur continuelle qui ne disparaîtra pas avant des années. On essaie de s'épargner, on garde ses revendications, ses reproches, plutôt que de provoquer un conflit qui traînera des semaines, et qui nous coulera.

On rêve quand même de tout lui dire les yeux fixés sur son visage pour mieux le voir plisser les paupières, serrer les dents, et faire d'involontaires grimaces aux moments les plus durs du réquisitoire. On aimerait avoir les pouvoirs d'un juge, d'un bourreau qui procède la conscience tranquille à l'injection létale dans la veine du condamné. On le gracierait peut-être au dernier moment, mais ensuite il n'aurait plus cette démarche fière, glaciale, ce corps droit. Il baisserait la tête, parlerait à voix basse, répondant aux questions sans émettre d'opinions personnelles envahissantes et vides.

Au lieu de compter sur elle, il balaierait les miettes sous la table, et pour laisser la machine souffler, il ferait la vaisselle une fois sur deux. Il ne regarderait plus la télévision, il ne s'évaderait pas dans la lecture d'un journal, il resterait assis dans la chambre en attendant qu'on ait besoin de lui. Au coucher, il aurait un rapport si on le lui proposait, dans le cas contraire il s'endormirait sitôt la lumière éteinte.

On ne veut pas que la situation dégénère, on préfère supporter les travers, les mufleries. On fait comme si on était délicate et soucieuse de son confort. On lui demande comment ça va, tu n'es pas déçu par ce nouveau travail, on lui dit cette année on pourrait partir en Océanie, on verrait des gens aux mœurs frustes qui te changeraient les idées, allonge-toi sur le canapé, essaie de ne plus penser à rien. En réalité, on le trouve égoïste avec son infection aux reins dont les médecins ne viennent pas à bout, sa voiture qu'il voudrait faire repeindre en vert pistache, et sa façon sans gêne d'imposer chaque mois sa gamine de quatre ans pendant tout un week-end.

Mais depuis quelque temps, la gamine est partie avec sa mère à l'étranger, et il a dû prendre la peine de l'oublier un peu. S'il languissait, il pouvait lui faire un enfant. Elle n'y tenait pas vraiment, mais elle était prête à certains sacrifices pour l'obliger. En tout cas elle ne voulait plus qu'il lui inflige ce masque de mélancolie qu'il affichait chaque soir. Elle aurait voulu lui arracher œil par œil ce regard désenchanté, et toutes les dents de ce sourire triste. Elle lui demandait si ses reins le tourmentaient ou si un maladroit lui avait éraflé sa portière. Il lui répondait non, et il restait affalé sur le canapé, la face tournée vers le plafond. Elle l'embrassait, elle essayait de le ranimer en posant ses doigts à des endroits stratégiques. Elle obtenait de lui un grognement, ou alors il la repoussait en s'excusant. La soirée se terminait mal, elle s'habillait, sortait, rentrait à quatre heures du matin avec une odeur de boîte de nuit dans les cheveux.

Le lendemain, il faisait des efforts pour paraître plus gai, il lui offrait même un petit cadeau quand ses finances le lui permettaient. Elle avait envie de lui dire qu'il ne lui convenait pas du tout, qu'elle préférait s'en aller plutôt que de s'enterrer avec lui. Elle lui demanderait de l'argent afin de compenser les trois années perdues en sa compagnie, ce serait à peine un léger dédommagement pour tous les services qu'elle lui avait rendus, les prestations sexuelles bi ou trihebdomadaires, les conversations en tête à tête, les repas pris avec lui à la maison, au restaurant, parfois avec des amis, sans compter la participation à des fêtes où elle apparaissait maquillée, en robe du soir, ni cette tendresse dont elle l'avait poursuivi certains jours jusqu'à son bureau en lui envoyant une flopée de baisers par téléphone toutes les deux heures.

Elle lui pardonnait. Ils pouvaient sortir, rencontrer des gens, elle ne lui ferait pas payer son aigreur par des réflexions, des humiliations, ou une main dans les cheveux d'un beau type aux yeux noirs. Alors que lui n'était pas beau, avec son visage maigre, dur, d'os, de cartilage, sans la moindre trace de pulpe de chair. Pourtant, il avait du ventre, et la peau de son dos était mobile quand on appuyait la paume de la main dessus et qu'on entamait un mouvement circulaire.

Il avait une qualité, il acceptait de manger les restes de l'avant-veille, mais elle aurait préféré qu'il proteste, au lieu d'avaler le contenu d'une assiette que même un animal aurait trouvé louche. Elle se demandait s'il ne l'acceptait pas de même par gloutonnerie, sans même chercher à savoir si elle lui plaisait. Il ne l'avait jamais regardée, il s'était collé à elle des centaines de fois sans jamais la voir, elle aurait pu troquer son corps contre celui d'une autre sans qu'il s'en aperçoive.

Il ne connaissait même pas son odeur, il se bouchait le nez de l'intérieur dès qu'il se trouvait en sa présence. Il n'appréciait pas le parfum subtil dont elle déposait çà et là une goutte sur sa peau, ni la fragrance particulière que développe à certains moments la transpiration des femmes. Il vivait dans un monde aseptisé où les êtres étaient recouverts d'un épiderme sans aucune aspérité, comme laqué, qui empêchait jusqu'à la sueur de passer. D'ailleurs, il était sans odeur aucune, et quand elle lui léchait le cou, l'épaule, elle ne trouvait aucune saveur à sa peau, elle n'avait jamais connu d'homme aussi insipide, même sa verge n'avait aucun goût.

26

Elle conduisait vite, elle avait le pressentiment qu'elle allait mourir dans la tôle froissée. Elle aimait l'image de sa tête défoncée qui affleurait à sa conscience. Elle n'aurait pas détesté non plus qu'une minute ou deux après le choc le véhicule prenne feu et explose. Elle imaginait son corps en flammes dispersé à la ronde, elle voyait les badauds immobiliser leur voiture pour assister au spectacle. Dans la déflagration sa tête se détacherait de son cou et volerait de l'autre côté de la route où un poids lourd l'écraserait.

Elle pouvait conduire six heures d'affilée sans faire la moindre pause. Les enfants urinaient dans des bouteilles, ils vomissaient comme ils pouvaient dans des seaux de plage ou sur des serviettes éponges.

Quand la nuit tombait, elle accélérait l'allure. La lumière des phares dessinait une zone dans l'obscurité qui lui donnait l'impression de tracer la route au fur et à mesure que son véhicule avançait. Elle aimait entendre le crissement des pneus sur l'asphalte, elle faisait confiance à son instinct. Il lui arrivait de se rendre compte qu'elle risquait la vie de sa famille, mais cette lucidité face au danger était pour elle une source supplémentaire de plaisir. Elle imaginait son mari sauvé de justesse et passant le reste de ses jours couché sur le dos, nourri par sonde, immobile comme une momie. Ses enfants auraient la chance d'en réchapper, ils en seraient quittes pour la peur, quelques dents brisées et des cicatrices qui leur donneraient un air plus viril quand ils seraient adultes. Elle serait la seule à mourir, elle emporterait dans la tombe toute sa haine de la vie.

Elle se disait aussi qu'elle serait peut-être l'unique survivante. Deux mois après l'accident, elle quitterait l'hôpital sur des béquilles. Elle retrouverait le grand appartement vide avec des jouets dans tous les coins, et un petit bateau à voile oublié au fond de la baignoire. Elle aurait envie d'acheter une nouvelle voiture, de s'écraser sur le premier mur qu'elle rencontrerait. Mais le médecin lui aurait dit qu'elle ne conduirait jamais plus.

27

Elle éteignait la lumière, elle s'étonnait de ne pas être encore anéantie par le sommeil. Elle essayait de se fabriquer un rêve avec le type aux dents blanches qui apparaissait ces temps derniers dans une publicité pour une marque de café. Elle se levait.

Malgré l'hiver, elle se mettait au balcon. Avec une longue-vue elle aurait pu épier les appartements encore éclairés de la tour d'en face. Elle se demandait si à force de faire des signes elle avait une chance d'établir un contact avec un habitant, ou s'il aurait mieux valu tirer un coup de revolver dans une vitre pour attirer l'attention. Elle entrerait peut-être en relation avec une intelligence lamentable, qui ne comprendrait rien de ce qu'elle lui dirait en dehors de mots simples comme voilà, caillou, le pingouin, sachet de jambon, et qui ouvrirait des yeux ronds si elle évoquait sa faculté de souffrir du moindre dysfonctionnement intérieur.

Elle a refermé la porte-fenêtre. Elle n'en pouvait plus d'être seule. Elle a téléphoné à un homme avec qui elle avait couché six mois plus tôt. Elle l'a réveillé, il était grincheux, il faisait même des difficultés pour se souvenir d'elle. Elle voulait qu'il vienne sur-le-champ.

— Tu as mes coordonnées dans ton agenda.

Elle les y avait inscrites de sa main.

— Tu viens ?

— Où ?

— Je t'attends.

Elle a raccroché. Cinq minutes plus tard, elle a rappelé pour vérifier qu'il était en route. Il s'était rendormi.

— Secoue-toi un peu.

— Pourquoi ?

— Je ne t'attendrai pas toute la nuit.

Elle a raccroché. Elle l'a attendu une demi-heure. Elle a rappelé, il paraissait furieux d'avoir été sorti de son sommeil encore une fois.

— Si tu ne viens pas, je débarque chez toi.

Elle se rappelait son adresse, et même le numéro du code de la porte d'entrée. Elle a raccroché, elle a étendu ses jambes sur le tapis. Elle avait sommeil, il aurait suffi qu'elle se mette au lit pour s'endormir. Elle ne se souvenait plus de lui, ils étaient à peine restés deux ou trois heures ensemble. Elle ne se rappelait plus du grain de sa peau, ni de la forme de son pénis.

On a sonné, elle a ouvert. Quand il est entré dans l'appartement, elle lui a trouvé une tête sans charme, un petit corps, des bras trop longs. Elle avait envie de lui dire que depuis son appel ses règles étaient survenues. Elle lui a proposé de s'asseoir.

— Qu'est-ce que tu fais ?

— On se met sur le canapé ou on va dans ta chambre ?

Déjà, il était nu, debout au milieu de la pièce, le sexe minuscule et mou. Il ne lui faisait pas envie.

— Rhabille-toi.

Il a pris place sur le canapé, les pieds en l'air sur l'accoudoir.

— Je t'attends.

— Tu peux t'en aller.

— Caresse-moi.

— Va-t'en.

Il flattait son propre corps du bout des doigts, s'attardant sur son torse, son abdomen, à l'occasion descendant plus bas. Il n'avait pas d'érection, pourtant son sexe n'était plus tout à fait flasque. Elle faisait semblant de regarder dehors.

— Tu mets de la musique ?

— Je suis fatiguée.

— Alors, on fait l'amour tout de suite.

— Je ne suis pas enthousiaste.

— Force-toi.

Il s'est levé, il s'est approché d'elle. Elle a reculé, elle lui a dit qu'elle se sentait barbouillée.

— J'ai sans doute avalé une bactérie.

Il était ridicule avec toute cette pilosité sur la poitrine, il sautillait comme un petit ours libidineux. Elle avait envie de rire, et de le pousser devant elle jusqu'à la sortie.

Il devenait insistant, il se permettait de toucher ses seins. Elle ressentait comme de la douleur, elle avait envie de vomir. Il la serrait, s'insinuait. Elle a crié, elle s'est débattue. Elle a réussi à se dégager, mais au lieu de sortir en courant de l'appartement, de se réfugier chez le premier voisin venu, elle a ouvert la porte-fenêtre et s'est précipitée sur le balcon. Elle a pensé peut-être que le froid le calmerait. Au contraire, l'air glacé de la nuit a exaspéré l'appétit qu'il avait d'elle.

Il l'a coincée contre la balustrade. Elle a senti sa verge dressée contre son ventre. Elle lui a dit qu'elle porterait plainte. Il l'a balancée dans le vide.

28

Quand je suis sortie de chez moi, il faisait presque nuit. Je ne regardais pas les passants, je marchais tête baissée. La ville n'avait pas un son plus désagréable que d'habitude, mais je sursautais quand une voiture klaxonnait. Je ne savais pas où j'allais, je dégringolais les rues comme si elles étaient en pente, alors qu'elles étaient absolument plates. Je n'avais pas besoin de marcher, j'étais attirée vers l'avant de manière irrésistible. Je suis tombée plusieurs fois, je me relevais sans tenir compte de mon manteau taché ou des gouttelettes de sang sur les paumes de mes mains.

J'ai regardé ma montre, il était dix-huit heures. J'étais assise à la terrasse d'un café, je trempais les lèvres dans un verre sans parvenir à en boire la moindre gorgée. Je n'étais pas sûre de m'être arrêtée là de moi-même, j'avais dû rencontrer une connaissance qui m'avait entraînée. Je n'avais plus le vertige, je regardais les gens. Je me rappelle d'une femme qui buvait du thé, je me demandais si ses grands yeux reflétaient les alentours comme des miroirs. Avec sa chevelure crantée, un des serveurs ressemblait à une dent ébréchée. Mon cerveau ne produisait que ce genre de pensées idiotes. Quand je fermais les yeux, je me voyais, j'en riais aux éclats. Quand je les rouvrais, je m'apercevais que tout le monde m'observait comme une bête curieuse. Je suis allée plusieurs fois aux toilettes pour me cacher. À mon retour, les gens m'avaient oubliée, je pouvais reprendre ma place dans l'indifférence.

Je me répétais mon âge, mon adresse. J'oubliais de temps en temps mon nom l'espace de quelques secondes. J'ai fini par boire mon verre, l'alcool m'a aidée à refaire surface. J'ai allongé les jambes, je voyais un homme mal habillé à deux tables de moi. Il avait des cheveux noirs, des mains longues posées sur un livre fermé. Je me suis levée, je lui ai demandé l'heure. En pointant un doigt sur mon poignet, il m'a dit regardez votre montre. Il avait de petits yeux bleus enchâssés dans des paupières bistres et une bouche pulpeuse. J'aurais voulu qu'il me dise de m'asseoir à côté de lui, il avait une voix grave que j'aimais. Je restais debout, je lui posais des questions, il n'y répondait pas. Son attitude ne me mettait même pas en colère contre lui.

Un couple m'a bousculée en sortant, un serveur m'a dit que je gênais le service. Je me suis assise à sa table. J'ai bu une gorgée de sa bière, il en a commandé une autre. Je lui ai dit dès que je vous ai aperçu j'ai eu envie de vous parler, je dois avoir quelques années de plus que vous. Il a réglé ses consommations, il a quitté le café. Je l'ai suivi, un serveur m'a rattrapée. Je ne retrouvais plus mon argent, puis il a mis une éternité à me rendre la monnaie. J'ai couru en ligne droite sur l'avenue. Il pouvait avoir bifurqué, ou être monté dans une des voitures garées le long du trottoir.

Je l'ai cherché jusqu'à dix heures du soir, puis comme je n'en pouvais plus je suis entrée dans un autre café. J'ai bu au comptoir. J'avais mal aux jambes, mais je n'avais aucune envie de m'asseoir et de me retrouver seule à une table. Il y avait des gens autour de moi qui buvaient en regardant le miroir où mon image était mêlée à la leur. Aucun n'était séduisant, j'ai parlé à l'un d'eux parce qu'il se trouvait juste à ma droite et que je n'avais pas besoin d'élever la voix. Je lui ai dit que j'étais fatiguée, il m'a dit qu'il travaillait dans un grand magasin et que sa femme était en convalescence avec ses enfants chez une amie. Il était sans charme, pourtant je lui ai demandé s'il habitait dans le coin. Il m'a regardée, j'ai compris qu'il craignait que je lui réclame de l'argent par la suite. Je lui ai dit je suis gratuite, et je me suis mise à pleurer. Il était intimidé, il a commandé deux verres de vin et m'en a mis un dans la main. Je l'ai supplié de me dire non, ou alors il fallait qu'il m'emmène sur-le-champ. Il a payé et nous sommes sortis.

La petite rue où nous nous trouvions était située hors de la ville, dans une banlieue où j'avais dérivé sans l'avoir voulu. Je pleurais encore, je l'ai pris par la main. Il habitait un immeuble de brique rouge, dans l'entrée il y avait une plante grasse qui agonisait. Il n'y avait pas d'ascenseur, il habitait au dernier étage. Je suis arrivée là-haut haletante, son nom était sur la porte, un nom dont je ne me souviens plus. Il n'avait qu'une pièce, avec un lit à droite, une table à gauche, un tapis râpé dans les bleus, un évier avec du linge qui trempait dedans. Il m'a dit de m'asseoir. Si j'avais eu à choisir j'aurais préféré faire sa lessive plutôt que coucher avec lui.

Je lui ai demandé est-ce qu'il y a une salle de bains, il m'a répondu oui bien sûr, et il a tiré un rideau derrière lequel se trouvait un bac à douche. Il m'a servi un verre d'alcool, je l'ai bu et j'en ai bu un autre. J'avais peine à le regarder, il me répugnait. Je me suis levée, je me suis rassise. J'étais incapable de fuir, on aurait dit que la boisson avait raccourci mes jambes. J'aurais claudiqué dans l'escalier comme une infirme, j'aurais roulé en bas des marches. Il m'aurait ramenée chez lui sur son dos pour se servir à sa guise de ma dépouille.

Il m'a mis son bras autour du cou. Je le sentais maladroit, sa veste dégageait l'odeur des vêtements portés des mois. Je lui ai parlé de l'été dernier, il ne se souvenait pas de la canicule. Par méchanceté, je lui ai fait remarquer que sa femme et ses enfants devaient être à l'étroit dans cet appartement minuscule. Il m'a dit nous sommes en train de déménager, dans quinze jours nous habiterons un grand rez-de-chaussée avec un petit bout de jardin. J'aurais voulu qu'il se déshabille, que les choses avancent un peu, afin qu'on puisse en terminer plus vite. J'ai caressé sa cuisse durant quelques secondes, ma main a glissé sur sa braguette. Je l'ai ouverte, j'ai pris son sexe par l'ouverture de son caleçon. Je l'ai manipulé à toute vitesse, le sperme est sorti en trois petits jets saccadés. Je me suis levée, j'ai traversé la pièce, je suis sortie. Je l'entendais encore gémir en descendant l'escalier.

Dans la rue, j'ai couru, j'avais peur de lui. Je me suis lavé les mains à une fontaine publique, j'ai vomi quelques gorgées d'un liquide acide. J'aurais dû me dire que je n'avais plus qu'à rentrer chez moi, mais j'avais envie de contacts avec un autre homme. La zone était déserte, je ne rencontrerais jamais personne jusqu'au matin. J'ai regardé un plan de la ville affiché près d'une station de bus, j'ai repéré l'artère qui reliait la banlieue au centre. Une fois dans le bon axe, je me suis mise à marcher. Je ne voulais pas penser à la journée du lendemain, ni à la semaine qui suivrait. Je ne voulais rien savoir des heures que je passerais à regarder par la fenêtre, à m'étendre sur le lit pour faire une sieste dont le sommeil ne viendrait pas et à sangloter assise sur le plancher. Je ne voulais pas non plus me souvenir, pourtant des images apparaissaient à ma conscience, j'essayais d'accélérer l'allure pour qu'elles se dissipent. Je ne supporte l'existence qu'à condition de vivre des instants coupés de tous les autres.

J'ai fini par trouver un bar encore ouvert. Je me suis assise à la première table venue près de l'entrée. J'ai bu plusieurs verres. Le serveur semblait homosexuel, il y avait un couple, des hommes qui parlaient entre eux et un qui était seul, ivre devant sa bière. Aucun ne me plaisait, et mon désir était tombé. Je me suis levée, ils ne m'ont pas regardée sortir. J'ai tourné autour de la place, je me suis assise sur un banc. Je n'avais plus aucune force. Je n'étais pas saoule, mais je ne me sentais pas bien. Garder les yeux ouverts me donnait la nausée, quand je les fermais j'étais prise d'une angoisse qui m'obligeait aussitôt à les rouvrir.

À mon âge je ne plaisais plus, je pouvais garder mes désirs pour moi et les doucher à l'eau glacée. J'avais le droit de me promener toute nue seule entre les murs de mon logement. Je pouvais me regarder dans la glace, me tourner, me pencher pour étirer mes chairs, et aller m'allonger afin de mieux me caresser comme une adolescente chauffée à blanc.

Je suis retournée dans le café, le serveur m'a dit qu'il était en train de fermer, mais qu'il existait plus loin un bar qui restait ouvert toute la nuit. Je lui ai demandé de me le montrer, il est sorti avec moi, il m'a indiqué une direction avec le doigt. J'ai pensé qu'il n'y aurait personne là-bas. J'y suis allée malgré tout, la salle était bondée. Je n'ai trouvé qu'une place coincée entre le mur et le portemanteau. On ne prêtait aucune attention à moi, on ne croyait pas utile de me servir.

Les gens parlaient fort, éclataient de rire tous à la fois. J'aurais voulu m'amuser avec eux, et qu'on m'emmène à l'aube dans un appartement inconnu. J'aurais aimé me réveiller à midi à côté d'un type endormi que je ne reconnaîtrais pas dans la pénombre de la chambre. J'aurais attendu qu'il se réveille à son tour, ou je serais partie sur la pointe des pieds comme une petite souris de conte de fées.

J'ai insisté pour être servi auprès du type derrière le bar. Il a continué à boire son whisky. Il n'était pas mal, un beau regard, j'aurais accepté que ses belles dents mordillent mon cou flétri. Il se demandait pourquoi je le regardais, il baissait la tête sous le comptoir comme s'il cherchait quelque chose, comme s'il discutait avec un collègue à moitié enfoncé dans la cave. Il ne lui venait pas à l'esprit que je le désirais, il me respectait comme une mère. J'aurais dû m'estimer bienheureuse d'avoir pu monter chez l'affreux bonhomme de tout à l'heure, si j'avais eu encore quelques mois de plus il m'aurait repoussée comme les autres.

J'avais l'impression que la bruyante joie des clients me repoussait contre le mur. Pourtant j'aimais entendre ces paroles, ces bruits de rires, et de toute façon je devrais m'en contenter jusqu'à la fin de mes jours. Parfois, je me levais, je faisais une ronde autour des tablées. Je parvenais à comprendre le sens des phrases, je voyais les visages de près. À un moment, une jeune femme éméchée m'a demandé ce que je voulais, je lui ai répondu rien, elle m'a dit alors qu'est-ce que vous faites là. J'aurais aimé être à sa place au milieu de ces types qui semblaient tout disposés à lui faire l'amour.

J'aurais dû m'en aller tout de suite, ne plus jamais quitter mon domicile que pour faire mes courses, consulter un médecin, ou aller voir un film avec une amie. Surtout tuer dans l'œuf les velléités d'évasion du quotidien, éviter de laisser monter en moi cet enthousiasme d'exister qui me secouait parfois avec la violence d'une explosion. Je devais accepter l'ennui de chaque jour qui s'étendait du matin au soir, s'étirait comme du sucre filé et dont on ne voyait jamais la fin.

J'étais exaltée par les rires, j'ai encore essayé d'obtenir un verre. Les gens s'en allaient peu à peu, restait encore un dernier carré, je m'en suis rapprochée. Ils se sont levés, ils sont sortis, je me suis jointe à eux. Derrière nous, le bar fermait, alors qu'il ne faisait pas encore jour. Le groupe s'est déversé dans deux voitures, j'ai réussi à me faufiler à côté d'un couple qui somnolait joue contre joue. Nous n'avons pas roulé longtemps, je m'enfonçais le plus profond possible dans la banquette pour qu'on m'oublie. Les deux hommes à l'avant disaient du mal de la soirée qu'ils venaient de passer. Ils avaient fait un mauvais dîner dans un restaurant italien où les cafards longeaient la tuyauterie des lavabos, ils avaient dépensé de l'argent dans une boîte de nuit exécrable, pour finir dans cette espèce de bar où ils en avaient été réduits à raconter des histoires pour amuser la galerie. Ils étaient sûrs que les choses n'allaient pas s'améliorer, qu'ils atterriraient dans un appartement vaste comme une étagère où il n'y aurait rien à boire. En sortant de là, ils n'auraient plus qu'à se retaper au zinc d'un café qui ouvrirait ses portes.

Une fois la voiture garée sur un trottoir, nous avons rejoint les autres devant la porte d'un immeuble de construction récente. Tout le monde est entré. L'appartement était au second, je me suis assise au milieu des autres sur le canapé d'un grand salon. Les conversations allaient et venaient sans qu'on prête la moindre attention à moi. J'essayais de parler pour m'incruster dans la discussion générale, mais on ne me répondait pas, tant mes propos devaient détonner. On nous a servi un alcool sec, j'ai vidé mon verre et on me l'a rempli à nouveau.

Nous étions quatre femmes pour six hommes, mais ils ne paraissaient pas très entreprenants. En revanche, ils ne parlaient que de sexe, avec une vulgarité qui les faisait rire. Les femmes riaient de guerre lasse, ou elles chuchotaient entre elles en attendant que la conversation change de cap. L'une d'elles me ressemblait un peu, et comme elle ne devait guère avoir plus de trente ans, on pouvait me soupçonner d'être sa mère. J'aurais aimé qu'elles me mêlent à leurs conciliabules. Elles m'ignoraient, j'avais l'impression que j'étais absente pour tout le monde. Je me suis levée, j'ai traversé le salon de part en part. Je suis revenue m'asseoir, personne ne s'est inquiété de moi.

J'ai bu à nouveau, l'alcool ne me rendait pas saoule, j'étais de plus en plus lucide. Je me suis laissé absorber par le canapé trop moelleux, j'ai regardé une statuette dans une vitrine que je voyais floue. L'homme à côté de moi m'a tapée sur l'épaule, il m'a demandé si j'avais un problème. Je lui ai répondu tout va bien. J'ai voulu entamer un dialogue, je lui ai dit on pourrait parler de livres ou de musique. Il m'a dit oui, oui, et il m'a tourné le dos. Je me sentais aussi seule que dans le café, j'aurais été mieux dehors. Je me suis levée pour partir, quand j'ai été debout j'ai demandé où se trouvaient les toilettes. On m'a répondu, et j'y suis allée.

Je suis revenue dire au revoir. La plus jeune des femmes m'a fait un sourire, j'ai cru qu'elle voulait bavarder, je me suis approchée. Elle m'a dit qui vous êtes, personne ne vous connaît. Je lui ai fait juste un signe pour lui montrer que je m'en allais tout de suite. Elle a crié qui vous êtes, d'où vous sortez. Je lui ai dit on s'est rencontrés dans ce café, on est arrivés ici ensemble. Elle s'est levée, elle m'a traitée de voleuse et l'un des hommes est allé voir si je n'avais rien dérobé dans son bureau. Il est réapparu, il m'a disculpée, il a dit tout est en ordre, laisse-la partir. La fille a gueulé fous le camp. J'ai obéi, j'aurais voulu courir mais je n'en avais pas la force. Je les ai entendus rire dans mon dos.

Dehors, il faisait encore nuit, mais la circulation

reprenait et les piétons pressés se croisaient sur les trottoirs. Il était sept heures et demie du matin, la nuit avait été désastreuse, je regrettais de ne pas l'avoir passée chez moi à me taper la tête contre les murs. J'ai acheté un journal dans un kiosque, j'ai demandé où se trouvait la bouche de métro la plus proche. Puis j'ai imaginé l'atmosphère tiède des couloirs, la foule, le bruit des rames. J'ai pris un taxi, la course a duré une vingtaine de minutes. Le chauffeur m'a demandé pourquoi vous pleurez, je lui ai dit je ne pleure pas. Il m'a dit regardez-vous dans le rétroviseur. J'avais le visage trempé, il m'a donné des mouchoirs en papier. Nous sommes arrivés devant chez moi, j'ai regardé le compteur, il ne me restait pas assez d'argent. Je lui ai donné tout ce que j'avais, pour le reste il m'a dit laissez tomber.

J'avais peur de rencontrer un voisin dans l'escalier. J'ai croisé le gamin du troisième qui partait pour l'école, nous avons échangé un vague bonjour. Chez moi, tout était en désordre, le ménage n'avait pas été fait depuis une semaine, le parquet était jonché de linge. Je me suis déshabillée n'importe comment, je me suis glissée dans le lit. Je fermais les yeux, je savais que je ne m'endormirais jamais. Je me suis levée. J'ai regardé par la fenêtre du salon, pour une fois le ciel était bleu, en face les premiers rayons du soleil éclairaient le jardin de la clinique.

Je vivrais peut-être encore longtemps, il fallait que je m'habitue à décliner sans fondre en larmes.

Et puis un jour je saurai regarder mon propre cercueil sans détourner les yeux, et m'y coucher toute seule, comme une grande fille qui n'a pas besoin de sa mère pour se mettre au lit.

29

Quand elle l'avait connu, il était dessinateur dans un bureau d'architecture. Elle avait préféré qu'il profite d'une opportunité, et il était devenu gérant d'un petit supermarché. Elle lui avait dit qu'il allait lui faire des enfants. Il devrait travailler dur pour qu'elle puisse abandonner son emploi et s'occuper d'eux. Elle voulait se consacrer tout entière à leur éducation afin que plus tard ils soient des adultes bien dans leur peau.

Elle aurait voulu accoucher au printemps d'une fille. Son vœu s'est réalisé. Ensuite, elle a voulu un garçon qui naisse en hiver. Elle a reçu en plein visage la gifle d'une deuxième fille née en août. Deux ans plus tard, elle a accouché d'un garçon. Il est mort à quatre semaines durant une opération cardiaque. Le quatrième enfant ne s'est jamais manifesté. Après quelques examens on lui a appris qu'elle n'en aurait jamais plus. Elle a dit à son mari avec un petit sourire résigné qu'ils se contenteraient de leurs deux gamines. Le soir même, elle a commencé à ranger la vaisselle dans des cartons d'eau minérale et elle a roulé le tapis du salon. Preuve sans doute qu'elle voulait mener une vie nouvelle dans un cadre neuf. Il est allé se coucher sans lui demander d'explication.

Quinze jours plus tard, tout le contenu de l'appartement était empaqueté. Il n'y avait plus de couteaux disponibles, plus d'assiettes, plus de casseroles. On mangeait des aliments froids en s'aidant des doigts ou des dents antérieures. Un soir, elle lui a montré une petite photo que l'agent immobilier lui avait donnée. On voyait une grande pièce vide, et à travers deux fenêtres ouvertes on distinguait la façade en vis-à-vis d'un immeuble blanc. Elle avait visité ce logement quelque temps plus tôt.

— Nous déménageons lundi.

Il n'a pas réclamé d'autre précision, il s'est contenté de croquer une pomme en s'efforçant de ne penser à rien d'autre qu'à la mastication du fruit. Il entendait les enfants jouer dans leur chambre, il aurait voulu s'amuser à les poursuivre dans le désordre des pièces, mais leur mère n'aimait pas qu'il les excite.

Le téléviseur était emballé depuis trois jours et il ne trouvait pas la radio. Quand il n'en pouvait plus de rester assis, il allait sur le balcon regarder la circulation des voitures. Il ne s'intéressait pas à la lune, il aimait autant qu'elle soit masquée par les nuages. Les étoiles lui donnaient mal au cœur, il fallait se pencher en arrière pour les regarder et elles piquaient l'œil de leur lumière aiguë. Il en avait vite assez, il rentrait à l'intérieur de l'appartement.

Il l'entendait se brosser les dents, se doucher. Il la voyait nue par la porte ouverte de la salle de bains. Il était excité, il s'en approchait. Elle lui disait que ce soir elle n'avait envie de rien et que même la nourriture la dégoûtait. Elle avait peur que leur fille cadette soit malade, et l'aînée ne rentrait plus dans aucun de ses vêtements.

— Il faudra que je l'emmène faire des courses.

Elle allait se coucher, il restait seul au salon. Les distractions lui manquaient. Il se disait qu'il pouvait la quitter du jour au lendemain, en laissant derrière lui son travail au supermarché comme une guenille. Il s'imaginait à la rue avec une petite somme d'argent dans la poche de sa veste. Il essaierait de contacter des amis perdus de vue depuis son mariage, mais les retrouvailles ne seraient pas chaleureuses. Il ne se sentirait pas la force de recommencer son existence. Devant la fenêtre ouverte de sa chambre d'hôtel, il penserait à ses enfants. Il aurait envie de les revoir, il se jetterait quand même dans le vide.

Il la rejoignait dans la chambre. Il fermait les yeux, il essayait d'imaginer sa chute. Il glissait un bras sous le matelas, comme pour s'accrocher au lit. Il aurait voulu une fin plus agréable, dont il puisse rêver comme d'un plaisir futur. Il éclairait la lampe de chevet, il regardait la figure de sa femme endormie. Elle allait l'emmener ailleurs, dans un nouvel appartement où il aurait le droit de crever à petit feu comme ici. Là-bas sa souffrance s'organiserait sans doute autrement, de même que les meubles seraient disposés d'une tout autre façon.

Le lendemain, il s'est réveillé le premier. Avec les moyens du bord, il a préparé du café, il a coupé des tartines et pressé des oranges pour les enfants. Sa femme lui a reproché d'avoir laissé des pépins dans le jus.

— Oui.

— Le café est trop clair.

Elle l'a vidé dans l'évier. Il est allé se raser, il aurait aimé pouvoir évacuer sa vie comme l'eau d'un lavabo. Il imaginait sa femme disparaître dans la tuyauterie de l'immeuble. Pour la remplacer, il trouverait un autre personnage du même sexe, avec de la chair, de l'esprit, au même titre que n'importe quelle autre humaine. Elle s'occuperait de mauvaise grâce de ses enfants, chacune de leurs scènes de ménage se solderait par une indifférence redoublée envers elles. Devenues adultes, elles en voudraient à leur père de ne pas les avoir élevées seul. Elles refuseraient toute leur vie de mettre au monde, d'infliger l'enfance à d'autres êtres, elles en auraient conservé un trop mauvais souvenir.

Il est sorti de la salle de bains. Les petites se disputaient à propos d'un morceau de poupée qu'elles venaient de retrouver ensemble sur le rebord d'une fenêtre. Il a mis une cravate de mauvais goût, sa chemise beige se mariait mal avec son costume bleu, ses mocassins n'étaient pas cirés. Il a envoyé de loin des baisers à ses filles, mais sa femme s'est déplacée pour se faire toucher la joue du bout des lèvres. Il lui a dit qu'il y avait d'importants travaux au rayon des fruits et légumes du supermarché.

— Je rentrerai tard.

— Je te téléphonerai à midi.

— Je serai dans la réserve.

Il est parti en faisant une petite grimace avec sa bouche pour amuser les enfants, elles ne s'en sont pas aperçues. Sa voiture stationnait dans la rue. Il a roulé une quinzaine de minutes. Il s'est garé au parking du magasin. Il est allé prendre un petit déjeuner dans le petit bar en face. Il regrettait de ne pas être resté célibataire. Il aurait continué à dessiner pour gagner sa vie. Il n'aurait pas eu d'enfants, mais il aurait obtenu l'autorisation du syndic d'agrandir la fenêtre de sa chambre qui donnait sur la pièce d'eau d'un jardin public. Il aurait passé de bons dimanches allongé sur son lit à observer le manège hilarant des canards.

Il détestait ce supermarché où les gens remplissaient leur chariot avec voracité comme un estomac supplémentaire. Son bureau était séparé du magasin par une vitre, à travers il pouvait voir les acheteurs évoluer et choisir les articles sans aucune marque de satisfaction sur le visage. Les moins argentés regardaient les prix à chaque pas, ils rechignaient même à acheter les produits en solde, et quand ils avaient commis l'erreur de les emmener avec eux, leurs enfants pleuraient pour obtenir des gâteries qu'ils n'avaient pas les moyens de leur offrir. Il avait envie de leur crier de se servir et de prendre la fuite par une des issues de secours qui donnaient sur la rue. Mais quand son personnel surprenait un indélicat, il appelait la police.

Il est sorti du café, il était en retard. Il a descendu la rue jusqu'au boulevard, et le boulevard jusqu'au centre de la ville. Il aurait pu téléphoner au supermarché pour dire à son adjoint qu'il était tombé en panne, ou que ses filles étaient mortes à la suite d'une réprimande de leur mère. Il regardait les vitrines, il s'est fait couper les cheveux, il a flâné dans un square.

À midi, il est entré dans un restaurant aux murs verts et rouges. Il a commandé du thon grillé avec des courgettes. Il se disait qu'il n'avait plus aucune envie de faire un seul repas chez lui. Pour s'excuser d'être au monde, sa femme pouvait s'appuyer sur la présence des deux gamines qui auraient durant des années encore un besoin vital de leur génitrice. Quant à lui, il ne se trouvait aucun prétexte pour exister, on aurait pu l'abattre comme une bête à corne d'un coup de pistolet. Sa fonction au supermarché serait remplie par le premier venu. On pouvait le jeter à la poubelle tout de suite.

Il a quitté le restaurant. Il faisait chaud, il avait envie de s'allonger au bord d'une plage et d'attendre que la journée soit terminée. Il aurait de temps en temps passé la main sur son front en se félicitant d'avoir la tête aussi vide. Mais la mer ne venait pas jusqu'ici, il fallait se contenter d'un lac aux rives recouvertes de planches.

Il s'est assis sur un banc, à l'ombre d'un immeuble. Il n'avait aucune envie d'aller plus loin, sa vie était un petit tas d'images imbriquées l'une dans l'autre et presque mélangées comme des liquides. L'avenir ne lui était jamais apparu comme un petit chemin qui menait au bonheur. Il avait eu une enfance soucieuse, déjà obsédée par la catastrophe. Sous ses yeux dans le vague il y avait un psychisme noir.

Il avait rencontré sa femme dans la salle d'attente d'un médecin. Elle l'avait complimenté sur ses oreilles bien ourlées, il avait fait dériver la conversation sur cette pluie froide qui tombait depuis le matin. Elle s'était plainte d'être sortie de chez elle en veste d'été et de grelotter. Il l'avait emmenée chez lui prendre l'apéritif, ils avaient eu leur premier rapport avant d'avoir rien bu. Elle lui avait paru sensuelle et fine. Il ne savait pas comment elle avait pu devenir cette personne qu'il avait vue ce matin encore, avec ce physique moyen, cet esprit plat, et ces deux satellites de chair et de sang qui voletaient à ras de terre comme des mouches aux ailes brisées. Elle était sans doute ainsi depuis sa naissance, et ils étaient l'un avec l'autre depuis toujours.

Il ne parvenait pas à se saisir, il s'échappait de ses

mains à chaque fois qu'il essayait de s'observer. Il n'arrivait pas à installer sa vie sur la plaque de verre de son microscope intérieur, et il n'avait aucune idée claire de ce que sa famille représentait pour lui. Il avait peut-être de l'affection pour sa femme, de l'amour pour ses enfants, comme le premier pauvre type pris au hasard dans la foule d'un couloir de métro.

Il marchait sur l'avenue. Il pensait au supermarché, il se demandait si les ventes avaient été aussi bonnes que la veille. Il voyait les employés regarnir en hâte les rayons, et les caissières accomplir leur travail en mâchant un chewing-gum. Son adjoint devait avoir investi son bureau, il donnait des ordres aux fournisseurs avec une jouissance qu'il n'avait jamais éprouvée. On avait dû appeler sa femme pour lui demander s'il était malade. À présent elle ne pensait plus à lui, elle en avait fait son deuil. Elle trouverait peut-être un autre mari, mais elle pouvait vivre seule. Elle travaillerait, les gamines iraient bientôt à l'école, et le soir pendant qu'elles dormiraient, elle apprendrait une langue étrangère au salon. Elle demanderait parfois à sa fille aînée si elle se souvenait de lui et de la voix de clown qu'il s'amusait à prendre pour les faire rire.

— Non.

— Il t'asseyait sur sa tête et il faisait le tour de l'appartement.

— Tu crois ?

— Il avait peint un père Noël sur les carreaux de la baignoire.

— Pourquoi ?

— Il avait un œil plus grand que l'autre et des doigts maigres.

Elle comprendrait que la disparition du donneur n'avait en rien perturbé l'évolution de l'embryon monté en graine et déjà haut comme un petit modèle de réfrigérateur. Quant à sa sœur, elle n'aurait été mise en sa présence que durant vingt-six mois, et son cerveau n'avait dû en conserver que quelques images enfouies qui ne remonteraient sans doute jamais à sa conscience.

Il était dix-huit heures, il allait passer chez lui. Ensuite, il ne savait pas ce qu'il ferait de sa soirée. Son avenir l'ennuyait déjà, il n'avait aucune envie de tourner toute la nuit dans une chambre d'hôtel. Il a accéléré l'allure, il a vu de loin un couple qui pénétrait dans le supermarché, et deux femmes qui en sortaient chargées de sacs. Il est entré dans le magasin, il a acheté deux sucettes, la caissière ne l'a pas reconnu. Il a pris un verre dans le même bar que le matin, il a salué d'un petit geste un manutentionnaire qui n'a pas semblé surpris de le voir. Il a repris sa voiture. Il a pu se garer juste devant chez lui, il en a éprouvé une certaine satisfaction.

Il a sonné, puis il a ouvert avec sa clé. Il a pendu son manteau dans l'entrée, il s'est lavé les mains, le visage. Son nez et son front avaient légèrement bronzé au soleil, ses lèvres étaient desséchées. Sa tête ne lui semblait pas sympathique. Avec l'âge son regard devenait de plus en plus fuyant. Il avait le visage d'un homme lâche. Il aurait voulu pouvoir écraser ce faciès à coups de talon. Il aurait voulu se couler les pieds dans du béton, et se jeter dans le lac au milieu de la nuit.

Il a sorti le téléviseur du carton et il l'a branché. Le canapé du salon était encombré de piles de linge, il a dû se faire une place avant de s'asseoir. Il se demandait pourquoi sa femme et ses filles ne devenaient pas les protagonistes d'un simple feuilleton qu'il devrait regarder quelques heures par semaine pour en être quitte avec la paternité, la vie de famille, et tout le reste.

Il se demandait si elle n'avait pas décidé de passer la nuit chez un parent, pour le seul plaisir de laisser l'angoisse monter en lui dans cet appartement désert.

Elle est arrivée à dix-neuf heures quinze. Elle lui a appris que le supermarché avait appelé, qu'elle avait cru bon de leur dire qu'il avait été transporté dans une clinique à la suite d'un malaise. Elle avait passé la journée à faire les boutiques avec les enfants pour essayer de conjurer son inquiétude.

— Où tu étais ?

Il ne lui a pas répondu. Il a donné les sucettes aux gamines. Il n'aimait pas être immergé dans cet appartement rempli de sa femme jusqu'à la gueule. Il restait assis devant le téléviseur, il refusait de la serrer dans ses bras comme une espèce de mari timoré qui craint son épouse et cherche à l'amadouer avec des baisers.

— Tu étais où ?

Il regardait les publicités, il se promettait de tout acheter pour rendre hommage au divertissement qu'elles lui procuraient. Elle s'est rapprochée de lui, posant la main sur son épaule.

— Qu'est-ce que tu as fait toute la journée ?

Elle a éteint le poste. Il a continué à regarder l'écran. Dans son cerveau les images persistaient, comme un lointain écho. Les enfants passaient devant ses yeux, elles bousculaient les cartons. Il leur trouvait des têtes étrangères, il ne reconnaissait pas ses spermatozoïdes qu'il n'avait pourtant jamais vus.

Elle s'est assise sur le canapé. Elle a parlé d'une voix douce pour essayer d'apaiser la colère qu'elle sentait poindre en lui. Elle voulait juste savoir s'il se portait bien, s'il ne souffrait pas d'un mal qu'il veuille lui cacher par amour. Il l'a interrompue, il lui a dit qu'il n'avait pas faim et qu'il allait se coucher. Il a embrassé les enfants, il s'est replié dans la chambre. Assis sur le bord du lit, il a laissé tomber sa tête sur ses genoux et pendre ses bras.

Il aurait voulu réfléchir, mais aucune idée ne se formait en lui. Il n'éprouvait pas non plus d'état d'âme, de sentiment. Il savait qu'il pouvait prendre la fuite, sa femme ne le poursuivrait pas au-delà de l'ascenseur. Quand il serait dans la rue, il ne saurait pas quelle direction prendre. Il lèverait les yeux vers les fenêtres de l'appartement, il regretterait de n'être pas resté là-haut.

Il s'est couché tout habillé dans les draps. Il a éteint la lampe, il a fermé les yeux. Les volets étaient ouverts, les lumières de la rue donnaient à la pièce une teinte grise. Il entendait les voitures qui freinaient au feu, et sa femme qui cuisinait pour les enfants. Toute sa vie était brouillée, les couleurs avaient dégouliné, les lignes s'étaient enchevêtrées, la mémoire n'était plus qu'un pâté où il ne retrouvait ni son enfance, ni sa jeunesse, ni rien. Son souvenir le plus lointain datait de tout à l'heure, au moment où sa femme était rentrée. Il était mort, il n'y avait plus qu'à visser le couvercle de son cercueil et attendre qu'il cesse enfin de donner des coups de pied dans le bois.

Elle est entrée dans la chambre, elle a allumé le plafonnier. Elle a dit que les enfants n'avaient pas l'air de comprendre sa conduite et qu'elles se demandaient pourquoi il avait disparu. Il lui a demandé ce que venaient faire les enfants dans cette histoire. Elle s'est mise à pleurer.

— Arrête.

Elle a continué. Il lui a dit qu'il ne comptait pas égorger les enfants, ni la tuer par strangulation.

— Qu'est-ce que tu racontes ?

Il n'avait pas envie non plus de jeter tout ça vivant par la fenêtre pour le plaisir de les voir éclater vingt mètres plus bas. Il ne dévorerait personne, il ne l'attacherait pas à une chaise pour l'obliger à engloutir sa progéniture en guise de collation quotidienne jusqu'au jour où il n'en resterait plus la moindre trace.

— Pourquoi tu n'es pas allé au supermarché ?

— Je souhaite à peine ta mort.

— Tu y retourneras demain ?

— Si j'essayais quand même de t'étrangler ?

Il l'a approchée. Elle n'a pas cherché à fuir, en souriant à travers ses larmes elle s'est laissé poser les mains autour du cou. Il a essayé de serrer, il n'avait aucune force.

— Tu n'y arrives pas ?

Il s'est appliqué, bloquant ses abdominaux, bandant ses biceps autant qu'il le pouvait.

— Tu pourrais te faire aider par quelqu'un ?

Il ne voulait pas l'entendre, il serrait toujours, cherchant à empêcher au moins la respiration de passer et les mots d'aboutir à l'air libre. Il n'avait devant lui qu'une cinquantaine de kilos d'une vivante de trente-quatre ans, il aurait suffi d'un peu d'énergie pour la transformer en matière putrescible et à jamais incapable de lui dire chaque matin qu'elle lui téléphonerait à midi.

— Tu devrais arrêter.

Il s'est arrêté. Sa femme pleurait toujours, mais elle riait d'un petit rire qui agaçait l'oreille.

Il finirait par comprendre que ce destin était le seul qu'il aurait jamais. Qu'il dormirait encore auprès d'elle pendant trente ou quarante ans. Qu'il verrait ses filles grandir, partager la vie d'hommes dont il trouverait l'intelligence minuscule, et devenir des mères achevées. La vieillesse l'affaiblirait, mais elle atténuerait ses regrets, ses angoisses, et il terminerait son existence presque heureux.

30

Elle regardait ses deux enfants jouer dans le jardin. Ils couraient après le petit chien en criant. Elle se demandait si elle allait pouvoir les laisser là pour faire quelques courses. Elle avait peur qu'une idée tordue leur passe par la tête, qu'ils s'électrocutent, se noient, ou qu'en revenant elle trouve la maison en flammes. Ils pouvaient aussi être exécutés par un rôdeur, elle verrait leurs corps allongés sur la pelouse, il lui faudrait du temps avant de se convaincre qu'ils n'étaient pas endormis.

Elle les appelait, elle aurait voulu qu'ils rentrent. Ils auraient pu goûter, puis aller faire leurs devoirs dans leurs chambres. Ils n'obéissaient pas, à présent ils plantaient des clous dans la cabane qu'ils avaient érigée le mois dernier avec les planches d'un vieux lit et d'une commode pourrie. Elle brandissait un paquet de biscuits au chocolat, mais de toute façon ils lui tournaient le dos. Elle regrettait de n'avoir pas eu plutôt des filles, elles auraient peut-être été plus dociles et une certaine complicité les aurait liées à leur mère. Elle aurait préféré acheter des petites robes, des jupes, et le dimanche après-midi jouer avec elles à se maquiller ou à danser la valse.

Elle ne les regardait plus, elle s'est assise sur un fauteuil. Elle a ouvert le paquet de biscuits, elle en a mangé un. Elle s'est demandée pourquoi elle n'abandonnait pas son mari qui ne lui plaisait plus beaucoup. Il allait téléphoner, dire qu'il essaierait de rentrer tôt. Elle le verrait arriver à dix-huit heures avec un sourire. Elle lui dirait que l'évier était bouché, la chaudière en panne, et qu'on lui avait volé toutes ses cartes de crédit. Il changerait de tête, elle irait s'enfermer dans sa chambre. Quelques minutes plus tard il gratterait à la porte, il lui dirait que l'évier semblait fonctionner, la chaudière aussi, mais qu'il n'avait pas pu avoir la banque pour mettre ses cartes en opposition. Elle se mettrait à pleurer.

Les enfants ont traversé le salon, ils ont demandé du jus d'orange. Elle s'est levée, ils étaient déjà dans la cuisine. Ils se sont servis, ils ont vidé leurs verres, englouti une poignée de biscuits, et ils ont regagné le jardin. Le soir commençait à tomber, il faisait froid dehors, ils risquaient d'attraper une angine. S'ils manquaient l'école, ils passeraient leur temps à lui réclamer à boire, à se plaindre de la gorge, de la tête, ou d'avoir trop chaud dans ces pyjamas trop épais. Elle aurait envie de les enfermer dans le petit sauna au fond du jardin, de les faire suer jusqu'à ce qu'ils aient une idée juste de la chaleur.

Elle sentait que cette nuit encore son mari allait se rapprocher d'elle dans le lit. Elle lui dirait je ne peux pas, j'ai le ventre dur. Si tu as des besoins impérieux, fais-toi prescrire des calmants.

On n'y voyait presque plus rien dehors, les gosses étaient peut-être à l'intérieur de la cabane, à moins qu'ils ne soient derrière le peuplier, ou dans la remise à bricoler la vieille tondeuse à gazon.

Elle n'aimait pas les après-midi de fin d'automne, la nuit tombait si tôt qu'il lui semblait que le jour était une petite chose inexistante, comprimée à l'extrême entre l'aube et le crépuscule. Elle aurait mieux fait ce matin de rester couchée. Quand elle aurait senti que le soir était proche, elle aurait écrasé son oreiller sur sa tête pour perdre contact avec l'extérieur. Elle aurait fini par se lever quand même, en entrouvrant les volets elle aurait vu qu'il faisait nuit. Elle se serait demandé s'il existait des prières susceptibles de la faire dormir tout l'hiver, ou même une année entière, le temps qu'elle puisse se reposer.

Il commençait à pleuvoir, les enfants s'étaient cloîtrés dans cette cabane qui n'avait même pas de toit. Ils avaient dû trouver un morceau de bâche pour s'abriter. Elle pouvait prendre un parapluie et aller les chercher. Le téléphone sonnait, elle répondait oui à son mari, mais elle n'avait aucune idée de ce qu'il lui disait.

La soirée commençait, il allait garer sa voiture devant le portail. Il irait chercher les enfants lui-même, ils dîneraient tous les quatre dans la cuisine. Demain matin, ils se retrouveraient pour le petit déjeuner. Il y aurait du soleil, ou encore de la pluie. Elle les regarderait partir, elle boirait une autre tasse de café en donnant des petits coups de pantoufle sur les tommettes.

Les enfants tout mouillés poussaient la porte de la terrasse. Il aurait fallu qu'elle les attrape, qu'elle les traîne jusqu'à la salle de bains pour les sécher avec des serviettes. Elle n'éprouvait aucune sensation agréable à l'idée de s'occuper d'eux. Elle aurait voulu qu'en frappant dans les mains tout son cerveau s'illumine comme un gâteau d'anniversaire. Elle avait envie d'un bonheur immédiat, immense, dont rien n'existait encore.

31

Elle en avait assez de ce type qui n'était jamais de bonne humeur. Il refusait d'aller à la plage, il disait qu'il n'aimait pas la mer. Il passait son temps à écouter la radio assis sur une chaise bancale, pourtant il s'avérait incapable de répondre quand on lui demandait des nouvelles de la météo.

Elle regrettait qu'il ne soit pas en train de mourir sur un lit d'hôpital comme le mari de sa meilleure amie. Son décès l'en aurait débarrassée mieux qu'un divorce, elle se serait installée dans le deuil avec délice. Elle se serait trouvée si bien sans homme, qu'elle ne l'aurait jamais remplacé.

En attendant, il vivait encore et il fallait bien qu'elle en tienne compte quand elle faisait le marché. Il avalait viandes, poissons, laitages, fruits et pâtisseries avec l'avidité d'un animal omnivore. Il ne pouvait pas dormir sur le ventre tant il était lourd, ce qui ne l'empêchait pas de se relever parfois à trois heures du matin pour manger un reste de gâteau et finir la bouteille de bordeaux.

Les enfants ne l'aimaient pas, ils auraient préféré n'avoir qu'elle. Il aurait pu comprendre qu'il était de trop et partir. Un jour ils auraient appris qu'il était en prison, ou qu'un vieillard craintif l'avait abattu d'un coup de fusil alors qu'il passait sous ses fenêtres.

Les enfants ne lui ressembleraient jamais. Quand ils atteindraient l'âge où il serait mort, eux déborderaient d'énergie, menant famille, carrière et vie intérieure tambour battant. Ils profiteraient de leurs vacances pour faire du bateau torse nu, avec leurs têtes de conquérants clignant des yeux sous le soleil.

32

Elle se demandait à qui elle aurait pu confier son désarroi. Sa fille avait cassé six verres en cristal, des assiettes, et par chance elle s'était à peine égratignée en passant à travers la baie vitrée du balcon. Elle lui avait aussi jeté son maquillage aux toilettes et tous ses parfums. À présent, la gamine était dans sa chambre, à plat ventre sur son lit, prête à mordre à la moindre remarque.

Si elle appelait son mari, sa fille serait capable de le griffer au visage, le défigurant, l'empêchant d'apparaître à son bureau durant toute une semaine. Qui appeler d'autre, les pompiers ne viendraient pas, la police non plus, et un médecin n'arriverait jamais à la maîtriser pour lui faire une piqûre.

Elle était sa mère, elle aurait dû trouver les mots pour qu'elle se lève, s'excuse, lui promette de garder des enfants ou de faire de petits travaux de raccommodage pour les voisins afin de rembourser les dégâts qu'elle avait causés. Ensuite, elle irait balayer les débris de verre au salon. Quand son père reviendrait de son travail elle lui énumérerait elle-même ses méfaits. En levant la main, elle jurerait qu'elle ne recommencerait jamais plus.

Mais elle sentait qu'elle était prête à se relever, à dévaster l'appartement. Elle imbiberait les meubles d'essence, elle y mettrait le feu. Elle resterait sur place, hilare, à se chauffer aux flammes sans même crier quand son corps commencerait à grésiller et à noircir.

Elle est entrée dans la chambre. Elle était toujours étendue sur le lit. On aurait dit qu'elle s'était endormie. Avec un peu de chance elle ne se réveillerait pas avant le lendemain. Elle ne se rappellerait plus de rien, elle demanderait pourquoi on avait collé un morceau de carton à la fenêtre. Au cours du petit déjeuner, elle mangerait comme quatre en regardant une série à la télévision. Quand elle reviendrait de l'école, elle écouterait de la musique. Elle dînerait avec eux. Au moment du dessert, elle s'énerverait à propos de rien, jusqu'à les injurier, leur reprocher de l'avoir mise au monde, écraser le poste de radio à coups de pied, jeter une statuette en bronze sur le grand miroir du vestibule, puis tomber comme une masse sur le sol en poussant un dernier hurlement.

Elle n'osait pas la toucher, ni lui parler. Elle se demandait si la puberté était le seul moteur de ces crises, ou si sa fille était destinée à faire partie sans tarder de la population des fous. Elle se disait qu'elle pouvait lui éviter toute une vie de souffrances en lui fracassant la tête avec un objet lourd.

33

Je vis seul dans un petit appartement que j'occupe depuis une quinzaine d'années. J'ai travaillé dans un bureau, puis j'ai vécu d'articles sur la peinture que m'achetait un journal qui a fini par cesser de paraître. À présent, je suis vendeur dans une librairie. J'ai quarante-deux ans, ce n'est pas vieux, mais je ne suis plus jeune. Mon père est mort le premier d'une attaque, ma mère a laissé passer plusieurs années avant de tomber malade et de me quitter l'hiver dernier.

J'avais beaucoup d'amis à vingt-cinq ans, j'en ai toujours, en moins grand nombre, peut-être de moins bonne qualité, même quand ce sont les mêmes. Avant, quand j'étais gai, j'étais plus gai qu'aujourd'hui lorsque je le suis. J'étais capable aussi d'une tristesse plus profonde, plus désespérée. À l'heure actuelle, quand je suis triste, je sais que je traverse un état passager, j'attends avec sérénité la suite des événements.

Je suis souvent seul chez moi. Je mange à la cuisine, je fais la vaisselle sitôt mon repas terminé. Puis la conscience tranquille, je vais m'allonger sur mon lit pour lire un livre ou le journal. Souvent le téléphone sonne, je parle plusieurs minutes avec une connaissance quelconque. Nous nous donnons parfois rendez-vous quelque part pour déjeuner le lendemain, ou nous raccrochons en nous promettant de nous rappeler la semaine suivante.

Il y a longtemps j'amenais des femmes ici, elles ne repartaient qu'au matin après un petit déjeuner pris en commun. Certaines revenaient, d'autres pas. Il est arrivé que l'une d'elles vive chez moi pendant dix jours. Si le hasard l'avait voulu j'aurais pu me marier, fonder une famille. Aujourd'hui, je n'ai presque plus de relations féminines, et je dors seul toute l'année.

L'été passé, j'ai fait la connaissance d'une femme. Nous avons couché ensemble à son domicile. Nos ébats terminés, je suis rentré chez moi, il pouvait être trois ou quatre heures du matin. Je l'ai rappelée la semaine suivante, elle a été très évasive quant à l'éventualité de nous revoir.

Les femmes n'ont jamais été la chose la plus importante de ma vie. Je leur préfère une soirée en solitaire. Je trouve que le temps passe très vite, il suffit de s'asseoir, de regarder la fenêtre de loin, ou le mur, et déjà une heure s'est volatilisée. Jusqu'à la trentaine, les années étaient longues à s'écouler, mais après elles ont commencé à débouler en avalanche.

Quand j'étais plus jeune, j'avais l'ambition de devenir un grand journaliste, ou n'importe quoi de grand. Je ne suis pas aigri, ni déçu. Je suis heureux de travailler dans cette librairie, j'ai des contacts intéressants avec les écrivains du quartier. Ils me réclament des ouvrages rares, des livres étrangers dont je dois passer commande. Nous discutons de politique, de spectacle, et nous nous écoutons parler avec une attention réciproque. Je ne les envie pas, ils sont désenchantés, et ils se jalousent comme des enfants.

Il m'arrive de me trouver seul dans le magasin durant un moment. Je reste assis derrière le petit comptoir à laisser ma pensée fonctionner en roue libre. Je me dis que ma tête est remplie de cellules qui n'ont rien à se dire. J'ai conscience des rayonnages, de la vitrine, des gens sur les trottoirs, de toute cette chevelure de voies qui traversent la ville, les banlieues, jusqu'au reste du monde. Je me lève, je me poste devant la vitrine pour voir s'il ne se passe rien d'intéressant dans la rue. Je me demande si à ma place d'autres ne sombreraient pas dans des abîmes de désespoir où on serre entre ses bras le suicide comme une bouée ultime.

Le soir, je passe au supermarché avant de rentrer. Pendant mon dîner, j'imagine que je pourrais partager la vie d'une femme. Nous nous installerions face à face, avec le plat contenant les aliments posé entre nous comme une ligne de démarcation.

Nous alternerions paroles et bouchées. Elle me dirait que son bureau était toujours aussi mal chauffé, je lui demanderais si en définitive la banque allait nous accorder ce crédit pour changer la moquette. Nous boirions des verres d'eau, des gorgées de vin, et nous terminerions le repas par un panier de fruits. Nous rangerions la cuisine, nous irions nous asseoir au salon avec chacun sa tasse de tisane à la main. Elle téléphonerait à une amie, j'écouterai la conversation en feuilletant un magazine pour avoir l'air occupé. Quand on serait au lit, il se passerait entre nous quelque chose de rapide et convenu, ou alors rien. Le matin nous partirions l'un derrière l'autre vers notre travail respectif.

Je ne serais pas plus heureux. Si nous avions des enfants, ce serait une course sans fin pour venir à bout de leur éducation et de leur entretien. Je me vois debout devant la baignoire à les savonner, les rincer, les sécher à toute vitesse pour qu'ils ne prennent pas froid. Plus tard, nous serions obligés de leur faire apprendre leurs leçons, et nous aurions des insomnies quand leurs résultats scolaires ne seraient pas brillants. Ils se marieraient, ils manqueraient d'argent, nous nous saignerions pour les aider. Leur progéniture ne nous serait peut-être pas sympathique, nous devrions nous en occuper pourtant chaque week-end, et la garder chez nous les jours où les enseignants seraient en grève.

À l'occasion des quatre-vingts ans de ma femme, nous nous apercevrions que toute notre vie était passée à l'as à cause des gosses. Nous n'avions jamais pu faire le moindre petit voyage, ou acheter un vêtement, un objet un peu cher qui nous auraient fait plaisir. Nous n'aurions pas eu seulement une poignée de minutes qui nous appartienne, nous n'aurions même pas pu goûter le plaisir simple de lire quelques pages dans l'appartement silencieux, tant nous aurions été épuisés à l'heure où ils dormiraient enfin. Nous regretterions de n'être pas restés un couple sec.

J'ai sans doute une vision un peu triste de la famille. Il m'arrive de me sentir vraiment seul, surtout quand je constate une fois encore que mon carnet d'adresses maigrit avec le temps. Il est naturel de perdre certaines personnes de vue, mais lorsque j'étais jeune je me faisais de nouveaux amis qui compensaient largement le déficit. Ce n'est plus le cas aujourd'hui. À ce rythme, dans une vingtaine d'années je ne connaîtrai plus personne.

Ma vie n'a aucun but, j'avance, mais je ne me dirige vers rien. Mon célibat n'a pas de sens, et un mariage n'en aurait pas non plus.

Parfois, en montant l'escalier, en buvant un verre, ou en étant assis devant le même plat de pâtes que la veille, je sens soudain que je suis enfermé dans ma vie comme dans une coque blindée et que je n'en sortirai que mort. Je ne peux mener que cette existence-là, aucun écart, aucune échappée n'est possible. Il en est de même pour n'importe qui d'autre sur la planète, ils vivent tous claquemurés comme moi dans des existences rigides, pareils à ces sulfures où un objet coloré est emprisonné dans un bloc de cristal.

Je devrais me contenter du bonheur d'ouvrir ma fenêtre le matin, de rester quelques secondes à respirer l'air frais au soleil. Je pourrais avoir un bac à fleurs, un petit arrosoir ridicule en plastique vert. J'échangerais un signe de la tête avec le voisin d'en face qui brosse son chien sur son balcon. Je regarderais la rue, je remarquerais un nouveau clochard inconnu sur les marches du temple. Je fermerais les yeux, je verrais la librairie, avec les rayonnages flous, l'ombre d'un client qui ouvre un livre sur une table, et une figurine derrière la caisse qui me représenterait. Je saurais déjà qu'il ne se passerait rien de la journée, qu'aucun événement ne me modifierait, que le soir je me coucherais identique à celui que j'étais la veille à la même heure.

Le lendemain je me réveillerais en sursaut à six heures et demie. Il serait trop tôt, le voisin d'en face ne serait pas encore sur son balcon. J'observerais le travail des éboueurs et une voiture tombée en panne au milieu de la chaussée. Je remarquerais le reflet du ciel dans les vitres, je refermerais la fenêtre. Je m'habillerais, je sortirais. Je m'enfoncerais dans la journée comme dans un tunnel. Je rentrerais le soir. J'aurais accompli la prouesse d'avoir gardé les yeux ouverts depuis le matin, mais là, dans l'intimité, la solitude, étendu sur mon lit, je laisserais retomber mes paupières. Je me verrais dans cette pièce, sur ce lit, personnage pitoyable après lequel je courrais en moi-même sans parvenir à le rattraper et l'écraser comme un moustique.

34

Elle n'avait pas honte d'avoir quarante ans. Elle disait son âge à tout le monde. Personne n'était surpris, certains devaient lui donner davantage. Elle avait des rides aux coins des yeux, aux coins de la bouche, et elle portait comme un trophée sa chevelure poivre et sel. Elle faisait une heure de gymnastique le mardi, mais sa silhouette péchait au niveau des cuisses dont la texture demeurait grasse.

Au lit, elle se montrait conciliante. Pour contenter son partenaire, elle acceptait le cas échéant des pratiques qui ne lui procuraient aucun plaisir. Elle ne le regrettait pas, même quand on la laissait tomber tout de suite après.

Elle a quitté le café où pendant cinquante minutes elle avait attendu sans succès un amant de l'avant-veille qu'elle ne reverrait sans doute jamais plus. Il faisait nuit, elle a pris sa voiture. Elle se disait qu'il était vendredi soir dix-huit heures et qu'à présent son week-end était foutu. Elle s'était imaginé qu'ils allaient sortir de Paris et échouer dans un village de campagne aux maisons moches, avec un unique hôtel flanqué sur le bord de la nationale. Ils dormiraient dans une chambre humide, les grincements du lit leur donneraient des fous rires. Au matin ils prendraient le petit déjeuner dans la grande salle ornée de têtes de cerfs et de sangliers, puis ils iraient marcher dans une forêt boueuse. Le lundi, en reprenant leur travail chacun de leur côté, ils se sentiraient d'attaque, comme si ce bref dépaysement les avait remis à neuf.

Elle habitait un petit appartement au premier étage. En arrivant, elle a somnolé un quart d'heure dans un fauteuil. Puis, elle a appelé quelqu'un. Sa femme était chez ses parents avec les enfants, il a accepté de venir la chercher pour dîner au restaurant. Elle le connaissait depuis une quinzaine d'années, ils se voyaient de loin en loin et ils avaient un rapport quand les circonstances s'y prêtaient.

Il est arrivé avec un petit bouquet de fleurs. Elle l'a fait entrer au salon. Il lui a dit que la dernière fois elle n'avait pas ce tableau, ni cette glace.

— C'était quand la dernière fois ?

— Il y a trois ans.

— Alors tu ne connais pas non plus ma nouvelle salle de bains ?

Elle a senti qu'il n'avait aucune envie de la voir. Du reste, à certains endroits la peinture était déjà cloquée. Ils se sont assis sur le canapé. Ils ont entamé une conversation à propos des cheveux des hommes qui avaient tendance à tomber, alors qu'une chevelure de femme durait toute une vie. Elle lui a demandé s'il voulait boire quelque chose, il lui a raconté la mésaventure qui lui était arrivée la veille sur un parking. Puis, ils sont allés s'accoupler dans la chambre.

Trente minutes plus tard ils commandaient leur repas à la serveuse du restaurant. Une heure après ils avaient épuisé tous les sujets de conversation, le café était bu, l'addition réglée, et il lui disait au revoir au pied de son immeuble.

Elle a pris une douche en rentrant. Elle s'est installée en peignoir au salon. Elle a constaté avec mauvaise humeur qu'il était à peine vingt-deux heures trente. Demain ce serait samedi, et après il y aurait encore tout un dimanche. Elle sentait que peu à peu la solitude se mélangeait à son sang, que son cœur ne battait plus que cette sensation de vide.

35

Les enfants ne rentraient de l'école qu'à dix-sept heures trente, de toute façon ils étaient assez grands pour goûter sans moi. Il ne faisait pas si froid, depuis le matin il y avait un soleil radieux qui donnait aux gens dans les rues des contours très nets. Je comptais faire quelques courses, puis rentrer à pied sans me presser en m'arrêtant peut-être au passage dans une église. Les lieux de culte me reposent, j'aime le silence et l'abandon qui y règnent en dehors des offices.

De retour à la maison, j'aurais appelé mon mari au bureau pour lui demander s'il préférait de la viande ou des soles pour le dîner. J'aurais dit à mon fils que ses notes étaient inacceptables, et que je voulais qu'il fasse un effort d'ici la fin du trimestre. Ma fille sortirait de la salle de bains avec les cheveux mouillés, je lui conseillerais de les sécher tout de suite si elle ne voulait pas attraper une bronchite comme le mois dernier.

Je me serais étendue au salon. J'aurais hésité à

écouter un peu de musique, j'aurais pris la radio posée sur la table ronde, je me serais laissé bercer par le murmure des informations. Je ne me serais pas endormie, car les enfants auraient fait irruption dans la pièce, me réclamant de l'argent pour une sortie avec l'école, me demandant la permission d'adopter une souris, me montrant un vêtement devenu trop petit pour eux.

J'aurais fini par me lever, fermer tous les volets des chambres, et puis j'aurais eu un instant de flottement, à tourner en rond dans la cuisine, sans ouvrir le frigo, ni poser la main sur un ustensile. J'entendrais les enfants se disputer, je n'interviendrais pas. Je sortirais les soles du congélateur, les enfants dîneraient avec nous, je leur ferais en plus un œuf à la coque.

Je ne les entendrais plus, ils seraient chacun dans leur chambre en train de bayer aux corneilles devant leurs cahiers. Je leur lancerais de loin des incitations au labeur qui me vaudraient des grognements en retour. J'entendrais la sonnette, il s'agirait de mon mari. Il m'embrasserait, son pardessus serait glacé, son haleine empesterait le café. Il me parlerait tout de suite d'un problème que j'oublierais au fur et à mesure qu'il me l'exposerait. Je lui dirais que nous allions bientôt passer à table. Durant le repas, il échangerait des paroles avec moi, les enfants parleraient entre eux.

Le lendemain soir il s'accrocherait avec notre fille qui aurait verni ses ongles d'une couleur excentrique. Cet été nous aurions passé le mois d'août dans notre petite maison du sud, à la Noël suivante nous serions allés au ski. Les années auraient passé sans que je puisse savoir à l'avance ce qui serait advenu de nous, même si au bout du compte nous serions tous morts, jeunes, vieux, d'accident, de maladie, ou d'une façon nouvelle de mourir dont nous n'avons encore aucune idée.

Ce jour de janvier, j'ai marché dans les rues au soleil et je me suis éloignée de mon domicile. Quand il a fait nuit, je n'ai plus eu aucune envie de faire machine arrière. J'ai continué à avancer droit devant moi. À vingt et une heures, j'ai eu faim. J'ai mangé des beignets et j'ai bu plusieurs gobelets de thé devant le camion d'un marchand ambulant. J'ai trouvé à dormir dans un petit hôtel. Le lendemain, j'ai pris un train. J'ai voyagé jusqu'au soir, et le surlendemain j'en ai pris un autre. Pendant que je faisais la sieste, on a réussi à me voler ma bague, mon collier en or, et ma montre sertie de petits diamants. Je suis arrivée dans un pays où on parlait une langue que je ne comprenais pas. Une semaine plus tard, j'ai constaté que mes cartes de crédit ne fonctionnaient plus dans les distributeurs et que les commerçants les refusaient. Je n'avais plus que trois billets et une poignée de monnaie. Je les ai dépensés en quelques jours, et puis j'ai été à la rue.

J'ai appelé mon mari, il est venu me chercher. J'ai revu les enfants avec plaisir. Pour montrer ma bonne volonté, j'ai renvoyé la femme de ménage et à force d'application je fais en sorte que l'appartement soit encore mieux ordonné et plus propre. Quand mon mari arrive je suis maquillée, souriante. J'essaie de me convaincre que cette vie dont je m'étais éloignée, recommence. Mais il ne me parle plus, et les enfants ne comprennent pas que j'aie réapparu. Trois semaines ont suffi pour qu'ils fassent leur deuil de mon absence.

36

Ma femme a des besoins sexuels qui se sont étiolés année après année, alors que les miens ont augmenté au fil du temps. Quand j'essaie de me rapprocher d'elle dans le lit, elle souffle de l'air par le nez pour me signifier qu'une relation est exclue. Le lendemain je suis nerveux, je gifle les enfants et je renverse mon bol de café sur la table du petit déjeuner. Je comprends qu'on puisse commettre un crime, simplement parce qu'on est frustré.

J'achète des revues pornographiques que je cache dans le conduit de la cheminée du salon où nous ne faisons jamais de feu. Les rares fois où je me trouve seul à la maison, je m'enferme dans les toilettes et je me masturbe en m'aidant d'une de ces publications. J'éprouve un plaisir intense, un plaisir que ma femme ne m'a jamais procuré. J'essuie mon sperme avec du papier, je le jette au fond de la cuvette et je tire la chasse. Ensuite je me rhabille et je vais replacer les revues dans leur cachette. Je me savonne les mains et la verge à la salle de bains, puis je m'assois dans un fauteuil, rempli d'un sentiment proche du bonheur. Quand ma femme est de retour avec les enfants, elle me trouve un air étrange.

Chaque soir elle leur donne leur bain, je l'entends pousser des cris parce qu'ils font déborder l'eau de la baignoire. Elle m'appelle à la rescousse pour les sécher, et quand ils sont en pyjama je dois les occuper tandis qu'elle prépare leur dîner. S'ils mangent mal, s'ils n'ont pas faim du tout, elle s'énerve, elle essaie d'introduire la nourriture de force dans leur bouche avec la fourchette. Quand leurs assiettes sont enfin vides, il faut qu'ils aillent se coucher tout de suite.

Elle n'admet pas qu'ils rôdent autour de leurs jouets, qu'ils chahutent ou qu'ils essaient d'observer la circulation de la rue à travers les vitres. Une fois qu'ils sont au lit, il faut qu'ils dorment. Le premier qui a chaud, qui a froid, ou qui réclame un verre d'eau est si vertement remis à sa place que la frayeur l'endort à l'instant.

Les chambres des enfants sont fermées, leur couloir éteint, et je me retrouve seul au salon avec ma femme. Nous nous asseyons devant le téléviseur, mangeant du pain, du jambon, de la viande froide. J'aurais envie que nous allions dans la chambre, nous ferions l'amour l'espace d'une demi-heure et nous reviendrions ensuite finir notre repas. Il m'est arrivé de lui faire part de ce désir, elle m'a regardé dans les yeux comme si elle me trouvait fou, et elle m'a dit tu es fou.

— Pourquoi ?

Elle a éteint le téléviseur, elle a fait sa toilette, elle s'est couchée. Je l'ai rejointe, elle a poussé un petit cri quand elle a senti que mon corps s'approchait du sien jusqu'à effleurer de sa peau nue le coton de sa chemise de nuit. Elle m'a dit qu'elle n'en pouvait plus de mes obsessions.

— Mais ça fait plus de deux mois.

— Tu comptes ?

— C'était à Noël.

— Je ne m'en souviens plus.

Elle s'est mise à bâiller, et bien qu'il soit à peine vingt heures quarante-cinq elle s'est endormie aussitôt. Je l'ai secouée sans parvenir à la réveiller.

Le lendemain soir, je lui ai dit que dès que les enfants seraient au lit, nous ferions l'amour. Elle a haussé les épaules.

— On est pas obligés de le faire dans notre chambre.

— Ce que tu es mal rasé.

Quand les enfants ont été couchés, j'ai enlevé tous mes vêtements. Elle était à la cuisine, elle n'a pas tardé à revenir avec le plateau du repas. Pendant quelques secondes, elle a fait semblant de ne pas me voir. Elle a posé le plateau sur la table basse, elle s'est assise dans un fauteuil, puis elle a fait une moue dépréciative.

— Tu ne devrais te déshabiller que dans le noir.

— Je veux faire l'amour.

Elle a éclaté de rire.

— C'est drôle ?

Elle a fait glisser une tranche de jambon dans son assiette, elle en a mangé plusieurs bouchées avec du pain de mie. Je lui ai dit qu'il était normal qu'un couple ait des rapports au moins deux ou trois fois par mois et qu'il faudrait peut-être qu'elle aille voir un spécialiste.

— On te donnerait un traitement.

— Tu n'as qu'à te faire traiter toi-même.

Elle a continué à manger. Je me sentais minable, nu, face à elle qui regardait ostensiblement ailleurs comme si j'étais une chose désagréable à l'œil. Je me suis rhabillé.

— On dirait que tu vas mieux ?

— Tu ne comprends pas que j'ai des besoins sexuels ?

— Il faut que tu changes le papier peint de la cuisine.

— Tu sais ce que je fais quand tu n'es pas là ?

— Tu pourrais m'aider, passer l'aspirateur.

— Je me branle, tu entends ?

Elle s'est découpé un morceau de fromage, elle l'a posé sur une tranche de pain, elle a mordu dedans. Elle mâchait en regardant le tapis, le plafond.

— Tu comprends ce que je te dis ?

— Oui, c'est une habitude que tu as gardée de tes années d'internat ?

— C'est tout ce que tu trouves à dire ?

— Je ne vois pas en quoi ta manie me regarde.

Je me suis accroupi devant la cheminée, j'ai pris

tous les magazines que je cachais dans le conduit. Je les ai étalés devant elle.

— Voilà.

— Eh bien ?

— Je me sers de ces photos pour me masturber.

— Elles sont moches.

Elle s'est essuyé la bouche avec une serviette en papier.

— Je vais me coucher.

— Il est à peine vingt heures quinze.

— Tu fais bien de les cacher, je ne tiens pas à ce que les enfants les voient.

Elle est allée dormir. J'ai tout ramassé, tout remis dans le conduit. J'étais seul au salon, je me disais qu'il était dommage d'être malheureux, mais qu'il y avait sans doute des situations bien pires auxquelles j'échappais en ce moment même sans le savoir.

À la suite de cet incident, je n'ai plus jamais eu de relations physiques avec ma femme. Je crois qu'elle n'en a plus jamais eues avec personne. Pour ma part, j'ai couché deux ou trois fois avec des professionnelles. Aujourd'hui, je suis un vieillard, je n'y pense plus.

[illegible]

[illegible] qu'ils seront rapides.

Elle se dit [illegible]

[illegible]

37

Elle s'aimait de temps en temps quand elle voyait sur le trottoir son ombre allongée par le soleil couchant. Elle craignait la nourriture qui fait gonfler le corps. Elle se pesait, elle s'observait devant la glace, elle confrontait l'état actuel de sa masse corporelle à d'anciennes photos de plage. Elle se sustentait sur un coin de table, et dès que la faim cessait de lui donner le vertige, elle s'arrêtait net, jetant le reste de son assiette aux ordures.

Elle appréciait pourtant les repas dominicaux chez ses parents. Elle oubliait alors ses craintes devant la nourriture, elle mangeait d'une fourchette joyeuse. La digestion l'indifférait, elle continuait à parler sans tenir compte du parcours intérieur des aliments. Elle conversait en ouvrant grand la bouche à l'occasion de certains mots, sans craindre qu'on la scrute jusqu'à apercevoir sa trachée encore imprégnée du veau, de la pintade, ou du saumon qu'elle venait d'engloutir avec enthousiasme.

Rentrée chez elle, il lui arrivait d'avoir honte de sa conduite et de pleurer sur sa balance.

38

Un suicide s'organise comme une fête. Une fête intime. Personne n'assisterait à sa mort, dans ces circonstances les spectateurs sont encombrants, ils tentent toujours d'intervenir. Il y a quelques mois, elle avait parlé de son projet à une amie qui n'avait rien trouvé de mieux que de tenter de la dissuader et de l'appeler jour et nuit pendant plusieurs semaines pour s'assurer qu'elle était encore en vie.

Toute la matinée elle avait passé l'aspirateur, fait les vitres, changé les draps, nettoyé la kitchenette, désinfecté les sanitaires et repassé le linge sorti tout froissé du séchoir de la laverie. Elle avait eu sa mère au téléphone, par honnêteté elle l'avait prévenue qu'elle n'assisterait pas au déjeuner de Pâques et que dimanche prochain elle ne viendrait pas non plus.

— Mais pourquoi ?

— Parce que.

Elles se sont dit au revoir. Sa mère voulait la rappeler tout à l'heure pour une raison oiseuse dont elle ne se souvenait déjà plus. Elle avait enlevé la prise afin de ne plus être dérangée par personne.

Ces corvées ménagères l'avaient fatiguée, elle s'est allongée sur le lit. Son existence lui paraissait longue, touffue, remplie d'une foule de gens. Elle ne voyait pas très bien ce que des années supplémentaires lui apporteraient, à part le développement de maladies dont son organisme recelait peut-être dès aujourd'hui les prémices, et toute une vie de travail sans débouchés sur un bonheur solide. Elle avait pris sa résolution comme on décide sur un coup de tête de partir en vacances.

Elle est sortie. Elle a descendu la rue jusqu'au marché, elle a acheté une salade, quatre tomates, deux citrons et un ananas. À l'épicerie elle a pris une demi-bouteille de champagne. Elle a vu en passant devant la pâtisserie un petit gâteau au chocolat rectangulaire qui l'a tentée. Elle s'est arrêtée pour boire un jus d'abricot dans un bar où elle n'entrait jamais d'habitude. Sur le seuil, elle a rencontré un garçon avec qui elle avait eu une histoire quelques mois plus tôt.

— On prend un café ?

— Je suis pressée.

— Mais non.

Il l'a emmenée dans une espèce de salon de thé délabré. Il l'a presque obligée à manger une tarte aux framboises. Il se vantait d'être à présent avec une femme qui jouait bien au tennis et qu'il arrivait pourtant à battre de temps en temps. Elle avait l'impression que les verres de ses lunettes étaient plus épais qu'avant, et que sa voix était devenue plus aiguë. Il devait s'endormir encore plus vite pendant l'amour, et peut-être même tomber du lit.

— Il faut que j'y aille.

Il l'a suivie dans la rue sous prétexte de porter ses paquets. Il voulait les monter chez elle, et l'aider à préparer l'ananas. Parvenu au studio, il a laissé tomber les provisions sur le carrelage et il lui a administré un baiser sur la bouche. Elle a essayé de le repousser, mais il l'a projetée sur le lit. Elle n'a pas crié. Elle lui a dit qu'elle allait se laisser faire pour éviter qu'en plus il lui fasse mal. Elle s'est déshabillée. Il a entrepris de la caresser, l'orifice vaginal était obstrué par un tampon. Pris de dégoût, il a remis ses vêtements et sans lui adresser la moindre parole il est parti.

Elle n'avait pas envie d'attendre que le champagne rafraîchisse dans le réfrigérateur. Elle a ouvert la bouteille, et elle a mis des glaçons dans un verre à bière qu'elle a rempli jusqu'au col. Elle a coupé l'ananas en quartiers où elle a mordu à pleines dents. Elle a nettoyé la salade et les tomates, elle les a assaisonnées. Elle s'est servie dans une assiette en carton. Elle a commencé à manger en arrosant chaque bouchée d'une large rasade de champagne glacé. Elle regardait les gens par la fenêtre qui circulaient dans la rue avec des visages fermés, si laids qu'elle aurait voulu qu'ils décollent tous comme des fusées et qu'on ne les revoie jamais plus.

Elle a attaqué le gâteau au chocolat, elle a vite été écœurée. Elle pensait aux examens de juin auxquels il lui serait impossible de se présenter. Elle n'aurait pas à subir non plus un mois d'août dans la maison de campagne familiale où l'on cuisait au bord de l'ancien bassin d'arrosage qui servait dc piscine. Elle n'entendrait pas son père raconter à table les mêmes histoires de ravalement d'immeuble, ni sa mère faire l'éloge des arbres et de la nature. Elle ne partagerait pas cette horrible petite chambre sous les combles avec sa sœur qui la saoulait de confidences et lui demandait si vraiment ses cuisses n'avaient pas grossi depuis l'an dernier. Elle éviterait la rentrée de septembre, les matins au ciel injecté de gris, et cette envie de disparaître dans un coin comme une souris empoisonnée qui s'en va crever sous un meuble.

Elle a fini le champagne au goulot. Elle sentait à peine l'effet de l'alcool, toute sa bonne humeur s'était éclipsée. Ce petit repas l'avait ballonnée, elle se disait qu'elle aurait mieux fait de rester à jeun. Il y avait même une douleur à hurler qui se développait sur le côté gauche de l'abdomen. Elle a rebranché le téléphone. Elle a appelé un médecin, pour le faire venir plus vite elle a dit à la secrétaire qu'elle se sentait sur le point d'y passer. Elle a éclaté de rire en raccrochant.

Elle s'est allongée sur le lit, le garçon de tout à l'heure ne lui avait laissé qu'un mauvais souvenir diaphane auquel elle n'attribuait aucune importance. En fermant les yeux, elle voyait plutôt ce type avec qui elle avait passé une nuit la semaine passée. Il avait un corps attractif, même s'il était trop rapide et fruste dans son approche des organes. Elle voyait aussi celui qu'elle avait eu trois semaines durant au début de l'année, et tous les autres qui n'étaient même pas restés jusqu'à l'aube. Elle avait gardé mémoire de tous ceux qui l'avaient possédée, qui s'étaient enfoncés en elle comme chez eux. Aucun ne lui avait demandé si elle ne préférait pas plutôt mourir qu'être là à valdinguer d'un bout du lit à l'autre, à se laisser plaquer au drap et travailler comme un vulgaire matériau que l'outil blessait parfois avec la brutalité d'une arme.

Elle est allée à la fenêtre. Ces gens pouvaient continuer à remonter la rue pendant un siècle, elle n'aurait plus le désagrément de les voir. Ils étaient accrochés à leur morceau de vie comme des naufragés, prêts à subir toutes les humiliations pour obtenir le privilège de pouvoir continuer à embarrasser appartements et bureaux, à s'incruster dans les transports en commun comme des petites bêtes dans un conduit. Ils continueraient à se précipiter dans les wagons, à laisser leur empreinte sur le revêtement des sièges, à s'enfoncer dans les yeux les gros titres des journaux et à recevoir en pleine bouche le nez des usagers qui les pousseraient vers le fond.

Elle s'est recoiffée devant le miroir de la salle

d'eau. Elle ne se connaissait aucun charme particulier, mais depuis qu'elle avait pris la décision de mourir elle se trouvait admirable. Elle méprisait ces êtres humains qui supportent la tristesse toute leur vie. Dans une petite heure, elle n'aurait plus jamais ce désir furieux de remonter le temps pour empêcher ses parents de se coller l'un à l'autre avec l'aspiration répugnante de concevoir une humaine supplémentaire, celle précisément qui se morfond dix-huit années plus tard gonflée de gros sanglots d'idiote qui n'aime pas la vie. Elle ne serait pas une adulte désespérée qui finit vers la trentaine par se reproduire à son tour dans l'espoir que ses enfants servent d'étais à sa structure branlante prête à s'effondrer. Elle éprouvait de la fierté à se regarder dans les yeux, à se dire qu'elle s'était résolue comme un simple problème de mathématiques. D'un geste, elle allait rectifier la bavure que ses parents avaient commise autrefois.

On a sonné, elle a ouvert au médecin. Il lui a dit vous avez l'air en pleine forme.

— J'ai un peu mal au ventre.

— Allongez-vous.

Il lui a demandé de relever son pull et de défaire son pantalon. Il lui a donné des petits coups de doigt autour du nombril, il lui a demandé si elle ressentait une douleur.

— Non, pas du tout.

— Tournez-vous.

Elle a obtempéré.

— Et là ?

— Je ne sens rien.

— Vous pouvez vous rhabiller.

Il a rédigé une ordonnance.

— Vous avez peut-être une indigestion.

Elle l'a payé, il s'est en allé. Elle regrettait sa visite, elle n'avait pas le courage d'aller jusqu'à la pharmacie. D'ailleurs, elle n'avait plus mal du tout.

Elle a ouvert la grande armoire à glace que lui avait donnée sa grand-mère quand elle avait emménagé ici. Derrière des vêtements pendus, il y avait un fusil de chasse allongé sur son carton d'emballage. Elle l'avait acheté par correspondance deux mois plus tôt. Elle l'avait chargé, mais elle n'avait pas osé tirer par la fenêtre pour l'essayer. Elle avait déjà cependant répété plusieurs fois son geste, canon bien enfoncé dans la bouche. Le goût du métal, sa froideur, lui étaient familiers. Familier aussi ce contact avec la détente qu'il lui faudrait presser fermement pour déclencher le tir. Elle n'entendrait rien, tout serait terminé pour elle avant même que la déflagration soit audible. Elle aurait un grand trou derrière la tête, un bon tiers de son cerveau aurait fusé sur le mur.

Elle imaginait le peintre qui serait chargé de remettre le studio à neuf après que ses parents aient résilié le bail. À moins qu'ils ne préfèrent le rafraîchir eux-mêmes le temps d'un week-end et le donner à sa sœur. Elle ferait ses courses chez les mêmes commerçants, la nuit elle essaierait de voir les étoiles à travers les trous du plafond nuageux.

Elle tournait le dos à la glace. Elle avait toujours évité de se regarder avec ce canon dans la bouche qui distendait ses lèvres. Elle allait compter jusqu'à trois avant d'appuyer. Elle est allée boire un verre d'eau. Elle s'est remise en place. Elle ne s'était jamais sentie aussi bien. Elle a déclenché le tir.

La voisine du dessous est sortie de chez elle en courant, croyant que toute la maison allait s'effondrer. Les autres locataires étaient absents à ce moment-là.

39

Elle n'aimait pas rouler sur l'autoroute avec les enfants. Il lui semblait que son mari allait trop vite, elle avait peur qu'il y ait un carambolage et que les gosses se retrouvent disloqués sous un camion. Elle ne parviendrait pas à se dégager des tôles, son mari serait mort à côté d'elle. Elle ne sortirait de l'hôpital qu'après trois opérations dont aucune n'aurait réussi. Elle se déplacerait sur une chaise roulante, son fils resterait paralysé sur un lit, sa fille serait aveugle.

Elle n'aimait pas les témoignages des gens qui avaient trop souffert. Elle imaginait ses enfants maigres, avec des yeux comme des balles de ping-pong, rampant par terre à l'affût d'une miette oubliée ou d'un insecte. Elle se voyait torturée devant eux, puis ce serait leur tour, et elle n'admettait pas qu'une chose pareille puisse exister.

Elle se disait que si elle tuait son mari un soir de dispute, elle passerait quinze ou vingt ans dans une prison. Elle ne verrait ses enfants qu'une fois par mois, et dès qu'ils seraient en âge de comprendre ils refuseraient de la voir. Elle accumulerait les tentatives de suicide, on l'obligerait à prendre chaque jour des médicaments pour l'inciter à voir la vie sous de meilleurs auspices. Elle demanderait à l'infirmière de la piquer comme un animal malade. Elle supplierait la jeune femme qui partagerait sa cellule de l'étrangler, de l'étouffer entre deux paillasses. Elle se taperait la tête contre le robinet du petit lavabo, dans l'espoir de se trouer le crâne.

Elle aurait dû maîtriser ses angoisses, les jeter au fond de son cerveau comme des vieilleries. Elle ne vivrait jamais à l'intérieur d'un fait divers, ni au milieu d'une guerre, d'un tremblement de terre ou d'un attentat. Il y avait des gens qui avaient été mis au monde pour peupler ces malheurs, elle et les siens ne faisaient pas partie du lot.

40

Il aurait voulu qu'elle continue à lui trouver du charme après toutes ces années de vie commune et qu'elle soit émoustillée en l'apercevant sous la douche. Elle aurait dû l'embrasser quand il rentrait du bureau et caresser d'une main distraite l'étoffe de son pantalon à l'endroit du sexe. Alors qu'à cette heure-là les enfants étaient autour d'eux et qu'il était inconcevable de leur imposer un tel spectacle.

Quand elle les avait mis au lit, elle faisait sa toilette. Quelques minutes plus tard il la trouvait profondément endormie dans la chambre. Il avait beau allumer la radio, rire, tousser, elle ne se réveillait pas. Il s'ennuyait jusqu'à minuit, passant quelques coups de téléphone pour s'occuper. Puis, il allait se coucher auprès d'elle. Il posait une main sur son cou, de l'autre il caressait ses cuisses. Elle se réfugiait de l'autre côté du lit. Il la laissait tranquille. Il fermait les yeux, pendant un moment il essayait de ne pas prêter attention aux bruits de la rue et d'oublier le corps étendu près de lui.

Il se levait, il allait manger à la cuisine pour se calmer. Il buvait une bière au salon en regardant le journal. Il ouvrait la fenêtre, il aurait voulu éprouver le désir de se rhabiller, de sortir, de marcher vers un quartier animé, joyeux, et de ne rentrer que le lendemain. Il n'avait aucune envie de vivre seul, de vivre avec une autre, ou de se perdre dans une vie de fête perpétuelle dont l'ivresse ne le tentait pas. Il voulait rester là, se trouver ailleurs aurait constitué une souffrance supplémentaire. Il devait supporter les frustrations de cette vie de couple, elles faisaient partie de son bonheur.

Elle trouvait qu'il avait de la chance d'avoir le temps de souffrir et d'éprouver des sentiments. Les enfants la fatiguaient trop, elle était tout entière dissoute dans son travail de mère, et ce qui n'avait rien à voir avec sa portée n'existait pas plus qu'un caillou perdu au fond d'un lac à l'autre extrémité du monde.

Il n'avait qu'à s'oublier lui aussi, disparaître et n'être plus qu'un corps destiné à servir les siens avec la résignation des chevaux de trait. Penser à soi était une faute qu'elle ne commettait jamais, penser à lui aurait été presque aussi grave. Tout ce qui échappait aux enfants était un affront qu'on leur faisait et dont ils souffriraient les conséquences toute leur vie.

Il ne voyait pas à quel point ils avaient besoin d'attentions, ils étaient aussi fragiles que les grands malades d'une unité de soins intensifs. S'il se sentait frustré, il n'avait qu'à s'occuper d'eux davantage. Il devait rompre les amarres avec l'idée qu'il se faisait de sa sexualité, admettre qu'aujourd'hui le coït ne pouvait rien apporter à leur famille puisqu'ils ne voulaient pas d'autre bébé. Au contraire, un rapport les conduirait à s'endormir plus tard, et en diminuant leurs heures de sommeil, il les rendrait moins toniques pour affronter le lendemain.

Elle le voyait parfois essayer trois pull-overs avant de se décider pour un quatrième. Alors qu'elle se contentait d'un habillage hâtif avec des vêtements dont elle n'aurait même pas su dire la couleur. Elle n'allait pas chez le coiffeur, elle raccourcissait sa chevelure avec une paire de ciseaux à ongles. Par contre il passait son temps chez le dentiste pour que son sourire brille toujours comme du lait.

Quand elle lui parlait des enfants, on aurait dit qu'elle évoquait les enfants d'un autre. Il détournait la tête, il lui demandait si elle n'avait rien de plus drôle à lui raconter. Elle n'en pouvait plus de cette espèce de faux célibataire qui se traînait derrière elle comme un gamin de plus. Elle allait se séparer de lui, il pourrait voir des prostituées chaque soir. Ensuite, il rentrerait comme un pauvre type dans son petit appartement aux meubles achetés en kit. Il ferait défiler les chaînes sur le téléviseur en mâchant un sandwich. Il aurait tout le loisir de regretter son foyer perdu, et de pleurer.

41

Il possédait une entreprise microscopique d'exportation de liqueurs. L'activité avait toujours été ralentie, ne permettant aucune expansion, ni l'embauche d'un employé supplémentaire. Dans la pièce contiguë, il y avait une secrétaire qui travaillait avec lui depuis une dizaine d'années. Elle manipulait les dossiers, s'occupait des impôts et envoyait les tarifs aux clients potentiels. Elle travaillait plus que lui, malgré tout il la surprenait parfois la tête sur son clavier en train de dormir. Il reculait à pas de loup de peur de la réveiller.

Une ou deux fois par heure il descendait faire un tour. La rue était animée, les cafés nombreux, et il changeait à chaque fois de point de chute. Il était connu de tous les serveurs du quartier, on lui apportait sa consommation avant qu'il la réclame. Il regardait les gens autour de lui, il essayait de se distraire en cherchant les ridicules de leur visage et en se demandant quelles modifications il leur ferait subir s'il était chirurgien. D'une façon générale, il aurait aimé que le nez soit moins proche de la bouche, les oreilles plus petites, plus rondes, et que les corps soient maigres, laissant apparaître l'os, comme une marionnette ses bâtons. Il donnait aussi un coup d'œil au journal, il ne s'intéressait pas au sport, ni à l'actualité, il fouillait les pages culturelles, il regardait les programmes des cinémas, des chaînes de télévision. Il était exaspéré, il lui semblait qu'il ne pourrait jamais obtenir rien d'autre de la vie, que des heures, des jours, des années d'ennui, et que la mort lui couperait le sifflet sans qu'il ait jamais pu réagir.

Il réglait, il remettait sa veste, il sortait vite, comme si quelqu'un l'attendait dehors. Il marchait avec tous ces gens pressés qui regardaient droit devant eux sans jamais pencher la tête vers les clochards ou les vitrines. Il donnait une pièce quand on l'interpellait assez fort ou quand on lui barrait le chemin. Il entrait dans un magasin, il regardait les objets, les vêtements, les livres, il essayait de se convaincre qu'il éprouverait une quelconque satisfaction à acheter. Il rapportait à son bureau des cravates, alors qu'il n'en mettait presque jamais, des pendulettes, des stylos, ou des agendas qui se périmaient doucement sur une étagère avant de gagner la poubelle. Il essayait de s'intéresser aux antiquités, il remuait les bibelots chez les brocanteurs, il se laissait tenter par un petit vase en pâte de verre. Le soir il le posait sur une commode. Il le regardait, il n'arrivait pas à éprouver un plaisir quelconque. Il l'enroulait de papier journal, il le posait par terre et il le piétinait. Sa femme disait tu es fou.

Il retournait à son travail, la secrétaire lui demandait de signer des documents. Il s'exécutait, agacé qu'au lieu de l'importuner elle n'imite pas sa signature. Puis, il se disait qu'un événement devait se produire, qu'une vie ne pouvait se borner à ce sentiment d'ennui continuel, cette souffrance légère, écœurante comme un mauvais gâteau. Il demandait à la femme si personne n'avait appelé.

— Non, personne.

Si quelqu'un était passé le voir.

— Pourquoi ?

— Je ne sais pas.

Il prenait un dossier, il l'emportait dans son bureau. Il le refermait, il s'en débarrassait sur un coin de table. Il se demandait s'il ne devrait pas étendre le champ de ses activités à d'autres produits plus lucratifs. Il se sentait envahi par une fatigue immense qui lui ensablait le cerveau, le rendant si lourd qu'il devenait incapable de réfléchir davantage, et qu'il coulait à pic dans le crâne comme une grosse pierre. Il se levait de son siège, il ouvrait la porte de communication. La secrétaire lui demandait s'il avait besoin de quelque chose.

— Je voudrais de l'air.

— Ouvrez la fenêtre.

Il refermait la porte, il écoutait la radio grâce à un petit poste enfoui dans le désordre d'un tiroir. Il attendait que le temps passe, il se disait que ses affaires n'avaient pas besoin de ses lumières, ni de ses coups de pouce intempestifs. Sa vie consistait à rester là toute l'année, à lutter de son mieux contre le désœuvrement, et à se tenir prêt à répondre aux rares appels de clients inquiets pour leur commande en rade. L'ennui avait sa noblesse, comme la souffrance ou la révolte. Il devait le supporter avec courage, assumant chaque nouvelle journée à l'égal d'une épreuve dont il sortait chaque soir vainqueur. Il devait se considérer comme un petit héros du quotidien dont on ne reconnaîtrait jamais le mérite.

Quand il ne regardait pas sa montre, il avait l'impression que le temps avançait plus vite. Il aimait avoir la surprise d'entendre le clocher d'une église sonner treize heures d'un petit coup bref qu'il reconnaissait tout de suite. Il se levait aussitôt, il traversait le bureau de la secrétaire qui était déjà en train de manger des fruits ou un œuf dur.

— Bon appétit.

Elle lui répondait d'un vague geste du petit doigt, sans cesser de mâcher doucement. Il se précipitait vers les ascenseurs, il courait jusqu'au petit restaurant où il avait élu cantine depuis trois ou quatre ans. On lui donnait une table coincée entre la porte des cuisines et celle des toilettes. On lui apportait une demi-bouteille d'eau minérale et des crudités. Puis, le lundi, le mercredi, et le vendredi on lui servait une tranche de merlan grillé avec des pommes de terre. Les autres jours, c'était une viande accompagnée de haricots verts. Il prenait ensuite un café et revenait à son bureau avec autant de hâte qu'il en était parti.

La secrétaire n'était plus là, son repas terminé, elle était allée faire un tour dans une des galeries commerciales du quartier. Il s'asseyait, il griffonnait la date sur un bloc, bâillait à deux ou trois reprises en se demandant pourquoi il n'avait jamais fait installer une couchette pour la sieste. Il étirait ses bras, puis il les laissait pendre de chaque côté de ses épaules. Il avait du mal à se convaincre qu'il était utile à l'humanité et il perdait conscience. La sonnerie du fax le réveillait, il allait lire le message, il revenait s'asseoir, il n'arrivait pas à se rendormir.

Il entendait la secrétaire rentrer, elle soupirait, elle toussait plusieurs fois avant de reprendre possession de son clavier où elle tapait durant trente ou quarante secondes. Ensuite, elle téléphonait. Il écoutait attentivement, mais il n'arrivait pas à déterminer avec qui elle communiquait. Elle évoquait sa vie privée, elle disait mon mari, mon mari, et elle se plaignait d'une fuite qui trempait tout l'appartement. Elle disait aussi les enfants, il y a une bassine dans la chambre des enfants et le plafond part en brioche.

Il aurait dû lui dire de rentrer chez elle, de prendre son temps pour éponger et de revenir demain en fin de matinée quand les dégâts seraient réparés. Elle a raccroché, il l'entendait se moucher et manipuler le fermoir de son sac. Il aurait aimé qu'elle ait une autre conversation avec n'importe qui, il l'aurait écoutée pour sentir avec délice le temps passer. Le soir, il aurait été plus gai de s'être moins ennuyé au bureau. Sa femme ne comprendrait pas pourquoi il chantonnait à table, ni pourquoi il avait fait le fou jusqu'à vingt heures trente avec le gamin qu'elle avait eu ensuite toutes les peines du monde à mettre au lit.

Il allait jusqu'à la fenêtre, il regardait le ciel gris, chargé de nuages sales, comme gribouillés à la mine de plomb. Il aurait pu aller au cinéma, n'importe quel film l'aurait distrait davantage que l'après-midi qu'il allait passer dans cette pièce. Il aurait pu appeler un client bavard pour échanger des propos d'un bout de la ville à l'autre, mais il se demandait sous quel prétexte. Le gardien aurait pu monter les avertir qu'il y avait le feu, ils auraient été obligés d'évacuer l'immeuble par l'escalier de secours avec la peur au ventre d'être grillés avant d'atteindre le rez-de-chaussée. La catastrophe lui aurait changé les idées, il aurait vu en elle un amusement inespéré.

Il ouvrait la porte de communication, il trouvait la secrétaire en train de regarder ses canines dans le miroir de son poudrier. Se sachant vue, elle continuait quand même, donnant de petits coups à ses dents du bout des ongles. Il ne lui en voulait pas de l'ignorer, elle aussi essayait de se distraire et il n'avait même pas l'impression qu'elle y parvienne.

Le soir, elle devait retrouver avec plaisir sa maison sens dessus dessous, le linge sale à ramasser dans les chambres, sous les armoires, sous les lits, le bac à douche qu'il faut récurer, les légumes du dîner qui ne sont même pas épluchés et la vaisselle qu'il faut faire tous les jours depuis que la machine est tombée en panne. Elle courait d'une tâche à l'autre, légère, enfin délivrée du poids de sa personne qui l'avait écrasée toute la journée.

En attendant, elle souffrait, le contrôle minutieux de sa bouche ne lui avait procuré aucun divertissement substantiel. Elle se levait, elle prenait un mode d'emploi dans l'armoire, elle commençait à le déchiffrer et elle se rendait compte qu'elle le connaissait par cœur. Elle le reposait à sa place et elle quittait la pièce pour une incursion aux toilettes. Il attendait qu'elle revienne, toujours immobile dans l'embrasure de la porte.

Elle est réapparue avec un rouleau de papier, se tamponnant le nez de la main gauche. Elle s'est réinstallée à sa place, elle a tapé quelque chose sur son clavier en regardant l'écran avec un certain mépris, comme si elle lui tenait rigueur d'afficher servilement tout ce qui lui était transmis. Il attendait qu'elle prenne la peine de le remarquer, qu'elle lui demande s'il était là depuis longtemps. Elle le voyait très bien, ses yeux se posaient parfois sur lui avant de dériver vers d'autres objets.

S'ils avaient eu des relations sexuelles, leurs journées auraient été mieux occupées l'espace de quelques semaines, puis ils se seraient haïs. Mais elle ne lui avait jamais plu, elle était maigre du cou, des joues, son corps lui semblait lourd, mou, et elle avait souvent les mains moites. Il aurait vraiment peu apprécié qu'elle se déshabille soudain, jetant ses vêtements à travers la pièce ou les lui balançant en plein visage.

— Vous avez besoin de quelque chose ?

Pourquoi elle se mettait tout à coup à lui parler, elle aurait pu continuer à se taire et attendre qu'il se replie dans son bureau. Il n'avait pas envie de dialoguer, qu'elle garde sa voix. Il aurait aimé qu'elle se dissolve, ne laissant plus sur sa chaise qu'une pâte gélatineuse verte ou rose et translucide comme du loukoum. Il aurait dû reculer, tirer la porte, et s'occuper à recopier à la main les pages de son carnet d'adresses en lambeaux. Il aurait pu ensuite téléphoner à des amis perdus de vue, parler un quart d'heure avec eux et raccrocher. S'il trouvait dans un coin de page une maîtresse de jadis, il lui était toujours possible de l'appeler et de chercher à la revoir afin d'arracher une ou deux heures crapuleuses à l'ennui.

— Vous n'avez besoin de rien ?

Elle l'agaçait, il a pris une lettre dans le panier du courrier. Il l'a décachetée, il a fait semblant de la lire. Il est retourné dans son bureau, il a jeté la lettre dans la corbeille. Si la correspondance était gérée avec plus de désinvolture, le téléphone sonnerait plus souvent et l'ambiance serait plus animée. Il a cherché un bonbon au fond de la poche de sa veste, il n'a trouvé qu'un coupe-ongles avec lequel il s'est coupé le pouce jusqu'au sang. Il est descendu à la pharmacie d'en bas, le préparateur lui a vendu une boîte de pansements. En passant devant le kiosque il a acheté un magazine et il est entré dans un café pour le lire. Il a sauté les publicités du début, puis il a essayé de s'intéresser à une enquête sur la jeunesse et à une autre sur le renouveau des sexagénaires.

Il aurait aimé qu'un des consommateurs accoudés au bar s'écroule sur le sol. Durant quelques secondes cet incident l'aurait diverti, il se serait même approché pour voir l'expression du cadavre. Une guerre l'aurait comblé, il aurait admiré les bombardements par la fenêtre du bureau et en rentrant chez lui il aurait trouvé un grand trou à la place de sa maison. Sa femme et son enfant ne seraient plus qu'un souvenir dispersé cinquante mètres à la ronde. Cette catastrophe l'aurait rendu en un éclair au célibat, alors qu'il n'aurait jamais l'énergie de mener à bien un divorce.

Il a quitté le café. Les gens étaient encore plus agités l'après-midi que le matin, ils traversaient la rue n'importe où, en sautillant entre les voitures. Il aurait aimé être pressé, vivre dans l'urgence, chercher à gagner du temps par tous les moyens. Il n'avait rendez-vous quelque part que deux ou trois fois par an, il arrivait toujours en avance, il était obligé de s'en excuser.

Il est remonté, la secrétaire n'était plus là. Il s'est

aperçu avec satisfaction qu'il était déjà dix-huit heures dix. La journée s'était écoulée sans trop rechigner. Il s'est dit qu'il pouvait appeler sa femme, mais elle lui demanderait peut-être de faire une course en passant. Il préférait rentrer directement, il lui dirait que la ligne était occupée. En s'en allant il a fermé le bureau à clé.

La foule de la rue semblait agitée par un moteur central qui la propulsait vers l'extérieur de la ville, et par des relais latéraux qui la renvoyaient avec violence d'où elle était venue. Les visages n'avaient pas tous la même expression d'inquiétude, il y en avait de joyeux et d'autres dont le regard semblait abîmé dans la contemplation de quelque chose d'absent. Il est entré dans la cohue. Il habitait à cinq minutes de là. Il était déjà devant chez lui.

Il habitait une petite maison au fond d'une impasse, avec quelques mètres carrés de jardin. Il a ouvert la porte, une odeur de détergent flottait dans l'air. Il s'est débarrassé de son manteau sur une chaise, il est allé se laver les mains. À force d'avoir fondu, la savonnette était sur le point de se volatiliser. Il manquait quatre ou cinq dents au peigne, les serviettes étaient humides. Il a entendu des cris de femme, des pleurs d'enfant qui provenaient de l'étage supérieur. Il est monté, les marches de l'escalier étaient jonchées de jetons en plastique et de figurines trop minuscules pour qu'il puisse distinguer leurs traits dans la pénombre.

Il a trouvé la mère et le fils en train de jouer avec

un petit train qui sortait de ses rails à chaque virage, ce qui suscitait immédiatement les larmes du gamin. Il les a regardés faire durant quelques minutes, puis il a essayé d'attirer leur attention en s'approchant d'eux pour les embrasser. Sa femme a prononcé un mot dans sa direction, son fils lui a jeté un œil et s'est remis à sangloter parce que le train venait à nouveau de dérailler sur la moquette.

Il est redescendu au rez-de-chaussée, il s'est allongé sur le canapé du salon. Quand elle aurait couché l'enfant, elle lui dirait qu'elle n'avait pas fait de courses, mais qu'il y avait des yaourts et des biscottes. Tout à coup elle se sentirait mal, elle sortirait faire quelques pas dans le jardin. Il mangerait les yaourts, les biscottes, et il monterait se coucher. Il regarderait dormir l'enfant par la porte entrebâillée de sa chambre. Il prendrait un livre au hasard dans la bibliothèque du corridor. Il en lirait quelques pages dans son lit. Il éteindrait la lumière. Avant de s'endormir, il se dirait qu'il était content que cette journée soit enfin finie.

42

Elle écrivait en cachette des petits poèmes sans rimes, elle les entassait dans une boîte. Elle éprouvait du plaisir à sentir les mots passer de gauche à droite, puis revenir en arrière et sauter en l'air. Elle les recueillait du bout de son crayon et les écrasait sur le papier avec un petit rictus cruel au coin de la bouche. Quand elle se relisait, elle ne comprenait pas ce qu'elle avait écrit.

Certains jours, elle ouvrait la fenêtre de sa chambre et elle disait à haute voix qu'elle n'aimait pas la vie. À neuf ans, elle connaissait déjà plusieurs personnes qui étaient mortes. Elle ne voulait pas vivre tout le temps, elle aurait aimé parfois s'interrompre. Elle aurait voulu pouvoir arrêter son cœur, que ses pensées se figent et que son corps devienne raide comme un mur. Puis, d'un effort imperceptible de sa volonté, elle se remettrait en marche et courrait dans les escaliers en poussant des cris perçants.

Elle se demandait si elle était heureuse, elle se

répétait la question. Elle n'était pas sûre que le bonheur ait un goût. Elle tirait la langue au ciel, elle s'étonnait que ce bleu n'ait aucune saveur. L'orage avait un parfum, l'obscurité et la tristesse fondaient lentement sur la langue. Elle aussi elle avait un goût, il lui suffisait de fermer les yeux pour le sentir. Elle avait un goût rouge orangé, avec une odeur fade de peau.

Elle aurait voulu être enceinte, juste pour avoir dans la bouche le goût du bébé qu'elle porterait. À sa naissance, elle l'installerait au pied de son lit dans un berceau trouvé à la cave. Il la réveillerait la nuit, elle lui donnerait des coups de pied, et le lendemain elle sucerait ses ecchymoses qu'elle trouverait aigres. Il crierait de plus en plus fort, elle lui donnerait des petits coups de raquette sur le front. Quand un filet de sang apparaîtrait, elle le laperait comme une gourmandise. Le matin où elle le trouverait mort en se réveillant, l'enfant aurait un mois à peine. Il y aurait déjà du soleil, mais personne dans la maison ne serait encore sorti de sa chambre. Elle mettrait le cadavre à l'intérieur d'un grand sac en plastique, et elle le laisserait pourrir dans un placard derrière une pile de vieux habits.

L'été, elle aimait rester assise à l'ombre comme une petite vieille. Elle entendait les cris des enfants de la villa voisine. Elle ne voulait pas de leur compagnie, elle n'aimait personne. Durant l'année scolaire, elle passait les récréations à l'écart des autres, à jacasser dans sa tête. Mais quand elle était en vacances, posé négligemment comme un chapeau sur son cou, son cerveau faisait relâche.

43

Il était tombé une pluie glacée, ensuite il avait neigé. En fin de journée le vent avait nettoyé le ciel, il y avait même eu un beau soleil couchant. Les vitres de l'immeuble étaient devenues d'un rouge d'incendie, et la vieille femme à son balcon semblait incrustée dans un reportage sur les désespérés. À chaque instant on s'attendait à la voir plonger dans le vide et s'écraser sur la foule des passants sortant de leur bureau. Parfois, elle rentrait à l'intérieur de son logement, elle réapparaissait avec une brosse à cheveux, une pomme, ou un esquimau. Elle se coiffait, elle suçait sa glace, rougeoyante dans le soleil.

Les volets de l'étage du dessous étaient fermés. La vieille femme entendait parfois comme des gémissements, des plaintes, des cris étouffés. Il lui était arrivé de coller son oreille contre le parquet, mais elle n'avait rien perçu de plus explicite. Elle n'en avait jamais parlé à personne, parce qu'elle ne voyait personne. Dans cet immeuble, les voisins ne se parlaient pas entre eux, et les caissières du supermarché où elle faisait ses courses n'étaient jamais les mêmes, il n'y avait aucune familiarité possible.

Ses enfants n'habitaient pas la ville, elle ne savait plus où ils étaient. Peut-être dans un pays inconnu, à moins qu'on ne les ait évacués par toboggan vers une autre planète où elle ne mettrait jamais les pieds. Quand une année nouvelle commençait, elle savait que personne ne viendrait la voir d'ici la suivante, et il en était ainsi depuis une époque reculée dont elle refusait de se rappeler l'origine.

Les plaintes venues de l'étage inférieur lui tenaient compagnie, elle ne les maudissait jamais, même quand elles la réveillaient au milieu de la nuit. Elle aurait pu prévenir la police. Elle préférait laisser durer le mystère, le boire chaque jour à petites gorgées. Quand elle s'ennuyait, elle se disait que quelques mètres au-dessous d'elle on retenait un humain contre sa volonté. Il devait être sanglé sur un lit, on ne lui ôtait son bâillon que pour lui faire ingurgiter de la nourriture réduite en bouillie. Elle se demandait pourquoi on ne le laissait pas mourir de faim, on aurait pu aussi l'exécuter d'un coup de couteau dans le cœur.

Elle pensait que la victime était une femme, qu'on l'avait fixée nue sur une planche. Après avoir abusé d'elle, on la rinçait comme le pont d'un navire avec un jet d'eau. Elle imaginait la pauvre fille grelottant sans même pouvoir frotter ses mains l'une contre l'autre ou claquer des dents comme n'importe quel sans-abri. Par contre, les jours de grande chaleur, elle l'imaginait si déshydratée qu'elle envisageait de percer des trous dans le plancher pour pouvoir humecter son corps et mouiller son bâillon avec une boisson fraîche.

Le soleil s'était couché, il faisait froid. Elle a quitté le balcon, elle s'est assise sur la chaise longue qui faisait face au téléviseur. Elle y passait une douzaine d'heures chaque jour, elle s'ennuyait devant tous les programmes, sauf lorsque survenait une catastrophe ou un conflit dont on voyait des séquences attractives. Elle aimait aussi qu'on montre des personnes âgées, elle se trouvait toujours plus vive, plus alerte, en meilleure santé. Elle aurait accepté volontiers qu'on la suive durant une semaine ou deux dans ses rares pérégrinations dans le quartier et ses allers et venues dans les quarante mètres carrés de son logement. Elle aurait pris plaisir à répondre aux questions, à dire que dans son enfance à Noël on lui offrait toujours une poupée en bakélite à l'air idiot, et que durant sa vie d'adulte elle n'avait eu que des bijoux aux pierres minuscules dont même les cambrioleurs n'avaient pas voulu quand elle avait reçu leur visite cinq ans plus tôt.

Elle leur aurait dit de se tasser dans sa petite cuisine pour la filmer en train de faire tomber de haut les œufs dans la poêle sans les faire éclater. Elle leur aurait montré son téléphone en état de marche, et ses factures bien rangées qui prouvaient qu'elle n'avait appelé personne depuis des années. Quand elle les verrait sur le point de partir, elle leur dirait taisez-vous, prêtez l'oreille.

— Vous n'entendez rien ?

À ce moment-là, aucune plainte ne serait audible. On l'abandonnerait à son sort. Quelques semaines plus tard elle verrait à l'écran quelques images de son intérieur et un gros plan désobligeant de sa figure. On n'entendrait pas sa voix, mais un commentaire condescendant la comparant à un vieil animal enfermé dans la cage d'un zoo que personne ne visite plus depuis longtemps. Furieuse, elle pousserait le téléviseur sur le balcon pour que l'humidité de la nuit le détraque.

Elle dînait vite du contenu d'une boîte de conserve vidé dans une assiette et réchauffé sans autre accommodement qu'une lichette de beurre ou un peu de sauce tomate. Ensuite elle faisait la vaisselle, et la cuisine était toujours impeccable, rutilante comme si elle était en exposition dans une vitrine.

La soirée était longue, elle ne se couchait pas avant deux heures du matin. Elle s'ennuyait, mais les gémissements l'occupaient. Elle se disait qu'elle avait un enfant sous ses pieds, ses parents le torturaient jour après jour parce que la vie quotidienne ne leur apportait pas de satisfactions suffisantes. Ils le nourrissaient peu, afin qu'il ne grandisse pas, qu'il garde ce format réduit toute sa vie. Ils le conservaient dans une volière où il aurait pu s'étirer en s'accrochant au perchoir s'il n'avait pas été saucissonné et pendu comme un battant de cloche. Elle le voyait osciller avec son visage congestionné, aussi rouge que ses yeux exorbités. Il était à plaindre, mais elle voyait surtout en lui une distraction.

Vers onze heures du soir, elle abandonnait le gamin. Elle décidait que les plaintes étaient trop nourries, trop graves, pour sortir d'un corps si jeune. Elle pensait à nouveau qu'il s'agissait d'une femme, mais toujours torturée par le même couple. Si les gémissements devenaient plus forts, elle imaginait la victime cousue des pieds à la tête, à même la peau, avec de grosses aiguilles d'acier et du fil de pêche. Quand les plaintes s'amenuisaient, elle se figurait ses lèvres suturées.

Elle allumait le téléviseur pour se changer les idées, et se donner tout entière à ce reportage sur les affamés, les hospitalisés, les emprisonnés condamnés à vivre trente ans dans une cellule grande comme son ascenseur. Les plaintes prenaient à nouveau de l'ampleur tandis que défilaient d'authentiques torturés dont l'expérience remontait à une vingtaine d'années, mais qui souffraient toujours d'insomnie et boitaient. Les plaintes devenaient assourdissantes, elle était obligée de se boucher les oreilles.

Elle s'y habituait peu à peu comme au bruit d'une chute d'eau ou à la rumeur d'une autoroute. Quand il lui arrivait de se réveiller au milieu de la nuit, les plaintes la rassuraient, elles gommaient toute son angoisse à la façon des berceuses qui absorbent l'anxiété des enfants et les endorment. Il arrivait une ou deux fois par an qu'elle se réveille dans le silence, elle était obligée de se lever, de remuer les chaises, les assiettes, de mettre en marche la radio, d'aller sur le balcon regarder les rares appartements éclairés dans les immeubles des environs, et de se dire qu'il y avait partout des êtres vivants. Elle se recouchait, laissant la fenêtre ouverte même au plus froid de l'hiver, la neige tombant sur le carrelage et les franges du tapis.

En début de matinée, la plainte se dédoublait parfois, elle voyait une mère et son nouveau-né aux prises avec une paire de chiens féroces dont on avait sectionné les cordes vocales pour qu'ils n'ameutent pas la maison par leurs aboiements. Ils remplissaient leur tube digestif avec cette viande humaine qui remplaçait la soupe dont on les avait privés depuis plusieurs jours. Elle observait leurs crocs luisants de bave et de sang mêlés, ils débarrassaient la femme de sa chair et ils croquaient le bébé comme une simple volaille. Elle les entendait se disputer les restes tandis qu'elle prenait son bain.

Quand le logement redevenait silencieux, elle descendait faire ses courses. Elle serrait les pans de son manteau contre sa poitrine par crainte des voleurs à la tire. Elle marchait tête baissée vers le supermarché, sans accorder d'attention à personne.

Elle entrait d'abord dans la cafétéria, elle prenait un chocolat chaud à la machine. Elle le buvait en regardant des femmes d'un certain âge assises par petits groupes, certaines parlant entre elles, d'autre occupées à gratter un billet de loterie ou à éplucher le prospectus bariolé de la quinzaine des prix doux. Il y avait parfois un vieil homme perdu au milieu d'elles, mais on ne lui prêtait pas la moindre attention.

L'observation de la salle ne lui procurait qu'un divertissement passager. Une fois sa tasse bue, elle s'ennuyait vite. Elle aurait pu acheter un quotidien, employer des heures à déchiffrer les articles, mais les caractères d'imprimerie la fatiguaient, il lui fallait leur courir après du bout des yeux comme s'ils avaient la mobilité des insectes. Elle n'avait pas envie non plus d'engager une conversation avec une de ces femmes qu'elle jugeait trop âgées. Elle préférait reprendre un chocolat et le boire lentement pour que le temps passe.

Puis elle regardait sa montre, se levait et se dirigeait vers l'entrée du supermarché. Elle faisait le tour du magasin, elle achetait deux ou trois articles, parfois rien. Elle voyait des personnes jeunes remplir des chariots à ras bord pour nourrir leur famille. Elle se sentait méprisée, on lui en voulait d'acheter de la nourriture qui passerait tout entière dans sa vieille bouche, au lieu de permettre à des organismes en formation de puiser les protéines indispensables à leur croissance. Elle était un corps inutile qui se bornait à dégrader les aliments qu'il absorbait sans rendre aucun service à personne.

Elle passait à la caisse, puis elle faisait un dernier tour à la cafétéria. Elle avalait un steak haché garni de frites. Elle se trouvait au milieu de gens qui se nourrissaient rapidement entre deux demi-journées laborieuses. Elle les voyait courir pour aller chercher leur café, ils le buvaient encore bouillant, l'aspirant à petites gorgées pour éviter de se brûler. Ils n'auraient pas accepté de venir bavarder à sa table, ils préféraient parler entre eux de travail ou s'échanger des adresses de restaurants pour le week-end. D'ailleurs, elle ne voyait pas ce qu'elle aurait pu leur raconter. Elle se levait, elle regardait une dernière fois la salle, et elle s'en allait.

Elle ne se promenait pas, même quand il faisait beau elle rentrait directement chez elle. Elle ne saluait pas les gens qu'elle croisait dans son immeuble, eux non plus. Elle arrêtait l'ascenseur à l'étage au-dessous du sien, elle restait un moment devant la porte. Deux ans auparavant, elle avait trouvé un jour la porte ouverte. Elle avait pénétré à l'intérieur, les pièces étaient vides, les murs nus et poncés jusqu'au plâtre. Il y avait dans un coin des pots de peinture sur une bâche, et si elle s'était attardée elle se serait trouvée sans doute nez à nez avec les peintres.

Quelques mois plus tard, elle avait fait la rencontre d'un agent immobilier qui l'avait prise pour le client qu'il attendait. Il lui avait fait visiter les lieux qu'elle connaissait déjà. Elle lui avait dit qu'elle habitait au-dessus, son appartement était exactement le même que celui-là. Elle n'avait jamais su qui en était devenu locataire. Elle préférait ne pas rester trop longtemps sur le palier, elle remontait vite chez elle.

Dès qu'elle entrait dans son logement elle percevait tout de suite les plaintes. Elle allait s'asseoir sur la chaise longue pour mieux les savourer. Quand elles étaient entrecoupées de hurlements étouffés, elle savait que la victime était installée sur le sol et recouverte d'un matelas dont on l'écrasait en déposant un lourd coffre-fort par-dessus.

Malgré les plaintes de plus en plus fréquentes et sonores à mesure que les années passaient, elle s'ennuyait. Elle aurait bien acheté un chien, mais elle craignait qu'il tombe malade et crève dès la première année. Elle ne se voyait pas avec des canaris, dont la douleur s'exprime par un exaspérant cui-cui joyeux. Elle craignait les souris, les rats, et elle avait peur que même attaché un chat trouve assez d'énergie pour lui sauter au visage toutes griffes dehors. Elle aurait pu mettre une annonce à l'entrée de la cafétéria, proposer aux mères surmenées de garder gratuitement leur bébé, bien que le sourire d'un tout-petit ne remplace pas la fidélité d'une bête.

[illegible]

[illegible] de sortir [illegible] pour [illegible] encore. [illegible] elle [illegible] de [illegible]

Elle [illegible] de plus [illegible]

[illegible] soumise [illegible] les [illegible]

[illegible] qu'il tombe malade [illegible]

[illegible] ne se voit pas [illegible]

[illegible] le sourd [illegible]

44

Les soucis formaient en elle comme un gros coussin où il lui suffisait de poser la tête pour s'endormir. Elle aurait voulu d'une nuit qui commence tôt dans l'après-midi et se prolonge tard le lendemain. Elle consentait à affronter la réalité durant deux ou trois heures, le temps d'avaler en hâte les trois repas de la journée, de sortir faire quelques courses et de rentrer se remettre au lit. Elle ne supportait plus cette lumière du jour qui brûlait les yeux, ni ces êtres qui évoluaient dans son orbe comme une nuée d'instruments de torture animés par le maléfice d'un sorcier.

Elle ne niait pas être la mère de ces trois enfants. Mais ils se collaient à elle avec l'opiniâtreté des aimants. Ils lui réclamaient des baisers, des histoires et de la viande quand elle avait oublié de les faire manger. Elle leur pardonnait mal le temps passé à les surveiller au jardin public, sans compter les centaines de bains qu'elle leur avait donnés dans cette baignoire si basse qu'elle était obligée de se mettre à genoux pour les savonner.

À leur âge, s'ils avaient été des animaux ils auraient été autonomes depuis longtemps. Ils n'avaient qu'à coucher sur le palier, dans l'ascenseur, ou trouver refuge chez n'importe qui. Ils pouvaient même rester là, s'agglutiner autour d'elle, leurs paroles lui feraient l'effet d'un ronronnement. Elle finirait par ne plus les entendre, ne plus les voir, par ne plus sentir leurs mains sur sa jupe. Comprenant qu'ils étaient de trop, ils auraient disparu sous le plancher de l'appartement comme un trio de souris apeurées.

45

Elle se demande si elle vivra encore quelques années, ou si elle va grimper sur le rebord de la baignoire pour mieux tomber tête la première sur le carrelage blanc. Elle ne sait pas ce que les autres pensent, ils s'ennuient peut-être moins, ils ne passent pas leur temps à faire brûler des bougies, à manger du chocolat et à prendre des bains. Ils ne se disent pas que la vie est aussi creuse, aussi vide que les douzaines de verres rangés dans le placard du salon. Ils sortent, ils parlent avec des gens, et en rentrant ils éprouvent du plaisir à leur téléphoner pour ne pas perdre contact trop longtemps. Ils regardent la télévision, il y a des images qui les enchantent et ils pensent à autre chose pour supporter celles qui leur sont pénibles. Ils ont l'impression que tout a été fait à leur intention, ils apprécient les meubles, les murs, et même la blancheur du plafond. Ils ont la certitude que l'univers entier est un plaisir. Ils ne sentent pas monter en eux cette haine douceâtre, au goût fade.

Il lui arrivait de demander à ses parents pourquoi elle était au monde, et si à sa naissance ils n'avaient pas eu envie de l'étouffer avec une couche. Elle n'admettait pas leur obstination à la nourrir par le sein, le biberon, la cuillère, et cette façon niaise de l'embrasser, de la choyer comme s'ils en avaient eu besoin pour se tenir chaud. Ils l'avaient trop aimée, on aurait dit qu'ils avaient mis au monde une déesse bonne à être adorée.

Ils conservaient sa layette dans un grand carton, comme des reliques qu'ils devaient embrasser aussitôt qu'elle avait le dos tourné. Elle les imaginait étalant sur le sol les chaussons, les grenouillères, et se prosternant. Puis ils prenaient chacun un vêtement, et ils le posaient sur leur visage, afin d'en respirer l'odeur, comme des maniaques. Ils devaient même les sucer un peu pour en avoir la saveur sur la langue.

Elle les soupçonnait de venir dans sa chambre la nuit, de profiter de son sommeil pour lui écraser des baisers sur les joues, le front, le cou, les mains, et même sur les pieds quand elle avait rabattu sa couverture parce qu'elle avait trop chaud. Ils la regardaient dans l'obscurité grâce à l'éclairage complice de la rue qui pénétrait dans la pièce malgré volets et rideaux. Ils écoutaient son souffle, ils essayaient d'imaginer ses rêves, ils interprétaient son moindre mouvement. Ils auraient voulu lui percer une veine, et pouvoir se faufiler dans les replis les plus secrets de son cerveau. Ils auraient dressé un état des lieux minutieux de son psychisme, collecté les détails, même les plus gênants, et avant de ressortir ils se seraient agenouillés pour l'adorer de l'intérieur même de sa divinité.

Ils seraient revenus chaque nuit, l'explorant toujours plus minutieusement, la fouillant comme les vestiges d'une civilisation disparue. Ils auraient fini par la connaître assez bien pour pouvoir en construire une réplique dans leurs propres cerveaux, et se passer de l'original. Alors sans aucun état d'âme, ils lui enfonceraient un tournevis entre les deux yeux. Puis ils refermeraient sa chambre, ils colmateraient la porte. On ne retrouverait son squelette que cinquante années plus tard, avec de la poussière au fond des orbites.

Ses parents l'aimaient trop, elle devait s'en méfier. Ils ne voyaient pas à quel point son intelligence était moyenne, elle ne ferait jamais d'études, elle n'aurait pas d'enfant, et même s'ils ne prenaient pas la peine de la tuer, elle mourrait à quinze ans, vingt ans si elle avait assez de courage pour se supporter jusque-là. Ils s'imaginaient qu'elle était une machine parfaite, fonctionnelle, fiable. Ils ne se rendaient pas compte à quel point elle était en mauvais état, déglinguée par la puberté, prenant l'eau de partout dans ce quotidien épouvantable où ils la maintenaient contre son gré.

Sa mère arrivait à dix-huit heures trente. Elle lui demandait si elle avait travaillé son français, sa géographie, et si elle avait vu son amie Pauline. Elle ne répondait pas, elle se laissait à peine embrasser. Elle lui disait j'ai acheté de l'entrecôte pour le dîner, je t'ai pris des serviettes à la pharmacie. Elle la poursuivait de pièce en pièce, elle continuait à lui parler à travers la porte close de la salle de bains. Pourquoi elle prenait encore un bain, cette nuit elle l'avait entendue faire couler de l'eau vers trois heures du matin. Elle se levait la nuit comme une insomniaque, alors qu'à son âge elle devrait dormir comme un bébé, pas comme ces vieilles femmes déprimées qu'on voyait dans les films. La mère élevait la voix, elle lui disait vide cette baignoire et sors de là immédiatement. Je voudrais que tu m'obéisses, que tu me montres ce que tu as fait en français. Elle toquait à la porte, puis elle haussait les épaules et elle allait se changer dans sa chambre.

Son père était là vers dix-neuf heures, au moment où elle sortait de la salle de bains en peignoir avec ses vêtements à la main. Il se débarrassait de son imperméable, il se plaignait que depuis quelques jours la porte du garage ne s'ouvre plus au doigt et à l'œil. Il cherchait sa femme, il l'embrassait, il lui annonçait qu'il partirait en voyage professionnel à la fin du mois prochain. Elle lui répondait ta fille profite des vacances pour perdre son temps toute la journée, si elle redouble sa classe elle aura une année de retard. Il remuait la tête, elle lui demandait qu'est-ce que tu veux dire par là.

Il s'asseyait dans son fauteuil en cherchant un magazine dans le porte-revues. Il était son père, il aurait dû la secouer, au lieu de la supporter vaille que vaille comme elle était. Elle ne comprenait pas son apathie par rapport à cette enfant, on aurait dit qu'il ne l'aimait pas, qu'il lui voulait une vie ratée. Il fermait les yeux, il les rouvrait, il lui faisait remarquer qu'il l'avait encore grondée la veille. Elle en avait eu les larmes aux yeux, elle était allée s'enfermer dans sa chambre le reste de la soirée. Elle lui répliquait de toute façon tu n'as pas de psychologie. Elle s'asseyait en face de lui avec un air de mère désespérée seule dans son angoisse.

La gamine s'était habillée. Assise derrière son bureau elle regardait de loin un manuel de classe. Elle avait une bonne envie de mourir, elle regrettait que ses parents ne l'aident pas à franchir le pas. Sa mère l'aurait tenue, son père lui aurait coulé la lame d'un couteau au fond de la bouche jusqu'à transpercer le cerveau et tout l'enchevêtrement de veines qu'il y avait dedans. Ils ne lui rendraient jamais ce service, ils attendraient qu'elle tombe d'elle-même comme une pomme trop mûre, qu'elle s'écrase en bouillie de petite jeune fille même pas jolie. La vie qui battait en elle était une simple maladie qui évoluait à bride abattue vers la catastrophe. Elle ne serait jamais adulte, dans cinq ans tout le monde l'aurait déjà oubliée, ses parents n'iraient même plus en pèlerinage dans la forêt où ils auraient jeté ses cendres. Elle était un être provisoire, elle ne devait pas s'inquiéter pour un avenir qu'elle n'aurait jamais.

Sa mère est entrée dans la chambre, elle a cru que la gamine était en train d'étudier. Elle lui a passé la main dans le cou, elle était fière d'avoir mis au monde ce corps replié sur un livre qu'il absorbait avec aisance du bout des yeux. Elle lui a dit je te laisse travailler, elle est allée annoncer à son père que leur enfant commun ne paressait pas tout le temps, qu'elle avait des moments où elle se jetait dans le travail comme si elle avait soudain mûri. Elle a mûri, elle a mûri répétait-elle.

Il disait oui elle a mûri, en cherchant les programmes de télévision du soir dans un magazine aux couleurs criardes comme l'étal d'un marchand de fruits. Il voulait changer de téléviseur, les images seraient plus lisibles sur un écran de dimension supérieure. Elle lui a dit tu ferais mieux de lui fabriquer une bibliothèque pour sa chambre. Il a protesté qu'elle n'avait aucun livre à y mettre. Elle lui a dit tu n'as qu'à lui en offrir au lieu de lui donner de l'argent de poche à gogo.

Ils ont dîné tous trois au salon. Les parents mangeaient leur viande et la salade aux noix. Elle n'avait pas faim, elle émiettait du pain dans son assiette, elle coupait la nourriture en petits morceaux dont elle constituait des tas réguliers. Sa mère ne lui faisait aucune réflexion, elle se disait cette enfant est bien assez grande pour savoir si elle a faim ou non, elle pourrait même retourner étudier dans sa chambre et juste avaler une tartine de fromage avant de se coucher. Malgré tout, elle a fini par lui dire tu n'as pas fini de faire l'idiote, mange donc ta viande, ta salade, autrement tout à l'heure tu auras faim, tu t'empiffreras encore de saloperies.

L'enfant s'est levée de table, elle a jeté sa serviette sur le plat rempli de jus. Elle a dit qu'elle partirait à la première occasion et qu'elle ne reviendrait jamais. Elle a couru dans le couloir, la porte de sa chambre a claqué, on l'a entendue se laisser tomber sur le lit.

Ils ne l'aimaient pas, ils n'étaient qu'un couple de petits tortionnaires sans envergure qui n'osaient même pas porter la main sur elle ou l'attacher. Ils l'avaient mise au monde pour le plaisir d'avoir de la matière vivante sous les doigts, comme les sculpteurs achètent de l'argile, comme les chirurgiens ont besoin d'un patient sous leur bistouri. Sans elle, ils se seraient mordus jusqu'au sang chaque soir pour essayer de tromper l'ennui. Ils auraient eu beau adopter des chiens, un couple de grands oiseaux bavards, jamais ils ne seraient venus à bout de leur désœuvrement.

Ils l'avaient désirée. Elle avait la vision abjecte de l'invraisemblable foule de rapprochements qui avait été nécessaire pour que sa mère soit enceinte de cette cellule où elle se trouvait déjà prisonnière à l'époque. Elle leur aurait pardonné de l'avoir eue par accident, mais cette volonté d'avoir cherché à lui nuire depuis toujours ajoutait la préméditation au crime.

Elle s'est levée de son lit, elle ne les détestait plus. Elle était prête à aller leur dire qu'ils étaient pardonnés, qu'ils avaient joué le rôle d'animaux reproducteurs aveugles et inconscients. S'ils ne l'avaient pas faite, d'autres s'en seraient chargés, et même si elle n'était jamais née, une autre serait venue à sa place qui aurait souffert les mêmes affres dans les mêmes conditions. En réalité, elle leur accordait trop d'importance, ils n'étaient que des êtres infimes. Il suffirait qu'elle leur souffle dessus pour qu'ils s'envolent comme une cuillerée de farine.

Sa mère a frappé à la porte. Elle ne lui a pas répondu. Elle est entrée quand même dans la chambre. Elle a trouvé sa fille debout au milieu de la pièce, avec un sourire bizarre sur les lèvres. Elle lui a demandé si demain elle ne voulait pas aller faire du bateau avec son cousin, sa tante venait de téléphoner, elle passerait la prendre à neuf heures.

Elle s'est approchée de sa mère, elle lui a pris doucement le bras. Elle a porté son poignet à ses lèvres, elle l'a embrassé. Sa mère lui a demandé si elle voulait y aller oui ou non. Elle a ajouté arrête ces baisers ridicules, on dirait que tu es complètement folle. Elle a dégagé son bras. Elle allait lui dire qu'en définitive elle ne viendrait pas, pourtant elle ferait mieux de prendre l'air au lieu de rester enfermée toute la journée.

Elle n'avait pas envie d'avoir une fille mal dans sa peau, désaxée, ou même complètement siphonnée. Elle pouvait perdre sa bonne santé en quelques mois si elle persistait à refuser de voir ses amies et à rester confinée dans l'appartement. Si encore elle consentait à étudier, mais on aurait dit qu'elle ne se rendait pas compte que sans diplôme elle finirait à la rue dans la peau d'une de ces bonnes femmes qui vivent à l'intérieur d'une vieille carrosserie de voiture et qui déjeunent de détritus.

Elle lui a dit ton père est inquiet, nous ne sommes pas riches, nous ne pourrons jamais t'entretenir quand tu seras adulte, et à notre mort tu te retrouveras dans la misère absolue. L'enfant s'était assise sur le bord du lit, elle regardait sa génitrice en se tordant les lèvres. La mère a parlé encore, pourquoi tu n'étudies pas ta géographie, pourquoi tu ne prends pas ton travail au sérieux, et elle a fini par quitter la pièce.

Elle n'aimait pas ses parents, sa mère était un petit personnage néfaste, et son père avait un appareil génital gros, velu, on aurait dit qu'on lui avait greffé une bête au bas du ventre, une espèce de singe avec une trompe, un ours avec un bec, un cul de rat avec une queue coupée et gonflée à l'air comprimé. Sa mère était juste bonne à flatter l'animal, à le caresser, à le lécher comme si elle en était la maman attentive. Ils formaient un couple ridicule, répugnant, avec qui la cohabitation était une épreuve. Elle aurait dû prendre son sac de voyage, et s'enfuir. Aller dans le premier commissariat venu, dire aux policiers que sa mère la bâillonnait pour que son père puisse donner libre cours à ses instincts sans alerter le voisinage. À leur procès, elle fondrait en larmes afin d'émouvoir le jury, et elle parviendrait à les faire condamner. On lui attribuerait une rente à vie pour l'indemniser des sévices. Elle vivrait seule dans une grande maison, refusant d'avoir un mari, des enfants, ou la moindre grenouille dans un bocal, car tout être vivant lui rappellerait de trop près ses parents.

Elle allait se procurer une arme, elle leur tirerait dessus dès qu'ils l'approcheraient de trop près. Elle en avait assez de leurs mains qui se posaient sur elle à tout propos, dans le dos, dans le cou, sur le visage, comme s'ils se retenaient avec peine d'aller plus loin, de plonger tête la première dans l'inceste. Son père ne la prenait plus sur ses genoux, mais il la serrait contre lui, plantant sa bouche dans sa chevelure sous prétexte de l'embrasser. Un jour il la plaquerait sur le sol et se servirait d'elle durant des heures avant de s'endormir d'un sommeil de brute. Sa mère aussi la désirait, elle aimait la voir se déshabiller quand elle l'amenait chez le médecin.

Elle l'entendait revenir, elle s'appuyait contre la porte pour l'empêcher d'entrer. Sa mère lui disait qu'est-ce que tu as, je voulais te dire que j'avais rappelé ta tante pour l'avertir que tu n'y allais pas. Si tu ne veux pas que j'entre, je n'entre pas, et elle s'en retournait d'un pas traînant vers le salon. L'enfant en avait assez de rester toute seule dans cette chambre, d'accumuler toute cette rancœur.

Elle est allée les voir. Ils étaient assis au salon

face au téléviseur. Elle a éteint le poste, elle leur a dit j'en ai marre de vivre avec vous, je n'ai jamais vu des gens aussi malhonnêtes, aussi vicieux, et en plus vous me faites peur. Elle aurait voulu qu'ils lui louent une chambre dans la maison, dans la rue, dans le quartier, dans une autre ville, un autre pays où elle aurait pu vivre proprement et essayer de les oublier. Elle n'emporterait rien qui puisse lui rappeler l'existence qu'elle menait avec eux, elle préférerait encore franchir le seuil de l'appartement toute nue plutôt que trimballer sur sa peau des vêtements qui auraient bu l'air malsain qui flottait ici.

Ils n'avaient qu'à lui donner une petite boîte remplie de billets, et elle s'en irait. Elle leur promettait de ne jamais essayer de les revoir, ni de leur envoyer de ses nouvelles, et elle leur épargnerait la cérémonie des adieux. De toute façon je ne suis pas une prostituée, je vous interdis dorénavant de me toucher. Ils se regardaient, ils avaient l'air désemparés. Elle a pris un verre sur la table basse, elle l'a projeté contre le mur où il s'est brisé, laissant derrière lui une tache de vin rouge.

Elle a couru s'enfermer dans sa chambre. Il n'y avait pas de verrou, elle tenait la poignée pour les empêcher de fondre sur elle. Ils ne la battraient pas, mais ils lui couleraient sur la peau leur tendresse visqueuse qui la glacerait jusqu'à l'os.

La mère frappait à la porte, elle lui disait ouvre, qu'est-ce que tu as. Posté derrière elle, le père lui promettait de lui réparer son vélo qui gisait à la cave depuis l'hiver dernier, elle avait besoin de s'aérer, de sortir un peu de cet appartement. La mère pensait l'inscrire à un club de tennis, et pourquoi tu ne prendrais pas des cours de danse, ou de peinture. Nous aurions dû prendre soin de toi, au lieu de te serrer la vis, je suis la plus coupable, mais ton père n'est pas asscz attcntif.

Ils ont profité d'un moment d'inattention de la gamine pour exercer sur la porte une poussée plus vigoureuse, et ils sont entrés. Elle a reculé au fond de la pièce, elle jetait des coups d'œil tout autour, comme si elle était à la recherche d'un objet pouvant lui servir de matraque. Ils approchaient, continuant à lui parler, à essayer de l'anesthésier par de longues injections de phrases lénifiantes, hypocrites, ou grotesques. Sa mère prétendait qu'elles ne se connaissaient pas assez, qu'elles devaient sortir ensemble, faire les magasins, voir des centaines de nouveaux films, partir toutes les deux vers une destination exotique, apprendre à s'aimer, tu comprends.

Elle surveillait son père, sa petite tête déplumée montait et descendait, cherchant à la prendre en faute, à prévoir l'instant précis où il pourrait bondir sur elle. Ils n'étaient plus qu'à un mètre cinquante, elle s'est mise à crier. Le buste penché, sa mère a levé le bras, la main prête à se poser sur elle, à la labourer de caresses, puis les baisers pleuvraient comme des chapelets de bombes, elle en recevrait sur tout le visage, peut-être même l'un d'entre eux tomberait-il sur ses lèvres, provoquant le vomissement immédiat.

Elle a hurlé, son père avait franchi l'espace qui les séparait, ses doigts tombaient sur elle, roulant sur ses joues à la façon de vers longilignes blancs et velus. Elle s'est retournée, elle a ouvert la fenêtre, elle est montée sur le garde-fou. Le père agrippait fermement ses mollets pour l'empêcher de glisser, la mère s'est précipitée, et en voulant la tenir à sa place elle lui a fait lâcher prise. Sans l'avoir vraiment voulu, elle est tombée, en silence, pétrifiée. Le bruit de l'impact a été couvert par le bourdonnement des voitures. Ils ont regretté toute leur vie de ne pas s'être jetés à sa suite.

46

Dès qu'ils rentraient de la plage, il se mettait à écrire. Elle l'avait supplié de venir passer la journée avec eux, autrement il serait resté là à lier des phrases les unes aux autres comme un demeuré. Il aurait pu au moins se passer d'écriture le temps des vacances, et même pendant trois mois, un an. Il aurait constaté qu'il ne s'était rien produit de fâcheux à la suite de cette interruption. Elle ne comprenait pas pourquoi il s'obstinait à vouloir écrire avec cette régularité obsessionnelle, comme si la vie de toute sa famille en dépendait.

Quand elle l'avait connu huit ans plus tôt, il venait de publier un roman qui n'avait généré aucun argent. Aujourd'hui personne ne voulait l'éditer, même les revues refusaient ses textes. Pourtant, il continuait à produire, comme s'il se figurait que le succès viendrait un jour à titre posthume. Il attendait sans doute d'avoir thésaurisé assez d'écriture pour mettre fin à ses jours dans l'espoir d'attirer l'attention sur lui. Alors que son suicide ne changerait rien, ses manuscrits resteraient lettres mortes dans un coin, jusqu'à ce qu'un dimanche matin elle prenne le temps de les déchirer l'un après l'autre afin de les faire entrer dans la poubelle. Elle mettrait par la suite une petite annonce à la boulangerie pour vendre son stylo, avec l'argent elle achèterait un chemisier à sa fille.

Elle aurait préféré qu'il ait une maîtresse, un amant, plutôt que cette espèce de vice, cette manie absurde de vouloir écrire. Elle aurait voulu lui faire promettre qu'il n'écrirait jamais plus, elle aurait vidé la maison de tout ce qui aurait pu lui servir à tracer des mots. Elle aurait même enlevé le crayon noir attaché au carnet à spirale où elle notait la liste des courses à faire. Il aurait ressenti une sensation de manque, de désespoir. Il aurait balayé plusieurs fois la terrasse pour se fatiguer, après le dîner il aurait pris des calmants. Elle l'aurait espionné quand il se serait levé au milieu de la nuit, elle l'aurait vu fouiller le salon et finir par dénicher un vieux bic sous le canapé. Elle serait intervenue tout de suite pour le lui arracher des mains.

Après quelques jours de sevrage, il aurait pris la fuite. Elle le retrouverait un mois plus tard dans un petit hôtel perdu dans une ville sans attrait. Il n'oserait pas la regarder dans les yeux, tant il aurait honte de lui avouer qu'il avait passé tout son temps à écrire, sans même téléphoner pour avoir des nouvelles des enfants. Elle aurait la conviction ce jour-là qu'elle était mariée avec un homme dépourvu de toute volonté. Elle déciderait de s'en séparer.

Il aurait fallu qu'il convienne que l'écriture était une habitude aussi détestable que son goût immodéré pour le café. Il savait pourtant que personne ne lui demandait rien, et que les pages dont il accouchait n'auraient pas de lecteur. Cette façon d'amasser du texte, de fabriquer une œuvre dont le vide-ordures ne ferait aucun cas particulier, cette affectation à jouer les créateurs, confinaient à l'imbécillité.

Engouffrer toute sa vie dans une entreprise dont les fruits n'attireraient jamais le moindre regard, ne pouvait en définitive qu'inspirer la pitié. Mais elle n'éprouvait aucune pitié, elle était simplement révoltée de partager la vie d'un être aussi vil. Avec le temps, les enfants finiraient par le juger. Cette perspective la consolait.

47

Elle regardait les enfants sortir de l'école, elle se demandait quand les siens allaient apparaître. Elle aimait cet enseignant un peu chauve, maigre, avec ses yeux clairs et ses sourcils en accent circonflexe, adossé là-bas contre le portail. Elle s'imaginait avec lui dans une chambre minuscule sur le bord d'une autoroute. Malgré l'insonorisation, on entendrait la rumeur insupportable des voitures, des camions et des motos roulant sous la pluie. Elle serait heureuse de lui offrir son corps encore bronzé de l'été dernier.

L'enseignant regardait lui aussi les gosses défiler, elle aurait pu s'en approcher d'assez près pour respirer son souffle. Elle aurait aimé se trouver à quelques centimètres de lui, l'étreindre, et s'excuser par la suite en prétendant avoir été poussée par le vent.

Elle restait à sa place, il n'y avait pas de vent. Elle ne voyait plus d'enfants sortir, les siens étaient peut-être passés sans qu'elle les remarque. Elle aurait pu l'aborder, lui demander si à son avis il restait encore des élèves à l'intérieur. Elle n'écouterait pas sa réponse, elle se laisserait charmer par sa voix. Elle le regarderait de près, elle souhaiterait de toutes ses forces qu'il pose la main sur son épaule.

Les élèves ont recommencé à sortir, ses enfants sont apparus. Elle n'avait pas la moindre envie de les ramener à la maison. Il faudrait les nourrir, les envoyer se brosser les dents, et quand ils seraient couchés, elle devrait dîner avec son mari, côte à côte devant le téléviseur. Après, ils se mettraient au lit. Au moment où elle serait prête à s'endormir, elle sentirait ses doigts de chef de famille la tripoter, espérant produire une onde de choc qui la bouleverse au point de susciter en elle un violent désir de son pénis déjà presque rigide sous le drap.

48

Elle feuilletait un magazine à la cuisine. Son fils jouait dans sa chambre avec un jeu de construction, elle l'entendait hurler à chaque fois que la maison s'écroulait. Elle venait de lire l'interview d'une femme que son père avait violée régulièrement au cours de son adolescence. Elle éprouvait de la compassion pour elle, mais en même temps elle l'enviait. Toute sa jeunesse s'était déroulée dans un bain d'ennui. Elle aurait préféré que son père abuse d'elle de temps en temps, plutôt que tous ces dimanches à la campagne, et ces étés au bord de la mer sur un coin de serviette où elle devait revenir s'étendre après chaque bain. Elle se souvenait aussi de ces repas de famille où il fallait rester devant son assiette durant des heures. Son père aurait pu la coincer quand elle prenait sa douche, à condition qu'il lui permette enfin de sortir deux ou trois soirs par semaine.

Le gamin l'a appelée, elle lui a demandé ce qu'il voulait. Il ne lui a pas répondu. Elle a refermé le magazine, elle s'est dit que si son père l'avait violée, elle se serait suicidée. À présent aussi elle s'ennuyait, toute la journée elle languissait, et la soirée avec son mari n'était pas une compensation. Il jouait un peu avec l'enfant, puis il s'asseyait sur le canapé sans lui dire un mot. Il répondait à ses questions par oui ou non, puis il s'endormait comme un vieux.

Elle devait le secouer pour le dîner. Elle lui demandait tu as réglé cette histoire de succession. Il produisait un signe de la tête, préférant faire entrer la nourriture par sa bouche, plutôt que de s'en servir pour dire des paroles. Entre deux prises d'aliments, il buvait du vin et il émettait un soupir de satisfaction qui devait lui servir en même temps à éructer. Le repas terminé, il retournait sur le canapé où il faisait une sieste dont il se réveillait en sursaut au bout d'une heure. Il regardait sa montre, il trouvait toujours qu'il était tard et qu'il devait d'urgence aller se mettre au lit.

Elle s'ennuyait aussi la nuit. Étendue sur le ventre, sur le dos, n'osant pas réveiller ce corps imposant qui lui semblait comme un monticule dans l'obscurité. Elle aurait aimé alors qu'un inconnu vienne la prendre sur le drap tiède. Elle l'aurait entendu gratter à la porte, elle lui aurait ouvert. Elle se serait installée dans une position commode, il se serait servi d'elle dans le silence, le recueillement. Quand il aurait eu terminé, elle l'aurait embrassé. Puis, elle l'aurait regardé par la fenêtre grimper dans sa voiture, disparaître au bout de la rue. Elle se serait endormie rassasiée. Mais il n'était jamais venu.

Le gamin l'appelait encore, il s'égosillait. Le mieux était qu'elle quitte son mari, qu'elle le remplace par un garçon plus vigoureux. Il aurait peut-être un petit salaire, elle recommencerait à travailler dans un bureau. Ils sortiraient chaque soir, en rentrant ils auraient un rapport sempiternel qui leur procurerait à tous deux du plaisir. Elle se sentirait à nouveau jeune, elle n'aurait plus sur le visage ce masque d'épouse et de mère dont il l'avait affublée.

Elle laisserait la garde du gamin à son ex-mari, il engagerait quelqu'un pour l'aider, mais il tiendrait à passer ses week-ends en tête à tête avec lui. Elle n'éprouverait pas le besoin de revoir le gosse, elle déchirerait ses cartes postales et les photos que son père croirait utile de lui envoyer. Elle n'aurait pas d'autre enfant, ou peut-être une fille juste avant la ménopause pour avoir un sujet de préoccupation durant son âge mur.

Le gamin criait. Elle lui a dit viens, au lieu de crier comme un malade, viens, dépêche-toi. Tout d'un coup il est arrivé, il avait du sang sur le visage.

— On ne peut vraiment pas te laisser cinq minutes.

D'après ce qu'elle a cru comprendre dans ses explications, il s'était égratigné avec un morceau de verre brisé échoué sous l'armoire.

— Va à la salle de bains, apporte-moi la trousse de pharmacie.

Il restait là, il ne pleurait plus, elle lui a dit tu attends le déluge. Il a lentement pivoté sur lui-même, puis il s'est mis à courir. Il est revenu le visage inondé de sang, elle l'a essuyé avec du papier absorbant. Elle a écrasé la plaie avec un pansement. Pour plus de sûreté, elle en a appliqué un deuxième. Elle lui a dit voilà, tu peux retourner jouer. Il avait envie de sortir, d'aller acheter une glace au square et de faire du vélo dans la cour.

— Tu demanderas à ton père quand il rentrera.

— Il dira que c'est trop tard.

— Et alors ?

Elle l'a pris en poids, elle l'a jeté sur le tapis du couloir. Elle lui a dit va dans ta chambre, je ne veux plus entendre parler de toi. Elle est retournée à la cuisine, elle s'est assise en soupirant. Quand il la poussait à bout, elle aurait voulu pouvoir lui faire absorber des calmants. Il aurait dormi vingt-quatre heures d'affilée, elle aurait pu souffler, vivre un jour entier comme si elle ne l'avait jamais eu. Elle aurait passé son temps dehors, allant au cinéma, cédant au plaisir de se laisser aborder à la terrasse d'un café, acceptant même une invitation risquée chez un inconnu, se laissant déshabiller dans son petit studio en sous-sol au soupirail grillagé. Elle aurait tout accepté, elle se serait laissé couper les cheveux, les ongles, elle aurait psalmodié son nom pendant qu'il l'aurait rouée de coups. Elle enviait ces condamnées liées à un anneau scellé dans le mur de leur cellule, avec ces interrogatoires interminables où les soldats s'acharnent sur la poitrine et sur la chair fragile de la vulve et de l'anus. Elle réclamait la torture, plutôt que cette existence étale où la vie sexuelle n'était plus qu'un souvenir desséché.

Elle a ouvert encore une fois le magazine, elle l'a refermé. Elle n'avait pas envie de nourrir son mari ce soir. Elle a pris une grande bassine en plastique jaune, elle y a cassé six œufs, vidé un litre de lait, jeté deux côtelettes, trois biftecks, quatre portions de fromage fondu, le contenu d'un pot de moutarde, d'un pot de cornichons, ainsi que des carottes et du chou blanc. Elle a posé la bassine sur la table de la salle à manger. Elle dirait à son mari mange doucement, ne sois pas goinfre, on dirait que tu n'as rien avalé depuis quinze jours. Quand il aurait vidé le récipient, il irait s'écraser sur le canapé comme un pachyderme gonflé à bloc.

Le gosse l'a appelée, elle est allée le voir dans sa chambre. Il lui a dit le sang coule. Le bricolage avec les pansements n'était pas efficace. Il y avait des gouttes rouges sur la moquette bleu pâle, sur les peluches et le train électrique. Elle a pris une éponge à la cuisine, elle a réparé les dégâts. Il continuait à arpenter la pièce, dégoulinant partout. Elle lui a dit va à la salle de bains, elle l'a suivi dans le couloir, essuyant les gouttes qu'il semait sur son passage.

Elle lui a penché la tête au-dessus du lavabo, et malgré ses supplications elle a arraché les pansements. Il a sursauté quand elle a désinfecté la plaie. Elle a posé plusieurs épaisseurs de gaze, elle a mis des bandes de sparadrap par-dessus. Le sang traversait, elle a tout enlevé. Elle lui a dit déshabille-toi, mets-toi dans la baignoire en attendant que ton père arrive. Le gamin lui a demandé pourquoi, elle lui a dit vas-y, et il a obéi. Elle a ouvert les robinets.

Elle est revenue à la cuisine. Elle a soulevé le rideau, le voisin du troisième garait sa voiture dans la cour. Il était vieux, mais il lui restait un beau regard. Elle aurait préféré le locataire du premier, avec ses vingt ans. Elle rêvait de se faufiler dans un vestiaire d'hommes au moment de la douche, et de se faire prendre par un défilé de garçons éclatants de sève.

L'enfant l'a appelée. Elle avait envie d'aller s'asseoir dans la cour, de se laisser séduire par le premier qui prêterait attention à elle. Elle se contenterait de n'importe qui, elle accepterait le traitement le plus fruste sur un lit défoncé dans une chambre remplie de chats. Elle supporterait les grossièretés, les injures jetées au visage en guise de mots d'amour. Elle essaierait de se faire accepter pour la nuit, s'assoupissant par terre après avoir rempli une dernière fois son office. Si malgré tout on la jetait dehors à une heure du matin, elle expliquerait à son mari en rentrant que sa meilleure amie avait failli mourir.

— Elle est encore en réanimation.

Il dormirait, elle n'aurait même pas à prendre la peine de lui mentir.

L'enfant criait, mais au moins le sang coulait dans l'eau du bain, elle n'aurait pas à passer des heures à nettoyer l'appartement. Elle regrettait que la baignoire ne puisse pas se fermer comme un placard, elle aurait pu le consigner là-dedans et sortir prendre l'air. Elle est allée le voir, sa plaie coulait encore un peu, l'eau rougeoyait. Elle lui a dit arrête de crier, si tu sors de l'eau les magiciens vont te faire tourner dans la machine à laver.

Elle n'en pouvait plus de l'entendre. Elle a pris son sac, elle est sortie sans manteau dans la fin d'après-midi d'avril. Elle est montée dans un bus. Elle est descendue dix arrêts plus loin. Elle est entrée dans un café. Elle s'est avancée vers le comptoir. Les hommes parlaient entre eux, une clocharde buvait du vin rouge. Il y avait aussi un type isolé devant sa bière. Il n'avait pas plus de quarante ans. Elle se demandait si elle pouvait lui adresser la parole, ou si elle devait attendre qu'il se décide le premier. Elle s'est approchée de lui, il ne lui a prêté aucune attention. Ses lèvres étaient crevassées, il avait une barbe clairsemée rasée de l'avant-veille.

Elle soupirait, elle tapotait le zinc avec ses ongles. Elle s'est rapprochée encore de lui. Il ne l'avait même pas vue, de temps en temps son attention semblait captée par une femme d'un certain âge qui faisait de grands gestes assise toute seule à une table. Elle n'avait pas envie de le ramener chez elle, mais elle pouvait prendre une chambre à l'hôtel d'en face.

Elle a traversé la rue. La fille de la réception lui a demandé de payer d'avance. La chambre était claire, le lit tenait toute la pièce, elle a soulevé la courtepointe blanche pour voir les draps. La salle de bains était séparée par une porte à glissière en accordéon.

Elle est retournée là-bas. Le type n'avait pas quitté le bar durant son absence. Elle lui a dit nous n'en aurons pas pour longtemps, tout sera fini avant la nuit. Il avait l'air ahuri, il la dévisageait, ses épaules remontaient comme pour mettre sa tête à l'abri.

— J'ai loué une chambre.

Elle le prenait par la main, elle le tirait. Elle lui montrait l'enseigne de l'hôtel et la fenêtre derrière laquelle se trouvait leur lit. Il était préférable d'y aller tout de suite afin qu'il s'attarde un peu sur son corps, qu'il prenne le temps de recommencer. Elle refusait qu'il l'expédie avec dédain comme un petit plaisir sans conséquence.

Elle est parvenue à le faire sortir du café. Il se laissait emporter. Une fois dans la chambre, elle s'est mise nue. Il restait dans un coin à la regarder en silence, elle lui a enlevé son manteau. Comme il ne bougeait pas, elle l'a déshabillé elle-même. Son sexe était en érection, leur rapport s'est déroulé au pied du lit, il a été bouclé en dix minutes.

Ensuite il s'est allongé, il a posé sa tête sur le traversin. Il a somnolé un peu, puis il a remis ses vêtements. Elle a essayé de le retenir, il est parti. Elle s'est douchée, elle a même savonné ses cheveux avec un échantillon qui empestait les fleurs.

Elle est rentrée chez elle à vingt heures. Son mari était en train de panser le gamin dont la plaie ne saignait plus. Il lui a demandé pourquoi elle l'avait abandonné dans la baignoire, il lui a dit je préfère que tu ne le laisses jamais seul. Elle lui a répondu il a fallu que je sorte, je ne savais pas qu'en faire. Le gosse ne prêtait aucune attention à elle, il parlait à son père d'un tour de vélo dans la cour et d'un cadeau qu'il devait lui faire à l'occasion de son anniversaire, elle ne savait plus quand. À la fin, elle n'en pouvait plus que sa vie ne soit plus qu'une simple conséquence de la venue au monde de cet être humain. Après tout elle le valait, elle avait même le droit de s'accorder plus d'importance qu'à lui. S'il n'était pas bien dans la baignoire, elle l'attacherait, le bâillonnerait, le rangerait dans le cellier comme une caisse de champagne.

Le gamin a couru jouer dans sa chambre. Son mari a rangé la gaze et le sparadrap. Il lui a demandé pourquoi il y avait cette espèce de bassine au salon.

— C'est pour toi.

— Tu devrais aller te coucher.

Il a appelé le gosse, il lui a mis son anorak et ils sont partis tous les deux. Elle les a regardés sortir de l'immeuble par la fenêtre de sa chambre, ils se dirigeaient vers la pizzeria du coin de la rue. Ils allaient se nourrir face à face, comme deux bestiaux qui broutent la même botte. Ils reviendraient dormir repus, alors qu'elle aurait le ventre vide et traînerait son désarroi jusqu'à trois heures du matin.

La petite aventure de l'hôtel avait aiguisé son appétit d'hommes. Elle se demandait s'il ne vaudrait pas mieux qu'elle se poste sous un lampadaire. Quand quelqu'un lui plairait elle lui annoncerait un prix très bas pour le séduire. Elle n'avait pas le temps de chercher des chaussures à talons et une jupe courte dans le fond de sa penderie. Elle a juste mis un peu de rouge à lèvres et du rimmel. Elle a quitté l'appartement.

Elle s'est baissée en longeant la pizzeria. Elle est passée devant un magasin dont les lumières blanches éclairaient la rue. Elle s'est adossée à la vitrine, jambes tendues, bras le long du corps. Plusieurs voitures sont passées, personne n'a prêté attention à elle. Un type sur une moto a ralenti, puis a poursuivi sa route. Elle n'osait pas sourire, ni cambrer les reins. Les piétons ne la remarquaient pas. Elle se sentait mal à l'aise, elle a compris qu'elle n'y arriverait jamais.

À son retour, l'appartement était obscur. Elle est entrée dans la chambre, elle s'est déshabillée sans allumer la lampe. Son mari lui a demandé d'où elle venait, elle a essayé de le lui expliquer. Il s'est rendormi.

49

Cette nuit, bien sûr tu dormais. Je me retournais dans les draps, je pensais au lendemain, au vide de ma journée de bureau. Je me suis levée pour prendre un comprimé, puis pour attendre que le temps passe sur le canapé du salon. Je me demandais pourquoi j'avais un destin si petit, pourquoi personne ne m'attribuait davantage d'importance.

Tu ne te rends pas compte. Tu ne m'admets pas. Tu t'imagines que je suis un automate incarné. Tu ne vois pas qu'en moi il y a quelque chose qui réfléchit sans cesse et qui souffre. Tu me crois une mère obsédée, qui ne cherche plus depuis longtemps de trou pour s'échapper de cette existence amusante comme un cachot.

Quand le téléphone sonne, il n'y a personne au bout du fil. Nous sommes seuls, nous avons perdu tous nos amis depuis longtemps. Nous passons nos soirées ensemble, il nous arrive de converser parce que c'est la seule façon pour nous de parler à quelqu'un. Nous mangeons côte à côte sur la petite table de la cuisine, nous voyons sur le mur laqué l'image brouillée de nos visages. Nous n'avons jamais très faim, chacun se retourne pour vider son assiette dans la poubelle et la placer dans le lave-vaisselle. Tu me demandes si je suis fatiguée, je te réponds oui.

Je me couche de plus en plus tôt, je me mets un oreiller sur le visage pour être sûr de ne pas avoir la moindre clarté dans les yeux. J'essaie de m'imaginer dans une autre vie, avec un homme différent, des enfants déjà établis. Je me vois libre, avec tout mon temps devant moi comme un champ infini. Je crois que je vais m'endormir, et rêver. Mais dès que tu me rejoins, je sens que je ne peux plus rester là, allongée, offerte, victime désignée.

Je quitte la chambre, je m'assois à la cuisine. Je passe un coup d'éponge sur la table grasse, je me dis que je rate ma vie avec toi. Je bois un verre d'eau pour me rafraîchir, tant je me sens brûlante de haine.

Je m'en veux de ne pas avoir une religion, pour le plaisir d'être impie, de blasphémer, puis de passer des heures sur les genoux à implorer le pardon de la divinité. Je m'en veux de ne pas aimer assez mes enfants, de maudire tout le temps perdu à les élever au lieu d'enrichir mon esprit par la lecture, l'observation des tableaux des musées, ou le dialogue avec des amis intelligents et cultivés que pour l'instant je n'ai jamais eus. Je pense aux gosses comme à une suite de corvées à accomplir, et en réalité je ne suis pas sûre de les aimer plus que je t'aime.

À quatre heures du matin, je me recouche. Tu dors, je pose la main sur toi dans l'espoir que tu me contamines. Je ne dors pas, je me lève encore. Je me dis que je pourrais écrire ou dessiner, mais je ne vois pas quoi. Je regarde par la fenêtre du salon, il n'y a rien à voir dans la rue. Je me remets au lit, je n'en bouge plus jusqu'au matin.

Je me lève parfois sans avoir dormi, j'emmène les enfants à l'école, je me précipite à mon travail. Les jours se suivent. Le week-end, je fais de temps en temps la grasse matinée, mais nous devons traîner les gosses à une représentation de cirque, une séance de cinéma ou un goûter d'anniversaire, et ces jours-là il semble que notre haine devient plus épaisse, on se dispute du bout des griffes, mais on aimerait se faire vraiment mal.

[illegible]

[illegible]

[illegible]

50

Elle lui disait nous avons près de quarante ans, nous pouvons quand même nous occuper d'autre chose que de sexe. Nos enfants sont encore petits, ils ont besoin de nous, toute notre énergie leur est due. Tu voudrais que nous fassions l'amour jour et nuit comme au début de notre mariage, quand les voisins se plaignaient du bruit de nos ébats. Il lui disait je me sens plus obsédé encore qu'à vingt ans. J'ai besoin d'un rapport quotidien ou même davantage, je ne peux pas me satisfaire de ces quelques minutes d'intimité qui ne reviennent même pas chaque mois. Elle riait en frappant ses mains l'une contre l'autre. Elle lui disait il faut te faire une raison, si tu n'es pas content tu n'as qu'à prendre une maîtresse. Il se sentait triste, il aurait voulu à la fois lui poser un baiser sur la bouche et l'étrangler.

Elle allait se mettre au lit. Il restait sur le canapé à regarder fixement le parquet.

Un quart d'heure plus tard, il quittait sa torpeur, il sortait. Il roulait au hasard, il s'arrêtait n'importe où. Il éteignait les phares, il posait la tête sur le volant. Il gémissait comme pour manifester une forme de souffrance. Il lui arrivait même de sangloter, d'avoir quelques larmes qui lui coulent dans le cou, comme une bonne suée après l'effort. Quand il rentrait à la maison, il avait à nouveau le visage sec.

Les jours suivants, il regardait les femelles de la rue, même celles qui frisaient la vieillesse, et les gamines à peine réglées avec leur cartable à la main. Il croisait des regards de femmes qui semblaient d'accord pour qu'on leur adresse la parole, comme on se laisse volontiers effleurer par un courant d'air quand il fait trop chaud. Il les imaginait dépiautées de leurs lourds vêtements, légères et nues sur un lit, prêtes à réaliser tout ce qui lui passerait par la tête.

Il aurait voulu leur dire bonjour, leur proposer une consommation dans un café, mais il aurait eu l'impression de perdre son temps, de céder un grand morceau de sa journée à une inconnue qui ne lui donnerait peut-être rien en retour. Il préférait interrompre sa flânerie, remonter écrire entre les quatre murs du petit studio qu'il louait depuis six mois dans une tour.

Pourtant, quand l'échange de regards durait, il se sentait prêt à proposer un coït à la femme dans le premier hôtel venu, ou même un assaut sordide dans le fond d'un parking. Il aurait accepté une rencontre expéditive sur sa table de travail, à condition qu'elle parte tout de suite après. Il craignait les femmes qui dévorent minute après minute les heures d'écriture et aspirent comme un nectar le texte potentiel qui disparaît corps et biens entre leurs lèvres avides.

À dix-neuf heures trente avait lieu le dîner avec femme et enfants. Il arrivait à s'intéresser à la conversation qui tournait toujours autour de l'école. Il savait par cœur le nom des institutrices, il demandait au gamin quelle lettre il avait apprise ce jour-là, et à sa sœur si les garçons l'avaient encore une fois poussée dans le bac à sable. Sa femme regardait l'heure, car elle redoutait qu'ils se couchent tard. Quand elle les avait mis au lit, elle s'effondrait sur un fauteuil sans dire un mot durant une vingtaine de minutes. Elle se relevait pour aller cueillir un fruit dans le panier de la salle à manger, elle le croquait en regardant l'écran du téléviseur. Il essayait de capter son attention, il lui demandait si elle était contente de sa journée, si elle pensait toujours changer le vieux canapé sur lequel il se trouvait assis. Elle lui répondait par oui ou non, sans qu'une conversation puisse s'engager.

Il prenait garde à se coucher le premier. Il l'attendait dans le lit, résistant au sommeil dans l'espoir qu'elle consente à un rapport en le rejoignant. Il n'en était jamais rien.

Un matin, alors qu'il n'avait toujours pas de maîtresse, alors qu'il ne s'était rien passé de particulier entre eux ces derniers temps, elle a trouvé dans l'entrée des sacs de voyage, des valises et des paquets ficelés n'importe comment. Il était déjà debout, vêtu, bien qu'il ne soit pas encore sept heures. Elle était en chemise de nuit, elle s'apprêtait à faire chauffer le lait des enfants. Elle s'est posée sur la plus grosse des valises, elle a pris sa respiration.

— Pourquoi tu t'en vas ?

— Tu ne reconnaîtrais même pas mon sexe dans une foule.

51

Elle s'est levée, elle a fait réchauffer du café. Elle regardait les gens de l'autre côté des rideaux. Elle avait échoué par hasard dans ce rez-de-chaussée, elle aurait préféré voir la ville de haut, plutôt que de subir le défilé ininterrompu des passants. Il lui arrivait de fermer les volets en plein jour pour ne plus les voir. L'obscurité lui donnait sommeil, elle dormait jusqu'au soir. En rentrant de l'école sa fille n'osait pas la déranger, elle étudiait ses leçons dans sa chambre en attendant qu'elle se réveille. Elles dînaient ensemble plus tard dans la soirée. Pour justifier son somme elle lui disait qu'elle avait été prise d'une fatigue bizarre en plein après-midi.

— Je me demande si je ne suis pas grippée.

— Tu as de la fièvre ?

— Je ne sais pas.

Elle refusait de prendre sa température, et de but en blanc elle s'énervait contre la gamine. Elle lui reprochait de ne penser qu'à s'inoculer les séries télévisées les plus lamentables dans la tête, au lieu de travailler ses mathématiques.

— Maman, le téléviseur est en panne depuis trois mois.

— Je ne le ferai pas réparer.

L'enfant se levait de table, elle se retirait dans ses appartements en claquant la porte derrière elle. Elle restait assise, contemplant les assiettes, comptant les miettes sur la nappe. Dès que sa fille dormirait elle se précipiterait dehors. Elle n'était plus aussi fraîche qu'il y a vingt ans, les hommes se montraient indifférents quand ils la croisaient dans la rue. Mais au comptoir des cafés, il y en avait toujours un pour lui offrir un verre. Elle détestait cette promiscuité des bistros, elle n'aimait pas non plus danser des heures dans une discothèque où en fin de nuit quelqu'un finissait par lui adresser la parole pour se l'envoyer comme un dernier whisky sur la banquette arrière d'une voiture garée dans une impasse.

Elle rentrait chez elle au matin, elle s'asseyait dans un coin du salon. Elle ne comprenait rien à ce qui venait de se dérouler. Il était déjà sept heures, elle pénétrait dans la chambre de sa fille pour la réveiller. Elle la trouvait assise sur le bord du lit avec le visage d'une enfant qui n'a pas fermé l'œil. Elle éprouvait le besoin de se justifier, puis elle élevait la voix et elle lui disait d'aller prendre sa douche immédiatement au lieu de lanterner dans les draps. Elle obéissait, elle la poursuivait dans la salle de bains, l'accusant de se gaver de sucreries et d'avoir déjà de la cellulite sur les fesses. La gamine avait un léger mouvement de recul quand sa mère devenait molle tout d'un coup, et essayait de l'embrasser pour se faire pardonner.

En rentrant le soir, l'enfant trouvait l'appartement vide. Elle s'asseyait à sa table et faisait son travail. Quand elle avait fini, elle posait la tête entre ses bras et elle attendait. Parfois elle dormait d'une traite jusqu'au matin, à moins qu'elle ne passe la nuit blanche, ou que sa mère la réveille en rentrant. Elle lui demandait alors si elle avait fait ses devoirs, si elle savait ses leçons, si elle ne s'était pas empiffrée de chocolat.

— Pourquoi tu n'es pas couchée ?

— Je t'attendais.

— En pleine nuit ?

Elle ne trouvait rien à répondre. Sa mère la poussait dans sa chambre.

— Il est quatre heures du matin, endors-toi tout de suite.

Elle n'avait pas le temps d'enlever ses chaussures, sa mère la propulsait sous les couvertures. Le lendemain, elle lui servait le petit déjeuner au lit. Elle beurrait elle-même les petits pains frais qu'elle était allée acheter chez le boulanger. Elle l'accompagnait jusqu'à l'école, elle l'embrassait devant le portail.

Elle se disait souvent que si elle avait travaillé, elle aurait mené une vie plus régulière. Elle achetait un journal, elle entourait les annonces qui la concernaient, elle téléphonait. À chaque fois elle obtenait un ou deux rendez-vous, mais elle ne s'y présentait jamais. Elle détestait d'avance le rôle qu'on allait lui faire jouer, elle refusait de faire semblant d'être concernée par une besogne. Elle regardait les gens se presser dans la rue, elle avait envie de les insulter.

Elle aurait aimé avoir des amies et aller leur rendre visite pour se changer les idées. Toutes auraient voulu l'aider, certaines lui proposeraient même de l'argent liquide. Elle refuserait, elle supportait assez bien l'état de relative misère où elle était plongée. Elle accepterait malgré tout de rester dîner. Il faudrait la mettre à la porte à deux heures du matin. Elle ne prendrait pas le taxi qu'on lui appellerait, elle rentrerait à pied. Les boîtes de nuit, qu'elle fréquentait encore l'an dernier, refuseraient à présent de la laisser entrer. Elle marcherait plus vite, en hoquetant de rage. Elle se dirigerait tête baissée, sans rien regarder, comme si elle était pourvue d'antennes de cafard.

Certains soirs, elle essayait de parler à sa fille. En fait, elle ne faisait que pleurer et elle se fatiguait vite de produire toutes ces larmes. Épuisée, elle marchait vers son lit casé dans un coin du salon. Elle tombait sur la couverture, elle s'endormait.

Elle ne réagissait pas à la lumière de l'aube, ni au bruit des pas de l'enfant qui allait se faire chauffer du lait à la cuisine. Le jour se levait tout à fait, le soleil entrait par petites quantités qui striaient les murs. Quand elle se réveillait enfin, elle avait envie de mourir, elle pointait un couteau sous son sein.

Elle allait se recoucher. Elle avait mal au ventre, elle s'installait aux toilettes. Pliée sur le siège, elle perdait la notion du temps. Elle ne quittait pas l'appartement de toute la journée. Quand sa fille rentrait de l'école, elle fouillait la cuisine, trouvait des nouilles au fond d'un sachet, des œufs encore récents dans le frigo et elle préparait de la nourriture qu'elles picoraient toutes les deux sans grand plaisir.

Elle passait la nuit sur place à se demander pourquoi elle n'était pas mariée avec n'importe qui, et à chercher un travail en essayant de se souvenir des annonces qu'elle avait lues ces derniers temps. Sans savoir pourquoi, au matin elle grondait sa fille et la giflait. Puis elle insistait pour l'accompagner à l'école, elle l'abandonnait en cours de route sous prétexte qu'il pleuvait, qu'elle ne supportait pas de marcher si vite, ou que la circulation produisait trop de bruit, trop de fumée et qu'elle avait peur de s'évanouir en traversant le boulevard. Elle appelait d'une cabine un vieux numéro perdu dans son carnet, on lui répondait que le poste était pourvu depuis trois mois et que les effectifs étaient complets.

Elle n'osait pas rentrer chez elle de crainte de s'effondrer sur son lit et de dormir vingt-quatre heures sans émerger. Elle marchait, elle faisait irruption dans les boutiques pour demander le prix d'articles envers lesquels elle éprouvait le plus total dédain. Elle entrait dans les postes, les gares, et elle fixait des demi-heures entières le tableau des trains au départ. Elle allait s'asseoir au buffet, pour le prix d'un café elle restait tout l'après-midi à dévisager les gens. Elle regardait l'heure à la pendule, elle s'apercevait que sa fille avait déjà dû revenir de l'école. Elle se levait soudain de sa chaise. Elle était contente d'être en retard, d'être obligée de se presser, de se battre pour monter dans un bus bondé et d'arriver à la maison essoufflée comme une femme qui a fait sa journée, qui a le droit de se plaindre toute la soirée de la fatigue, de la migraine, des soucis professionnels qui continuent à bouillir dans le cerveau comme une soupe de sorcière.

En arrivant, elle donnait de l'argent à la gamine pour qu'elle aille faire des courses à l'épicerie chinoise à côté du métro. Elles mangeaient ensemble, ne se disant rien, buvant du jus de fruit entre les bouchées, regardant leur assiette ou les murs parsemés de vieilles photos. Quand elles n'avaient plus faim, la fille disparaissait dans sa chambre et la mère allumait le téléviseur, tournait les boutons, essayait toutes les chaînes, et se forçait à regarder un film malgré l'écran neigeux et l'absence totale de son. Elle regrettait amèrement d'avoir négligé de le faire réparer. Elle finissait par se lever du canapé, par rôder dans l'appartement. Elle demandait à sa fille si elle avait eu des notes aujourd'hui, et elle lui disait de perdre l'habitude de mettre cette épingle en plastique rouge dans les cheveux.

— Tu m'écoutes ?

— Oui, maman.

L'espace d'une soirée, elle avait l'impression de mener une vie normale.

52

Quand les enfants dormaient, elle sortait de l'appartement sans faire de bruit. Elle descendait l'escalier sur la pointe des pieds et elle quittait l'immeuble. Dès qu'elle arrivait sur le boulevard elle respirait enfin l'air de la ville. Elle regardait les affiches des cinémas, elle essayait d'écouter les conversations des gens qui faisaient la queue. Elle s'attardait devant les menus des restaurants, elle profitait de la saveur des plats en déchiffrant leurs noms et le prix qu'il en coûtait pour les emporter au fond de son estomac. Elle passait devant un kiosque, elle lisait les titres des journaux, elle trouvait que les filles sur les couvertures des magazines n'étaient pas belles.

Quand elle avait trop froid, elle entrait dans une brasserie. Elle s'installait à une table et commandait un chocolat. À travers la vitre, elle regardait les passants. Elle était étonnée de ne jamais trouver quelqu'un de sa connaissance, alors que les figures de ces gens étaient si communes qu'elles auraient pu appartenir à n'importe qui. Quand elle était enfant, il lui suffisait de mettre le nez dehors pour croiser un voisin, une fille de sa classe, ou bousculer un inconnu avec un chien qui lui était familier. À présent, elle ne connaissait plus personne. Quand son téléphone sonnait ce n'était jamais rien d'autre qu'un commercial qui cherchait à lui vendre un attirail de cuisine ou un vélo.

Elle tapotait le fond de sa tasse vide avec la cuillère, elle se disait que son fils s'était peut-être réveillé au milieu d'un cauchemar, qu'il avait éclairé, réveillant sa sœur qui s'était mise à pleurer. Ils étaient allés la chercher dans sa chambre, et ils étaient sortis sur le palier pour l'attendre. Ils attraperaient un gros rhume, elle serait obligée de payer une jeune fille pour les garder à la maison pendant trois jours.

On lui adressait la parole d'une table voisine, elle n'osait pas répondre, elle croquait des sucres pour se donner une contenance. Elle regardait l'heure, s'apprêtait à partir, mais elle tournait quand même la tête vers le type qui lui avait parlé.

Il est tout de suite venu s'asseoir à côté d'elle. Elle lui a dit que ses enfants l'attendaient. Il lui a répondu qu'il avait des enfants aussi, qu'il avait passé avec eux tout le week-end. Il a commandé d'autres consommations.

Quand elle est rentrée à son domicile il faisait jour. Il avait eu avec elle un rapport rapide. Il avait quitté la chambre d'hôtel le premier, et elle s'était endormie. Le bruit d'une dispute dans le couloir l'avait réveillée. Le veilleur avait continué à dormir quand elle était passée devant lui. Il avait remué la tête dans son sommeil lorsqu'elle avait poussé la porte pour sortir. Elle ne reconnaissait pas cette rue, elle a marché droit devant elle. Elle est passée devant une boulangerie qui venait d'ouvrir, elle a acheté un petit pain, et elle a demandé à la femme qui servait dans quel quartier elle se trouvait.

Il avait fallu qu'elle marche une demi-heure avant d'atteindre la brasserie où la soirée avait commencé. Ses enfants ne s'étaient aperçus de rien, après les avoir accompagnés à l'école elle avait hésité à se rendre à son travail. Elle aurait préféré passer le reste de la journée sous sa couette, pelotonnée dans une épaisse cuirasse de sommeil.

Au lit, elle éteignait d'autorité la lumière. Elle acceptait qu'on la touche, mais elle n'aurait pas supporté qu'on scrute de près les détails de son anatomie. Elle attendait d'être seule pour faire sa toilette. Le savon effaçait les traces des doigts qui s'étaient posés sur elle, qui l'avaient triturée, comme un chiffon imbibé d'alcool dissout les marques d'empreintes sur un miroir.

53

Je suis une femme honnête, à part quelques vols dans les magasins pour améliorer ma garde-robe ou renouveler celle de mes deux fils. Mon mari est parti il y a longtemps, je n'ai jamais reçu la moindre nouvelle de lui. Je travaille dans une boulangerie, toute la journée je vois des dizaines de têtes différentes qui ne prêtent pas plus attention à moi que si j'étais une excroissance du comptoir.

Quand je reviens à la maison les enfants ne sont pas encore rentrés, ou alors ils ont mis la cuisine à feu et à sang pour essayer de faire un gâteau au chocolat. Avant ils me craignaient, ils allaient se cacher dans leur chambre. À présent ils se soucient de mes gronderies comme d'une guigne, et ils continuent à patauger dans le cacao pendant que je m'époumone.

Ils commencent à me faire peur, le mois dernier ils ont commis un petit cambriolage chez la voisine du cinquième qui avait laissé sa porte ouverte par négligence. Elle aurait voulu que je lui rembourse la radio qu'ils lui avaient volée, et qu'ils avaient vendue je ne sais où. J'ai refusé.

— Vous n'avez qu'à appeler la police.

Ils ont d'autres chats à fouetter, je n'ai eu aucune nouvelle. J'ai dit aux enfants de s'occuper de leurs études, s'ils avaient besoin d'un complément d'argent de poche j'essaierais d'obtenir une augmentation l'année prochaine. Ils ont ri, je n'ai pas compris pourquoi. Ils se sont amusés à se battre à coups de poing toute la soirée, cassant un vase en porcelaine bleue auquel je tenais, et clôturant la séance en jetant des assiettes dans la cour. Je me suis énervée, je leur ai dit vous vous croyez où. Je n'ai pas pu m'endormir avant quatre heures du matin, j'avais des crises de larmes dont je ne voyais pas la fin.

Le lendemain, j'ai voulu leur faire promettre de ne plus jamais recommencer. Ils ont porté la main sur moi pour la première fois de leur vie. Juste une légère tape sur la joue comme on en donne à un enfant qui exaspère. Je suis partie à mon travail le cœur gros. Je me disais que je ne les avais pas vus grandir. Maintenant, je devais m'attendre à des problèmes de plus en plus graves, sans compter qu'ils m'aimeraient sans doute moins qu'avant pour mieux affirmer leur personnalité flambant neuve.

Le soir, j'ai tardé à rentrer à la maison. On était en avril, il faisait encore jour. J'ai traîné près de l'usine désaffectée, il y avait déjà quelques prostituées. Je me serais laissé tenter volontiers par un de leurs clients au crâne un peu dégarni, même si la perspective d'une union sordide dans sa vieille voiture cabossée me dégoûtait. Il a choisi une fille très jeune, à la poitrine exagérée. J'aurais voulu me promener encore, mais je craignais de me faire agresser par les filles qui surgissaient de toutes parts avec la nuit qui tombait.

Les enfants ne se trouvaient pas à la maison, ils étaient pourtant passés récemment, il y avait du lait encore chaud dans une casserole. J'ai nettoyé la cuisine, puis je me suis douchée. La télévision était en panne, je me suis installée sur le canapé et j'ai feuilleté un journal de petites annonces trouvé dans la boîte aux lettres. J'aurai pu essayer de vendre la gazinière en mauvais état qui encombrait la cave, ou les vêtements que les gamins ne mettaient plus depuis longtemps. J'avais envie de faire un voyage, ou au moins de partir en vacances quelques jours. J'étais fâchée avec ma mère depuis des années, mais une ou deux minutes au téléphone suffiraient à nous réconcilier. Elle habitait une petite ville près d'un bois, j'aurais pu dormir au salon avec mes fils. Par contre si nous tombions sur une période de pluie, la vie serait encore pire qu'ici.

Ils sont arrivés vers onze heures, je leur ai dit vous venez d'où. Ils étaient bizarres, un peu comme s'ils avaient bu. Ils m'ont prise dans leurs bras l'un après l'autre, puis tous les deux en même temps. J'ai crié pour qu'ils se tiennent tranquilles, qu'ils se brossent les dents, qu'ils aillent se coucher. Ils ne m'ont pas lâchée, me faisant danser dans le couloir une espèce de valse grotesque. Puis ils se sont assis par terre, la tête dans les mains. Ils ont fini par s'étendre, par dormir à même le lino. J'ai essayé de les tirer jusqu'à leur chambre, mais ils étaient devenus beaucoup trop lourds. J'ai pensé que cette cuite leur serait une bonne leçon, et qu'ils ne se laisseraient plus tenter de sitôt par la boisson.

Je me suis demandée s'ils s'étaient enivrés à l'école, ou s'ils avaient séché les cours. Je ne m'intéressais pas d'assez près à leurs études, je ne savais plus où ils en étaient. On les avait peut-être orientés vers une classe d'apprentissage, l'après-midi ils travaillaient dans un atelier, sur un chantier, et là ils s'étaient laissé entraîner à boire. À moins qu'on ne les ait renvoyés, qu'ils passent leurs journées dans les rues comme des clochards qui ne feraient jamais rien de leur vie.

Le lendemain, ils dormaient encore quand je suis partie à mon travail. J'étais inquiète, je suis rentrée tôt. Ils gisaient toujours à la même place. Ils n'étaient pas morts, je les entendais respirer. J'ai essayé de les réveiller en leur mouillant le visage avec de l'eau. J'aurais pu appeler un médecin, mais j'avais peur qu'il me fasse une réflexion sur la manière dont je les éduquais. De toute façon, quand ils se réveilleraient je leur passerais un savon, et pour les punir je leur imposerais une corvée. Les vitres par exemple n'avaient pas été faites depuis plus d'un an.

J'en ai eu assez de les avoir par terre, de buter sur leurs corps à chaque fois que je changeais de pièce. Il y avait encore du soleil dehors, je suis sortie. Je serais bien allée passer la nuit ailleurs si quelqu'un m'avait invitée. Je me suis promenée entre les blocs d'immeubles, il y avait des têtes que je reconnaissais. Je saluais les gens que j'étais sûre d'avoir déjà rencontrés plusieurs fois, certains d'entre eux baissaient les yeux sans me répondre. J'ai parlé avec une femme d'un certain âge, elle attendait la visite de ses enfants le samedi suivant. Si au dernier moment ils ne pouvaient pas venir, elle aurait tout son déjeuner sur les bras.

— Vous mangerez comme quatre.

Elle n'a pas ri, je lui ai dit que j'aimais les gens gais. Je suis allée jusqu'à l'usine, j'enviais les prostituées qui avaient des hommes et de l'argent. Leur souffrance, leur humiliation, me paraissaient secondaires. La solitude était bien autrement difficile à supporter, la frustration était une souffrance aussi, et je me sentais humiliée que dans la rue et dans les transports en commun aucun homme ne pense à moi. Je n'avais jamais eu un beau physique, et à présent que avais perdu tout éclat de jeunesse, je ne plaisais plus à personne.

J'aurais volontiers dîné à la pizzeria, mais j'ai eu peur de la dépense. Les deux tiers du mois mon compte était en rouge, on m'avait privée plusieurs fois de carte de crédit. Si j'avais le courage de faire des ménages dans le café qui jouxte la boulangerie où je travaille, je pourrais m'offrir un restaurant de temps en temps, ou mettre le chauffage à fond quand il gèle dehors. Mais je n'aime pas trop me bousculer, les enfants ont mon caractère, ils ont mis trois ou quatre ans pour apprendre à lire, et aujourd'hui encore il y a des lettres qu'ils déchiffrent assez mal. Je devrais les faire étudier le dimanche après-midi, car je voudrais qu'ils aient plus tard une situation dans un bureau, et qu'ils soient protégés par un diplôme si petit soit-il. Je ne me suis jamais beaucoup occupée d'eux, quand j'étais jeune je disais que je n'étais pas faite pour avoir des enfants.

En rentrant, je les ai trouvés en train de vomir. Je leur ai dit c'est bien fait pour vous, la prochaine fois vous boirez de l'eau. Ils m'ont jeté des injures qu'ils n'avaient encore jamais utilisées en ma présence. J'ai voulu les gifler, ils m'ont brutalisée en retour. Je suis ressortie, il faisait nuit et les abords de l'immeuble étaient déserts. Je n'avais pas peur, je marchais d'un bon pas comme si j'allais prendre le bus pour me rendre quelque part. Je regrettais mon mari, il n'avait guère d'autorité naturelle, mais il m'aurait défendue. Je m'en voulais de ne pas avoir su le garder en le satisfaisant davantage, en essayant de m'arranger un peu avec du maquillage, un régime. J'aurais pu changer souvent de coiffure, afin qu'il se lasse moins vite de mon visage. Mais il serait parti quand même.

Je me suis assise au bord d'un chantier, sur un tas de parpaings. J'aurais été la plus heureuse si on m'avait assassinée, les enfants auraient vu revenir mon cadavre trempé de sang. L'effroi aurait constitué leur châtiment, ils auraient regretté toute leur vie de m'avoir touchée. J'essayais de revoir au fond de moi comment ils étaient à leur naissance. Je me souvenais de la salle de travail, des berceaux transparents, et de la tête de la jeune femme avec qui je partageais la chambre. Ils devaient avoir un duvet clairsemé sur le crâne, ils portaient les grenouillères avec des lapins qu'une voisine m'avait prêtées. Mon mari est venu me voir deux fois, mais j'ai pris un taxi seule le jour où il a fallu rentrer à la maison.

Je voulais me convaincre que je les aimais assez pour leur pardonner. Je suis rentrée, ils étaient tout habillés sur leurs lits, et de nouveau ils dormaient. Le lendemain, ils iraient à l'école, tant pis s'ils avaient des problèmes parce qu'ils avaient séché plusieurs jours. Si on me demandait mon avis, je ne leur chercherais pas de circonstances atténuantes, et j'approuverais toutes les sanctions.

Avant de me coucher, j'ai mangé une tranche de jambon et du fromage. Souvent, je me disais que j'étais peut-être heureuse et que je ne le sentais pas, comme on n'aurait pas la moindre idée d'une caresse faite par-dessus plusieurs épaisseurs de manteaux. Les bêtes étaient contentes lorsqu'elles étaient repues, or je n'avais plus faim. Je suis allée me coucher, j'ai eu un aussi bon sommeil qu'une belle fille qu'on a aimée des heures durant.

La semaine d'après, j'ai été appelée au commissariat. Un inspecteur m'a fait des reproches, car les gamins avaient maltraité une voiture qu'ils voulaient voler. Je lui ai dit que mon mari était aussi responsable que moi, ils n'avaient qu'à le rechercher.

Au cours des six mois suivants, ils m'ont convoquée à nouveau plusieurs fois. Les gosses avaient dégradé, subtilisé, brutalisé, et on leur reprochait aussi des histoires de stupéfiants. J'écoutais sans dire un mot la liste de leurs méfaits, je levais un peu les bras pour montrer que j'avais conscience de la gravité de la situation. Au fond de moi, j'essayais de penser à autre chose.

Au mois de mai, on les a condamnés à accomplir une peine de détention dans un centre pour mineurs. Je suis allée les visiter avec des biscuits et des sucreries. Ils me réclamaient de l'argent, j'essayais de changer de sujet de conversation. Quand on les a libérés, les choses ont assez mal tourné pour moi. Ils voulaient un double des clés de la pâtisserie pour aller la piller un jour de fermeture, même si je leur assurais qu'ils ne trouveraient que quelques gâteaux rances. Je leur ai cédé, ils ont forcé la caisse, et en partant ils ont étoilé la vitrine d'un coup de marteau. J'ai été soupçonnée, mais on ne me reprochait rien de précis, et j'ai gardé ma place.

Il y avait souvent des seringues usagées dans leur chambre, ils avaient de gros besoins d'argent. Ils m'utilisaient pour faire la tournée des pharmacies, afin d'obtenir des médicaments qui les soulagent. Ils enviaient un de leurs camarades dont l'amie se prostituait, subvenant ainsi à ses besoins. Ils me tarabustaient pour que je consente à le faire pour eux. Je leur disais vous êtes fous, vous n'avez qu'à trouver une fille de votre âge. Ils conservaient leur regard absent, impénétrable aux arguments. Malgré tout je n'ai pas accepté, je me serais sentie trop ridicule.

Ils ont été incarcérés à nouveau, et j'ai été tranquille durant presque un an. J'ai fini par être renvoyée de la pâtisserie sous un faux prétexte. J'ai trouvé un travail dans un supermarché. Profitant de leur absence, j'ai acheté un téléviseur neuf, et je passais toutes mes soirées devant l'écran. Parfois, je téléphonais à une collègue du magasin, nous changions de programme ensemble d'un même coup d'index. Elle était jeune, par contre elle était vraiment laide. J'aurais pu l'inviter à dîner, mais mon appartement était en trop mauvais état, j'avais honte de laisser pénétrer quelqu'un chez moi comme de montrer un sous-vêtement taché.

Quand on les a libérés, le téléviseur a disparu. Je les craignais, je ne leur ai pas demandé d'explication. J'aurais préféré qu'ils aillent vivre ailleurs, ou que l'administration remette la main sur eux. Je les nourrissais malgré tout, je préparais de grands plats de pâtes, de riz, et je mettais à leur disposition un saladier rempli de fruits en promotion. Ils ne mangeaient presque rien, ils me volaient. Ils étaient violents envers le mobilier, les vitres, les murs, envers moi. Ils venaient au supermarché, ils m'obligeaient à les laisser passer sans payer avec des bouteilles d'alcool qu'ils revendaient sur le parking. Au passage, ils trempaient même leurs mains dans le tiroir-caisse, et on me retenait une partie de mon salaire pour boucher le trou.

Une fois, j'ai trouvé dans leur chambre un petit paquet louche. Ils étaient majeurs à présent, je n'ai eu aucun scrupule à les dénoncer auprès de l'inspecteur qui m'avait si souvent fait la morale à leur sujet. On les a arrêtés tout de suite. J'ai appelé quinze jours plus tard l'avocat qu'on leur avait donné, il m'a dit qu'ils en auraient pour plusieurs années. J'ai connu quelques semaines de bonheur. J'ai racheté un téléviseur, j'ai même renouvelé ma garde-robe en grappillant dans les magasins. Je me sentais plus élancée, moins quelconque malgré ma figure que personne ne regardait. Je souriais aux gens dans les bus, les trains, dans le métro, les rues.

J'essayais d'entamer une conversation avec les hommes seuls qui posaient leur marchandise sur mon tapis roulant. J'ai remarqué qu'ils prêtaient attention à moi quand je m'adressais à eux de façon directe et crue. J'ai obtenu des rendez-vous à plusieurs reprises. Souvent on me posait un lapin, pourtant un soir d'avril j'ai été emmenée chez lui par un homme qui m'a déshabillée sans brutalité et qui m'a fait l'amour. J'étais d'accord pour le revoir, mais il n'y tenait pas. J'ai connu ensuite des petites aventures plus sordides. Je souffrais qu'on m'utilise comme un simple réceptacle, le cas échéant avec des compères que je n'avais jamais vus auparavant. Un après-midi, j'ai été malmenée durant plusieurs heures par quatre hommes dans tous leurs états. Le médecin qui m'a examinée ensuite aurait voulu que je porte plainte. Je n'avais aucune envie de comparaître devant un tribunal.

J'ai préféré me recroqueviller sur ma petite vie, et oublier ce moment désagréable. Au supermarché, pour justifier les marques qu'ils m'avaient faites au visage, j'ai prétendu que durant mon sommeil j'étais tombée face sur le carreau. On a refusé de me croire, j'ai même été convoquée par mes supérieurs qui m'ont réclamé des explications plus convaincantes. Ils m'ont demandé de prendre deux semaines sur mon congé annuel pour permettre à mes ecchymoses de guérir loin des yeux des clients.

Je suis restée chez moi, je ne voyais âme qui vive. Ma collègue évitait à présent de m'appeler, j'ai voulu prendre l'initiative et elle m'a raccroché au nez.

Les événements ont mal tourné, le procureur était gravement malade, l'avocat en a profité. Mes enfants ont été condamnés à une peine de principe, et sitôt libérés ils sont revenus s'installer chez moi. Ils auraient voulu que je les aide à repartir du bon pied dans l'existence. Je leur ai dit qu'à leur âge il était trop tard pour entreprendre des études et que je ne voyais pas du tout ce qu'ils espéraient. Ils ont vidé mon compte en imitant ma signature. Ils me maltraitaient, ils m'en voulaient de n'être pas jeune et belle.

Un matin je les ai trouvés tous les deux étendus par terre au salon, ils étaient morts. J'ai appelé la police, ils se sont occupés de les faire transférer dans une morgue. Ils ont été enterrés, ou brûlés, à moins qu'ils n'aient servi à l'apprentissage de la dissection dans un amphithéâtre de médecine. On m'a laissé entendre que leur décès avait été provoqué par un produit néfaste qui coupait la drogue qu'ils s'étaient injectée dans les veines. J'ai dit aux policiers que je n'y étais pour rien.

Quand ils ont été partis, j'ai pleuré. Il m'a fallu un moment pour m'apercevoir que j'avais pleuré de joie. Au supermarché, je riais comme une idiote devant ma caisse. Le soir, pour la première fois j'ai dîné à la pizzeria. Les jours suivants, ma gaieté n'est pas tombée. Le dimanche, je chantonnais toute seule chez moi.

Je ne me réjouissais pas de leur mort, je ne pensais même pas à eux, j'étais heureuse comme si je ne les avais jamais mis au monde. Leur existence n'avait été pour moi qu'une traînée de tracas, de malheurs. En disparaissant, ils n'avaient fait que rejoindre l'obscurité qu'ils n'auraient jamais dû quitter, même l'espace d'une vie brève.

54

Il était mort l'an dernier, ce n'était pas une raison pour oublier qu'il passait toutes ses nuits à boire du café en regardant n'importe quel programme à la télévision. Il ne se rasait que deux fois par semaine, il allait chez le coiffeur lorsque ses cheveux l'empêchaient d'y voir. Il mangeait des cacahuètes, des biscuits, du chocolat, et il était boudiné dans ses vêtements. Il se levait à midi, parfois il faisait la sieste avant le dîner.

Il ne s'était jamais intéressé à ses enfants, il leur avait toujours préféré cette manie d'écrire dans des cahiers qui jusqu'à la fin de sa vie s'étaient accumulés sur les étagères du vestibule. Elle avait dû soudoyer le gardien de l'immeuble pour qu'il se charge de tout jeter à la déchetterie. Il avait emporté aussi cinq paires de chaussures, deux maillots de bain et un ordinateur obsolète dont personne n'avait voulu. Elle avait donné le reste de ses affaires à une œuvre de charité.

Elle ne se souvenait plus pourquoi elle s'était

laissé épouser. Il n'avait jamais été séduisant, il avait dû la mettre enceinte par mégarde. Ils avaient uni leurs existences sans jamais ressentir la moindre exaltation, ni le plus petit pincement au cœur. Ses gains de traducteur technique étaient si minces, si irréguliers, qu'elle avait dû trouver un travail. Elle l'avait conservé toute sa vie, et aujourd'hui encore elle travaillait dans un entrepôt huit heures par jour comme une esclave résignée.

Lui, il restait toute la journée à la maison. Le soir, frais et dispos de n'avoir rien fait, il paressait dans un fauteuil. Les enfants criaient, désobéissaient, il la laissait les poursuivre, les gronder, leur mettre des fourchetées de haricots verts dans la bouche, leur raconter de désolantes histoires de gnomes, de princesses, de girafes bossues, pour qu'ils acceptent de se fourrer au lit et qu'ils finissent par s'endormir assommés par ces extravagances.

La nuit, il n'admettait pas qu'elle puisse se sentir fatiguée. Quand elle se refusait, il était de mauvaise humeur pendant plusieurs jours et il faisait des allusions gênantes devant les étrangers. Elle ne supportait plus ce type dans son lit, qui se permettait des audaces, qui aurait trouvé normal qu'elle adule son pénis comme un roitelet.

Le dimanche, elle emmenait les enfants au jardin public. Il sortait de son côté faire une promenade en ville, prenant une consommation dans un des rares cafés ouverts. Le cas échéant, il allait au cinéma. Quand elle rentrait avec ses gosses pleins de terre, il lui disait qu'il avait vu un film détestable.

Avec l'âge, on aurait dit que ses besoins s'étaient accrus. Il la réveillait parfois à deux heures du matin et sans vergogne il tentait de la pénétrer. Elle était obligée de se lever pour lui échapper. Le lendemain elle était épuisée d'avoir passé la moitié de la nuit sur le canapé du salon.

Ils n'avaient jamais eu assez d'argent pour partir en vacances. Pendant ses semaines de repos, elle lavait les sols, les murs, les rideaux, elle réparait même les meubles endommagés avec de la colle et des clous. Les jours de soleil, elle s'installait sur le petit balcon dans l'espoir de prendre un léger hâle. Quand elle sentait approcher la fin de son congé, elle se demandait pourquoi certains avaient le courage de se jeter dans le vide, alors que d'autres ne faisaient qu'y penser.

Au cours des derniers mois de sa vie, il trouvait encore la force de la persécuter. L'avant-veille de sa mort, il avait eu un geste déplacé quand elle s'était penchée sur lui pour entendre ce qu'il disait de sa voix devenue presque inaudible.

55

Elle marchait en maillot sur le bord de la piscine. À travers les vitres, elle voyait le parking enneigé. Il faisait chaud, elle hésitait quand même à pénétrer dans l'eau.

Elle est descendue lentement par l'échelle. Avant, elle ne pouvait pas faire la moindre longueur sans être inquiétée par un sourire d'homme, mais avec le temps les sourires étaient devenus rares. À présent, elle pouvait nager tout son saoul sans que personne ne la dérange, elle aurait même pu couler à pic si elle avait voulu.

La tête comprimée dans le bonnet de bain, elle essayait de penser à quelque chose pour éviter de s'ennuyer à force d'obliger son corps à exécuter les mêmes mouvements. Elle se rappelait la rencontre qu'elle avait faite trois ans plus tôt avec un type qui était venu sonner à sa porte pour lui proposer de changer sa vieille voiture contre une neuve.

— Je n'ai pas de voiture.

Elle ne savait plus comment les choses s'étaient

passées, mais il avait échoué dans son lit. En partant, il lui avait laissé toute une liasse de prospectus où elle avait cherché en vain ses coordonnées. Elle se demandait pourquoi elle ne lui avait pas demandé son prénom, rien que pour étiqueter dans sa mémoire le moment qu'ils avaient passé ensemble.

Elle n'en pouvait plus de brasser cette eau tiède, elle est sortie du bassin. Dans les vestiaires, elle a remarqué que malgré la lumière crue des néons elle avait une belle couleur de peau. La neige recommençait à tomber, elle aurait eu envie de s'asseoir dans un coin, de rester là jusqu'au soir à regarder les autres femmes se recoiffer et grimacer dans la glace pour appliquer leur rouge à lèvres.

Elle a quitté l'enceinte de la piscine, elle a glissé sur une plaque de glace qu'un peu de neige fraîche dissimulait. Elle est rentrée chez elle en claudiquant et elle s'est frottée avec une pommade. Puis, elle a fait un tour aux toilettes. Assise sur le siège, elle regardait les jointures du carrelage. Elle se disait qu'elle n'avait plus envie des hommes et qu'un de ces jours sa vulve allait se refermer comme une plaie.

56

Il l'avait suppliée d'arrêter sa contraception. Il assistait à toutes les échographies. Lors de l'accouchement, il avait eu une montée de larmes en voyant le bébé apparaître entre ses cuisses écartelées. Par la suite, il avait donné un nombre incalculable de biberons qu'il nettoyait lui-même avec du savon et de l'eau bouillante. Quand il le changeait, il savait talquer ou pommader selon l'état du siège. Il passait ses moments perdus à cuire des légumes frais, à les mixer, à les congeler dans des petits pots de verre étiquetés. Durant le week-end, elle devait lui arracher l'enfant des bras pour pouvoir l'embrasser de temps en temps.

À présent il avait treize ans, et il ne s'intéressait plus à lui. Il n'allait jamais voir les professeurs, il lisait après le dîner au lieu de contrôler son travail scolaire. Elle l'assumait complètement et veillait à ce qu'il ne manque de rien. Elle devait aussi l'enguirlander, le punir, lui montrer par la fenêtre tous ces laissés-pour-compte qui traînaient la patte à la suite d'une enfance trop douce qui ne leur avait apporté aucun diplôme.

Elle aurait préféré voyager plutôt qu'élever cet enfant que les lubies de l'âge ingrat commençaient à rendre loufoque. Elle aurait dû refuser jadis de laisser se développer quoi que ce soit dans son ventre.

Un soir, elle a demandé à son mari s'il était d'accord pour s'occuper seul de leur fils durant une semaine, le temps qu'elle aille se changer les idées n'importe où.

— Oui.

Elle est partie deux jours plus tard. Elle n'a jamais eu la force de revenir.

57

Elle aurait voulu être assez gaie pour considérer le jardin avec indulgence. Il était mal entretenu, il y avait un arbre mort près du portail, mais les oiseaux pépiaient quand même et il y avait partout des fleurs multicolores dont elle ne savait pas le nom. Le soleil brillait, on pouvait à peine lui reprocher d'éblouir et de ne jamais se cacher derrière un nuage pour reposer les yeux.

Il était sept heures et demie du matin, elle détestait se lever si tôt, mais elle s'était réveillée en sursaut à l'aube. Elle se demandait pourquoi elle souffrait d'insomnies, elle aurait préféré avoir de l'asthme comme son frère, ou des problèmes d'argent comme une de ses cousines qui recevait les huissiers deux ou trois fois par mois. L'insomnie allongeait la journée, elle se demandait bien comment elle allait pouvoir s'occuper d'ici le soir. Elle avait horreur du bricolage, au bout de quelques minutes la lecture l'agaçait, et il faisait trop chaud pour cuisiner ou aller se promener dans la campagne.

Elle savait d'avance qu'aujourd'hui elle s'ennuierait, pendant des heures elle devrait subir cette petite douleur lancinante que rien ne pourrait anesthésier. Elle s'installerait sur une chaise longue avec un chapeau sur le visage, elle essaierait de penser à des choses divertissantes, à des souvenirs joyeux. Puis elle irait à la maison de la presse. Elle s'apercevrait que depuis le début du mois elle avait acheté tous les magazines de la création. Elle prendrait un quotidien. Elle boirait un café sur la terrasse de l'hôtel de la plage. Elle verrait les gens se baigner malgré la marée basse. Elle croirait voir un enfant faire des signes et se noyer près de la jetée. Elle regarderait ailleurs, pensant être le jouet d'un effet d'optique. Plus tard elle apprendrait que l'accident avait bien eu lieu, elle se mordrait la langue de n'avoir pas donné l'alerte.

Elle est allée prendre sa douche, elle se demandait en se savonnant pourquoi elle vivait seule depuis deux ans. Elle n'avait jamais raffolé des hommes, pourtant il lui semblait que l'ennui se montrait plus agressif quand elle n'en avait pas. La haine que le couple génère lui manquait, elle aimait avoir toujours une querelle sur le feu et imaginer les reproches qu'elle pourrait lui faire à la première occasion. Elle laissait d'abord la conversation aller et venir sans but, puis tout d'un coup elle lui jetait plusieurs phrases qui lui encerclaient le cou comme des lassos. Elle n'aimait pas qu'il réplique, elle préférait quitter la pièce ou même prendre la voiture et ne rentrer que le lendemain.

Elle resterait peut-être seule jusqu'à la fin de ses jours. Elle s'est habillée d'une petite robe verte qu'elle portait souvent, dessous elle avait son maillot. Elle s'est baignée, elle a lu le journal à la terrasse de l'hôtel. Elle se disait qu'à son âge elle pourrait avoir un fils qui l'emporte à bras-le-corps et la jette à l'eau malgré ses cris. Elle avait raté sa vie, elle n'avait même pas d'animal ou de petite tumeur à soigner.

Le reste de l'année, elle habitait un appartement avec un balcon, elle s'accoudait à la balustrade en fer forgé pour regarder les barges sur le canal. Elle avait perdu son travail à l'automne dernier, et elle ne voyait plus grand monde. Elle essayait de se suffire, elle demeurait des semaines entières sans entendre le téléphone ou la sonnette de la porte. Le soir, elle aurait aimé être invitée, au lieu de manger trois bricoles sur un plateau devant l'écran du téléviseur qui l'intéressait à peine davantage que le mur.

Quand elle n'en pouvait plus, pour se changer les idées elle se conviait à un repas solitaire au restaurant. On lui donnait toujours une table près des toilettes. Elle observait les couples en train de dîner, elle regardait les mains se rejoindre. Elle ne les enviait pas, elle essayait de concentrer son attention sur la nourriture et elle appelait un serveur quand elle jugeait la viande trop cuite. Elle prenait un alcool avant de partir, elle le buvait à petites gorgées devant la salle déjà vide. Elle rentrait à pied chez elle en s'abritant de la pluie sous le capuchon de son vieux manteau. Elle ne se couchait pas tout de suite en arrivant, et elle pleurait avant de s'endormir. Le lendemain elle était malade, elle regrettait sa sortie.

Elle regardait le vieillard à la table à côté, elle se demandait s'il serait émoustillé dans le cas où elle ferait surgir ses seins hors des bonnets de son maillot. Elle regrettait de s'ennuyer, alors qu'elle voyait là-bas sur la plage des gens réjouis en train de se parler la tête sous un parasol.

Elle s'est levée de sa chaise, elle est allée les rejoindre. Ils avaient une glacière portative en plastique rouge et un petit chien blanc qui a aboyé à son approche. Ils ne se parlaient plus, ils la regardaient avec méfiance. Ils la trouvaient étrange avec ses yeux fixes, sa peau cuite comme de l'argile et ses mains baguées. Elle aurait pu parler, dire bonjour, ou leur poser une question précise à laquelle ils auraient répondu. Elle a fait encore un pas vers eux jusqu'à frôler la toile du parasol. Le chien tournait en rond sur une serviette et aboyait à pleine gueule. Elle a pointé un doigt vers lui, puis elle a laissé retomber sa main. Le type a sorti de la glacière une bouteille de limonade, il l'a posée sur ses genoux en la tenant solidement par le goulot comme une matraque. Elle avait envie de retourner chez elle prendre un couteau pour l'égorger. Puis sans raison, elle leur a tourné le dos.

Elle est revenue tranquillement à la terrasse de l'hôtel. Une femme accompagnée d'un enfant d'une dizaine d'années occupait sa table. Elle a demandé à la serveuse où était son journal, elle lui a répondu qu'elle avait dû le jeter. Elle est retournée en acheter un autre, elle a pris aussi un hebdomadaire avec une actrice en couverture. Elle aurait aimé pouvoir donner des interviews, injecter sa petite existence dans tous les cerveaux. Il lui semblait qu'elle aurait mieux supporté sa vie si des millions d'autres l'avaient connue. La célébrité lui aurait tenu lieu de famille, les soirs de grande tristesse elle aurait rédigé des communiqués. Elle aurait saoulé le monde avec les détails de ses matinées transparentes, de ses après-midi insipides, et de ses nuits dépourvues d'événements où elle était enfermée comme dans des boîtes. Réveillée en sursaut à quatre heures du matin, elle aurait appelé une agence de presse pour signaler qu'en ce moment elle avait un mauvais sommeil, et que les médicaments n'y pouvaient rien.

Il lui arrivait aussi d'avoir des angoisses dans la journée, d'être obligée d'interrompre son repas pour exécuter quelques respirations lentes qui en principe la soulageaient. Quand sa vie lui semblerait trop fade, elle convoquerait une équipe de télévision pour la filmer dans ses déplacements à l'extérieur, ou même chez elle d'une pièce à l'autre et quand elle se faisait cuire un steak à la cuisine pour calmer une subite fringale. Elle leur interdirait de pénétrer dans les toilettes, pourtant un jour elle leur céderait à condition qu'ils ne cadrent que le haut.

En définitive, elle refusait cette célébrité qui n'arrangerait rien. Elle s'ennuierait, même si on la photographiait à cet instant précis en train de marcher dans le village. Il vaudrait mieux qu'elle ait un être humain à son bras à qui elle se plaindrait d'être au monde, mais il ne saurait quoi lui répondre, et elle s'en débarrasserait tout de suite. Elle se retrouverait seule comme à présent et elle remonterait pareillement ces marches jusqu'à la petite place encombrée par les étals du marché.

Elle a pris le temps d'observer les légumes, les fruits, et la figure ronde de la femme qui les vendait. Elle a demandé un kilo d'abricots et trois grosses tomates, puis elle n'en a plus eu envie et elle a dit à la femme qu'elle s'excusait. Plus loin un jeune homme proposait des fromages de chèvre disposés sur une table couverte de feuillage. Il avait de beaux yeux verts, elle a engagé la conversation avec lui au sujet de la chemise chamarrée qu'il portait. Il avait de quoi se changer dans sa camionnette, il voulait bien la lui vendre. Elle se voyait bien avec sur les épaules cette affreuse chemise tout imprégnée de son odeur de petit mâle.

Le garçon n'était pas content, elle s'est éloignée. Elle a traversé la place, elle n'en pouvait plus de marcher. Elle se demandait comment elle pourrait aller au bout de sa vie. Elle regardait droit devant, elle accélérait l'allure. Elle est rentrée dans la maison, elle a sangloté sur son lit. Elle s'est prise à envier une camarade de lycée qui était morte d'une leucémie à dix-sept ans, et une autre dont elle avait appris récemment le décès dans un accident de voiture. En tout cas, elle ne se voyait pas continuer à être vivante trop longtemps. Elle aurait été d'accord pour se faire soigner, mais toutes les thérapies de la planète l'auraient fouillée sans jamais harponner le mal qui la faisait hurler.

Elle se disait qu'elle aurait pu se mettre à aimer quelqu'un, afin d'utiliser ses possibilités affectives. Elle aurait pu aussi assister des enfants dans le besoin auxquels elle aurait fini par s'attacher.

L'avenir n'était qu'une catastrophe en perspective. Elle avait souvent entendu parler de vies heureuses qui se poursuivaient jusqu'à la vieillesse, elle croisait dans la rue des gens qui souriaient, elle savait aussi qu'il existait des malades joyeux dans leur lit malgré la douleur qui venait les torturer à heures fixes. Elle se rappelait même avoir été une fillette espiègle qui s'amusait à couper les cheveux de ses poupées les jours de pluie.

Elle se levait du lit, elle faisait le tour de la chambre. Elle avait conscience du volume, du poids qu'elle représentait, et il lui semblait qu'elle était un vrai bâtiment construit à seule fin de se garder prisonnière. Où qu'elle aille elle ne faisait que se transporter, comme une souris minuscule au fond d'un bocal. Elle pouvait grimper, essayer de s'accrocher, elle se débattait dans l'obscurité absolue et elle retombait à chaque fois.

Elle aurait voulu emprunter un bateau, gagner le large, et aller se déposer dans la mer. Elle oublierait qu'elle savait nager, elle se ferait lourde comme une statue.

DU MÊME AUTEUR

Aux Éditions Gallimard

SUR UN TABLEAU NOIR, roman, 1993

Aux Éditions Denoël

SEULE AU MILIEU D'ELLE, roman, 1985
CET EXTRÊME AMOUR, roman, 1986
LES GOUTTES, théâtre, 1985

Aux Éditions Julliard

STRICTE INTIMITÉ, roman, 1996

Aux Éditions Verticales

HISTOIRE D'AMOUR, roman, 1998 (Folio n° 3186)
CLÉMENCE PICOT, roman, 1999 (Folio n° 3443)
AUTOBIOGRAPHIE, roman, 2000
FRAGMENTS DE LA VIE DES GENS, roman, 2000 (Folio n° 3584)
PROMENADE, 2001

Composition Interligne.
Impression Société Nouvelle Firmin-Didot.
à Mesnil-sur-l'Estrée, le 15 octobre 2001
Dépôt légal : octobre 2001.
Numéro d'imprimeur : 57189.

ISBN 2-07-041620-8/Imprimé en France.

97660